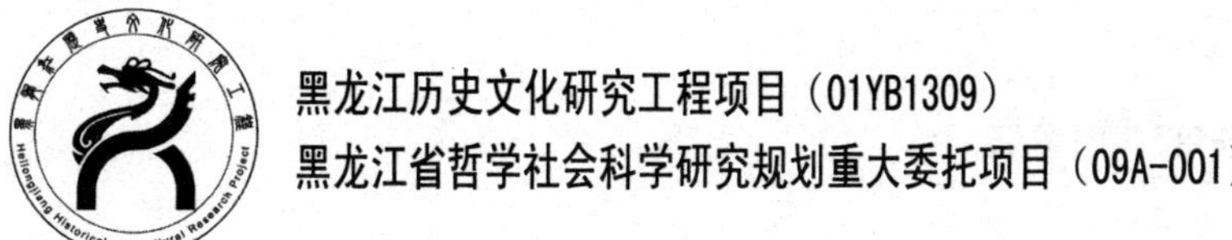

黑龙江历史文化研究工程项目（01YB1309）

黑龙江省哲学社会科学研究规划重大委托项目（09A-001）

千山诗集·不二歌集

释函可　张　春◇著

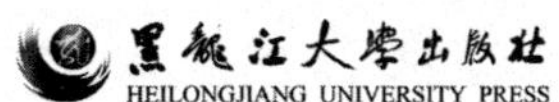

图书在版编目(CIP)数据

千山诗集/(清)释函可著. 不二歌集/(明)张春著. -- 哈尔滨: 黑龙江大学出版社,2011.1(2021.8重印)
(东北流人文库/李兴盛主编)
ISBN 978-7-81129-358-6

Ⅰ.①千… ②不… Ⅱ.①释… ②张… Ⅲ.①古典诗歌-作品集-中国-明清时代 Ⅳ.I222.748

中国版本图书馆CIP数据核字(2010)第258990号

千山诗集·不二歌集

QIANSHAN SHIJI · BUERGE JI

[清]释函可 [明]张 春 著

责任编辑	李小娟 安宏涛
出版发行	黑龙江大学出版社
地　　址	哈尔滨市南岗区学府三道街36号
印　　刷	三河市春园印刷有限公司
开　　本	720毫米×1000毫米 1/16
印　　张	34.25
字　　数	428千
版　　次	2011年1月第1版
印　　次	2022年1月第3次印刷
书　　号	ISBN 978-7-81129-358-6
定　　价	78.00元

《千山诗集·不二歌集》编委会

歷史源流 流寓文化

PROLOGUE

黑/龙/江/历/史/源/流/与/流/寓/文/化/系/列

总序

历史文化资源是民族文明的血脉和根基，是民族精神品格的凝聚与体现，是一个国家和地区特有文化形态的依托和载体。对历史文化资源的保护与利用从来都是一个对民族的、本土的优秀历史文化的继承与发展的问题，它直接关涉民族精神的弘扬与传承，关涉一个国家、一个地区未来的发展与走向。保护、挖掘、利用历史文化资源是世界性的课题，大多数国家都十分重视对本国、本民族历史文化资源的保护、挖掘和利用，以此延续民族文脉，维护自己的文化特性和文化多样性，树立民族形象，扩大国际影响力，进行传统教育和爱国主义教育，增强民族自信心和凝聚力。

历史证明，每一个成熟的民族、国家和地区都有自己独特的文化品格和精神气质，这种文化品质以深厚的历史文化积淀为基础，同时也成为民族精神、国家精神和区域人文精神的内核。所以，正如费孝通先生所强调的那样，生存在一定文化形态中的人们只有对自己的文化“有自知之明”，才能“对自身的发展历程和未来有充分的认识”，才能通过文化反思走向文化自觉，实现文化自信。

作为黑龙江人，我们在流逝的岁月中积淀起对龙江大地越来越深厚的情感，看着浩浩荡荡的黑龙江水欢跃前行，看着莽莽苍苍的大小兴安岭气象万千，感受着脚下这片黑土地的壮阔雄浑，享受着它慷慨无言的馈赠；随着对黑龙江的历史文化了解得越多、思考得越深，我们心中的这份深情就越发充沛，对黑龙江的深厚历史文化资源在中华文明史上的特殊地位和巨大贡献就越充满信心：黑龙江绝非人们通常所认为的“蛮荒之地”，实际上，诚如我国著名考古学家苏秉琦先生所言，中华文明的产生，不在中原而在北方，黑龙江有着非常悠久的历史和十分灿烂的文明。

现在看来，黑龙江的历史源远流长，积淀丰厚，影响广泛。1997年，阿城市（今哈尔滨市阿城区）交界镇石灰场洞穴遗址中出土文物的考古学测定表明，远在17.5万年以前，黑龙江地区已有古人类生存。早在传说中的虞舜时期，生活在黑龙江地区的古族肃慎（息慎氏）即与中原部族有了交流。另据文献记载，先秦时代，定居于今黑龙江地区的肃慎、东胡、涉貊三大族系的先民，在与中原部族进一步交往的同时，也以自己的勤劳和智慧为黑龙江流域的开发作出了重要的贡献。进入封建社会以来，黑龙江这块土地独自孕育或与其他地区共同孕育的各民族不断雄啸崛起，其中，东胡族系后裔鲜卑、契丹、蒙古族，肃慎族系后裔靺鞨、女真、满族，在我国北方及全国范围内先后建立了北魏、辽、金、元、清等封建王朝以及唐朝的藩属政权“渤海国”，统治时间总和长达九百多年，这在中国历史上是十分独特的。自古以来，世居黑龙江流域的北方民族与其他各族人民一道奠定了中华民族多元一体的格局，他们促进了南北文化的大碰撞、大融合，对我国社会进步、文化繁荣和科技交流，对光辉灿烂的中华文明作出了不可磨灭的贡献。

近现代以来，黑龙江这个多民族聚居的边疆大省，逐步形成其鲜明的边疆的、民族的、移民的、中西兼容的文明特质。

清初以来，鲁、豫、冀、晋等关内省份“闯关东”的移民大量涌入，他们闯入了这一肃慎—女真族系的“龙兴之地”，带来了中原主流文化的优秀传统,促进了关内民风民俗与黑龙江本土文化的融合。

20世纪初,随着中东铁路的开通,一批现代城镇在龙江大地因铁路而兴,特别是中东铁路的中枢——哈尔滨,迅速成为国际化的都市:松花江穿城而过,水气灵秀;铁路横贯欧亚,四通八达,物流、信息流会聚流转;俄罗斯人、犹太人等20多个国家近20万侨民涌入,一个开放包容、极具时尚活力、崇尚诚信敬业、追求和谐奋进的国际性商贸中心、历史文化名城逐渐成形,其国际化程度可与巴黎、伦敦、纽约、莫斯科比肩,创造了中国近代城市化进程中的一个奇迹。20世纪二三十年代,素有"东方莫斯科"、"东方小巴黎"美称的哈尔滨已然成为国际商埠和时尚中心,欧洲的流行时尚,如服装、餐饮、电影、戏剧、音乐等很快传入哈尔滨,这里有中国第一家啤酒厂、第一家电影院、第一家音乐学校、第一个芭蕾舞团、第一个交响乐团,西式教堂、酒吧等建筑随处可见。俄侨文化、犹太文化等外来文化要素交相辉映,形成了哈尔滨独具国际交汇特色的建筑文化、饮食文化、教育文化、宗教文化。这些文化要素同来自内地的移民文化一道,为哈尔滨乃至黑龙江打下了特有的海纳百川、有容乃大的文化烙印。

随着印刷业、报刊业等现代媒介的兴起和城市文化的繁荣,哈尔滨会聚了大量的文化名人。20世纪20年代,孔罗荪、陈纪滢、塞克、金剑啸等人在哈尔滨创办新文学社团"蓓蕾社",倡导新文化运动。20世纪30年代"沦陷"(日伪)时期,金剑啸、罗烽、萧红、萧军、白朗成立了"星星剧团",进行了大量的文艺活动,宣传抗日。与此同时,随着马占山将军的江桥抗战打响了中国武装抗日的第一枪,义勇军、游击队、抗日联军在白山黑水间、在松花江上,为了民族的独立和领土的完整,英勇孤绝地奋战14年,用热血解冰霜,铸就了最能体现东北性格的抗联文化。

1945年起,作为全国最早的解放区,在黑龙江诞生了中国省区的第一个广播电台——黑龙江人民广播电台,中国省区的第一家报纸——《黑龙江日报》，中国最早的三家电视台之一——哈尔滨电视台（与北京电视台、上海电视台一道开启了中国的电视发展史），以及在新中国电影发展史上具有开创地位的东北电影制片厂。这些都奠定了黑龙江在新中国发展中独特的文化地位。新中国初期，北大荒开发、大庆油田开发、大小兴安岭开发，又逐步形成了垦荒文化、创业文化、知青文化等当代文化，铸就了以北大荒精神、大庆精神、铁人精神、大兴安岭精神等为代表的优秀精神资源。

独特的历史进程，积淀了黑龙江特有的文化多样性和包容性；多民族聚居陶冶出绚丽多彩的满族、达斡尔族、鄂伦春族、鄂温克族、赫哲族等北方世居少数民族的风情和丰富殷厚的非物质文化遗产。鄂伦春族的歌舞和桦树皮画，赫哲族的鱼皮工艺品精深加工，朝鲜族的民族风情园，满族的剪纸、刺绣，等等，风格十分纯粹，成为目前仅存的可供考察原生态渔猎文化形态的“活化石”，客观上为人们保留了东北本土少数民族迷人的民俗风情及其独特魅力。这种融合了黑龙江本土文化、移民文化、异域文化的三极互渗、多元交融的文化格局，这种既具边疆、民族色彩，又带有中西交融性质的文明特质，这种被列宁称为“碾碎了民族差别的大磨坊”的文化形态，具有鲜明的兼容吸收性与开拓创新性，最终凝结成龙江大地上意蕴丰富、多姿多彩的独特的生存样态，构成了中华文化独特的、重要的组成部分。

当今时代是一个“资源为王”的时代，黑龙江丰富独特的且较少开发的历史文化资源在文化大发展大繁荣的时代为我们提供了特有的文化创造空间。我们至少可以从中梳理出民族历史源流、民族民间非物质遗产、中外文化交流、红色历程、文化名人、流寓文化、重大历史事件、开发建设、历史文献、地域风情十大历史文化资源系列。这些都为我们建设边疆文化大省、推动我省文化大发展大繁荣奠定了良好的基础。

大力推进黑龙江历史文化资源保护、挖掘与利用工作，是塑造和提升黑龙江文化品格、实现文化自觉的必然要求，是增强地区文化软实力、抢占文化制高点的必然要求，是实现我省经济社会协调发展的必然要求，具有十分重要的现实意义和深远的历史意义。保护、挖掘与开发黑龙江历史文化资源，就是要更清晰准确地揭示我们的地域文化内涵，让我省人民增强文化归属感，不断实现对本土文化的自豪、自觉与自信，从而塑造和提升黑龙江人的文化品格与精神气质。

黑龙江大学出版社策划了“黑龙江历史源流与流寓文化系列”这一大型图书选题，计划陆续推出《黑龙江大界江百村纪行》、《黑龙江与俄罗斯文化关系》、《满文档案文献整理集成》、《东北流人文库》、《萧红全集》及《抗战时期黑土作家丛书》等一系列有重大社会影响的精品图书，旨在挖掘黑龙江历史文化资源及地域人文风情，呈现龙江文化的勃勃生机，为读者奉献更多高质量的精神文化产品。这些选题立意很好，起点很高，眼光独到，对于深入挖掘黑龙江的历史文化资源具有重要的价值。

期待黑龙江大学出版社“黑龙江历史源流与流寓文化系列”丛书成为“文化天下”的图书精品，成为向全国乃至世界推介魅力独具的黑龙江的“文化名片”，并产生重要的影响力。

是以，欣然为序。

二〇〇九年九月六日

李兴盛与流人学的研究

世有“显学”与“晦学”之分,“显学”为当世所重,群趋若鹜,如清之乾嘉考据学,今之红学、敦煌学等等,于是资料盈箧,成果丰硕,人才辈出,为举世所瞩目。“晦学”则不然,虽其学重要,然资料发掘艰难,前人成作较少,一时难见其功,学人多视为畏途,潜研者寥寥,若为世所遗忘者,今之流人学类此。

流人源出于流刑,多为蒙冤受屈,备受迫害与刑罚者。流人颇多具有文化素养,甚至学问淹博者也为数不少,世所谓“天下才子流人多”即指此而言。其人虽投诸四裔,犹不弃边远,播种文化,开发蒙昧,厥功至伟,是流人与流人文化问题固不得不有所研讨,而世之投身斯学者,固屈指可数也。

我之接触流人问题,始得益于安阳谢国桢(刚主)先生。我家与谢氏有通家之谊,少时曾借书于谢氏,得读刚主先生所著《清初流人开发东北史》,为前此未读之书。见其对清初发戍东北之流人所作专门性研究，既钦其治学视野之广阔，复感其研究有裨于清初开国史的探求。后此则未见有关流人新作。20世纪五六十年代政治运动中辄有因种种新账老账一齐算而遭贬谪者，西部荒漠及北大荒等地均有其人，虽下放、锻炼名目各异，而其实与流人差近。投鼠忌器，颇为流人问题之研究增忌讳。70年代初，我曾下放农村四年，耕余无聊，又谨言慎行，寡交游，遂就所携图籍中之流人著述，时加研读，随手札记心得，积久乃成《读流人书》一文。此举一则纾烦遣愁，借他人杯酒，浇自己块垒；再则见流人虽困处厄塞，而犹能寄托诗文，传播文化，颇受激励。深惟似此群体而淹塞不彰，研究者又甚鲜而深致感慨。80年代初，海宇廓清，学术文化顿显新颜，有幸获识西北周轩、东北李兴盛二君，皆以流人问题研究自任，撰述探讨，卓有成就。其穷年累月从事"晦学"研究之精神，尤令人钦佩。

我识李君兴盛较晚，初仅书信往来，继又得读其惠我大作。我虽曾粗涉流人之学，而视李君所著之精深，则瞠乎其后矣！1989年，先后读其所著《边塞诗人吴兆骞》及《东北流人史》，见其"筚路蓝缕，以启山林"的精神及从个案研究走向通史研究的历程，窃喜流人学研究之得人！惟惜其尚局限于东北一隅，深冀其由一隅而扩及全面。孰意不及五年，而百余万言之《中国流人史》又问世，李君用功之勤，投入之深，求之当世，实不多见。我曾为此书做过鉴评说：《中国流人史》"是对流人问题进行全方位、多层次、各区域的完整论述，开创了流人史研究的新体系。我通读《中国流人史》的最深感受是，他不把知识分子流人的遭遇作为个案，而是加以群体的系统记述，使之成为记述中国知识分子坎坷经历，不幸命运，悲惨处境而仍能百折不挠，利国利民，奋发向上的感人史诗"。1998年冬，兴盛复以所主编之《何陋居集（外二十一种）》一书见惠，此书以清方拱乾之《何陋居集》为总名而含有宋、清、民国之流人文献共二十二种，为流人史之研究提供基本史料，厥功至伟。次年，兴盛不辞千里，亲临寒舍，一倾积愫，交流沟通，听其言，观其行，固恂恂然一君子也。我读书未遍，关于流人史的研究，除周、李二君的著述外，其他专著、论文所见尚鲜，此流人学之所以为“晦学”也。究其缘由，愚意以为治此学者必需具备三条件：

其一，研究者必须久居边远戍地，对流人生活背景，岁月煎熬，有亲临其地的切身感受，有一种为不幸者存史的激情冲动，乃以真挚的感情去探讨、研究，从而论述中国知识分子的忧患史。这是最重要的精神支柱。

其二，研究者必须具备发现挖掘史源、搜检考校史料和公允评论人物的学识底蕴与熟练技能。惟其如此，方能于人于事，持之有故，言之成理。方能由此及彼，由表及里，由个案至群体，由古代至近世，撰成诸种有关著述，使流人学之研究不数十年而蔚为大观。这是最重要的物质基础。

其三，研究者必须澹泊自甘，硁硁自守，不急功好利，不艳羡荣华。以悲天悯人之心，阐幽发微；不偏不倚，还人物以本来，终其生而无怨无悔。这是最重要的史德。

三者言易而行难，周、李二君得天独厚，幸逢其会，一羁居西陲，一谋食黑水，耳听故老逸闻，目见流人遗迹，抚今思昔，思潮汹涌，笔端激情，油然而生。二君皆好学深思之士，穷年累月，孜孜不倦，广搜博采，勤于著述，颇见称誉于学术界，而李君兴盛所著连年问世，凡个案研究、文献记录、史事纵论，皆所涉及，涵盖可谓深广。2000年，兴盛更将其流人文化研究延伸至流寓文化与旅游文化领域，主持《黑龙江流寓文化与旅游文化丛书》编写工作，其第一种《黑龙江山水名胜与轶闻遗事》一书，既出版问世，赋流人学以实践意义，研究对象由流人扩展至客寓人士，视野愈益开阔。2001年，复出示其另一种《中国流人史与流人文化概论》。兴盛倾历年之积存，更于《中国流人史》之基础上，总结升华，成此论集。捧读之余，欣悦不已。

兴盛之辑《中国流人史与流人文化概论》，虽为辑录其于流人问题研究中之理论观点，实则寓构筑流人学框架之深意。书分上下编，上编阐述有关流人与流人文化之理论问题，诸如流人的分类、流人史的分期，流人文化的界定与特性、流人历史作用的评价等等；下编为文选，辑与撰者及其著作有关之资料，可备了解兴盛治学历程与所获成就之参考。从此，兴盛之于流人学之研究，有史、有论、有专门著述、有文献汇编，足称完整架构专学之规模。

目前，为了弘扬我国历代东北流人在逆境中建功立业、保卫与开发边疆的业绩及其艰苦奋斗的精神，为了促进由谢刚主先生开创的流人史、流人文化，乃至流人学这一新学科、新体系、新流派真正创建成功，兴盛君在黑龙江省委宣传部、黑龙江省新闻出版局及黑龙江大学出版社的大力支持下，以其三十余年研究成果为基础，正在编纂《东北流人文库》这部大型的历史文化丛书。《东北流人文库》拟分为“流人文献”与“流人研究”两大部分，堪称一部恢弘巨著。

相信我国前所未有的这部开拓型丛书的出版，对于黑龙江历史文化资源的抢救与黑龙江边疆文化大省的建设，对于东北，乃至全国历史文化，尤其是文学史、刑法史、民族交流史、人口迁徙史等学科的研究，对于繁荣我国出版事业，都会起到极大的促进作用。

流人学的建立是兴盛的一个梦，他自谦目前是“残编寻旧梦”，我看他已在日益走近“全编圆美梦”的佳境。他自勉是“攀登今未已，风雨正兼程”，我则以耄耋之年真诚地期待流人学不久将在社会科学的学科分类表上堂堂正正地占有一席之地。流人学之跫然足音，殆已日近一日。兴盛其勉旃！

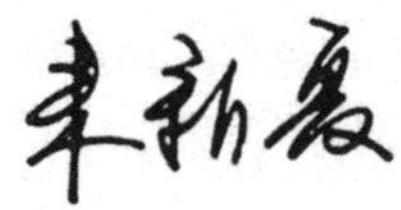

二〇一〇年元月

凡　例

为了弘扬我国历代东北流人筚路蓝缕以启山林的创业精神，自强不息苦心经营的奋斗精神，关心国事反抗侵略的爱国精神，为了彰显他们在逆境中建功立业、保卫与开发边疆的业绩，为了促进由谢刚主先生开创的流人史这种新学科的研究，并使流人文化，乃至流人学这一新体系，新流派真正创建成功，在黑龙江省委宣传部、黑龙江省新闻出版局及黑龙江大学出版社的大力支持下，在本人三十余年全方位、多层次、系统化、理论化的流人研究的基础上，编纂了这部大型的历史文化丛书。相信我国前所未有的这部开拓型丛书的出版，对于黑龙江历史文化资源的抢救与黑龙江边疆文化大省的建设，对于东北，乃至全国历史文化，尤其是文学史、刑法史、民族交流史、人口迁徙史等学科的研究，都会起到极大的促进作用。现将本丛书“流人文献”的编辑凡例介绍如下：

（一）本系列所辑包括两种不同类型的著述：一为东北流人及其曾经出塞的亲友自撰的各种（诗文、史地、学术等）著述；一为前人（流人除外）所撰所编（如吴燕兰编《汉槎友札》、吴晋锡《半生自纪》）以及今人所辑录的与流人有关的各种体裁（包括碑传文）传记资料著述等。

（二）本系列所收流人及其曾经出塞的亲友自撰文献，上限始于有文献流传的宋辽金，下限止于清末。

（三）本系列所收各种流人文献及相关资料著述，原则上可以单独成册者印成一册，反之则将一人之多种著述或将数人之著述合为一册印行。

（四）本系列所收各种著述，均冠以一篇“前言”，主要简单介绍作者行实与著述，所收著述之版本概况以及选用的底本。至于所收著述之史料价值及对作者的评价，不一定每书均有。这一点，请读者自行审酌。此外，书后尽量附录几种与作者及该文献相关之资料，供读者研读之参考。

（五）在整理过程中，将原竖刊本改为横排本，将原文之繁体字、异体字改为规范的简化字。原有避讳字（如为避康熙玄烨讳之“玄”字，方拱乾、方孝标之诗文集均缺末笔，陈之遴之诗集则作“元”）一律改回。对少数民族含有侮辱性之字改为今天的正字，如《浮云集》之“猺”改为“瑶”等，其他则一仍其旧。但下列情况除外：

①专名用字（如人名、地名、事物名称）及容易引起歧义的繁体字，按习惯酌予保留。基于此，《甦庵集》之“甦”不作“苏”，地名寘（tián）颜山之“寘”不作“置”，徐湘蘋之“蘋”不作“苹”。又如表示剩余、多余之义的“馀”字，与代表“我”之“余”字极易引起歧义，因此不能一律以“余”字替代，有时必须作“馀”。基于此，“余生”、“余身”与“馀生”、“馀身”有别，而陈之遴“应连万死馀”句、释函可“自悔罪深馀舌在”句之“馀”字不能简化为“余”。同样的道理，陈之遴诗中的“於戏”与“短歌哀筑漫相於”之“於”也不能简化为“于”。方拱乾“八载缔人此日还”诗句中的“缔”字不宜简化为“累”。另如“髮”与“发”、“麴”与“曲”等经常会引起歧义等字也作如是处理。

②为了忠实于原文，同时为了便于学者对地名、人名、物名等事物名称源流及异名之考证与研究，同一名称的不同用字或词，酌予保留。如在古代文献中，长江多作扬子江，也有作杨子江者，山海关多作榆关，也有作渝关者（《浮云集》即作杨子江、渝关），凡此本系列二者并存，不予统一，余此类推。

③古籍刻本中多有通假字，为了忠实于原文，我们在点校整理时未予改正，仍存其原貌，如《甦庵集》辛丑年卷首有“男亨咸较”四

字,“较”是“校”的通假字。余者类推。

(六)本系列收录之流人文献,诗、词、赋与散文并存。为了整齐划一与美观,诗之排版五言、七言者基本每两句一行(杂言诗也尽量仿此)。作者之原注与我们所写之校记(改正、说明、增补)或注释等文字,则以“编者按”的形式,作为脚注,置于本页界线下方。而散文、赋、词(包括序、跋),则采取连排的排版方式。词有上下阕者,则在上下阕之间空两字。

作者原注及我们校改文字则作如下处理:凡原误、衍字应删或疑误之字,均加(　),而改正、增补或说明之文字则加〔　〕,至于疑误之文字不宜改正者,则于〔　〕中加问号即〔?〕,以示存疑。错误之字显而易见者(如干支中己亥误作巳亥等)径改,可以推知其误者,在〔　〕中注明“当作某”或“疑作某”。凡阙文或原文实在无法辨认之字,则以□代之。

又及,本丛书所收之文多据前人刻本,有的原文有正文和注文之分,注文多为双行夹注。我们在点校整理时,对此类注文采用比正文(宋体)小一些的楷体字编排,以示与正文有所区分。

李兴盛

2010年1月

前　　言

《千山诗集》二十卷，释函可著。函可本名韩宗騋，字祖心，广东博罗人，生于明万历三十九年十二月初四日（1612 年 1 月 6 日），卒于清顺治十六年十一月二十七日（1660 年 1 月 9 日）。明礼部尚书韩日缵之长子，生而聪颖，广交游，崇祯十二年（1639 年）祝法，自号剩人。顺治二年（1645 年）以请藏经赴金陵，亲眼见到明臣死事，于是撰为私史《再变纪》，事发被捕，于顺治五年（1648 年）被流放沈阳，后圆寂于千山。在戍所不仅弘扬佛法，而且与许多被流放的文人结为法交，互相唱和，写有大量诗文，是东北地区第一个诗社——冰天诗社的倡建人，也是佛教曹洞宗在东北的开宗立派之人，有《剩人和尚语录》、《千山诗集》等著述。由于乾隆四十年（1775 年）受到文字狱的冲击，关于他的碑刻、字迹均被销毁，《盛京通志》中所载的其事迹也被一并删除，其著述全部列入禁书，因此《千山诗集》等传世甚鲜。

《千山诗集》初刻于康熙四十二年（1703 年），乾隆间被禁毁，道光间又有重刻本。这次整理系以康熙本为底本。

《不二歌集》二卷，张春著。张春，字景和，号泰宇，别号见一，又号明夷子，陕西同州人，生于明嘉靖四十四年（1565 年）。为人励操行，善谈兵。万历二十八年（1600 年）举于乡，历任堂邑、聊城知县，擢山东佥事，永平、燕建二路兵备道，至太仆少卿。崇祯四年（1631 年）清军围大凌河新城，张春奉命率部驰救，兵败被俘，坚守臣节，屡次拒绝清人招降，其妻翟氏闻讯自缢以殉。后来为了促成明清之议和，采取了“姑不死以待时”的决定，因此“苟延”十年的古寺监禁生涯而未死。这期间“追念故国，常衣旧日衣巾”，“坐必西南向”，“食必西来粟”，“祭必书明年月”，一直保持坚贞不屈的民族气节。直到形势变化，双方和议已无希望，他在忧愤中绝食四日，卒于崇祯十三年十二月十三日（1641 年 1 月 23 日）。死后人们在其衣领中发现了堪比文天祥《正气歌》的《不二歌》。后人辑其佚文为《不二歌集》。此外还有《通昼夜图》、《九九算盘说》、《乡保条约》等。

作为清代东北第一批流人中的第一人，张春的诗文虽然传世无几，但可以考见明清（后金）战争中某些东北流人的民族气节与心态，也可考见双方斗争的特点。

《不二歌集》的辑录始于道光年间，并刊入《关中两朝文钞》中。至民国二十五年（1936 年）又由陕西通志馆刊入《关中丛书》之中。这次整理是以《关中丛书》本为底本。限于水平，疏漏在所难免，望广大读者予以指正。

李兴盛

2011 年 4 月 20 日

目　　录

千山诗集

千山诗集　卷一　古歌谣　风雅体　骚体

千山诗集　卷二　乐府

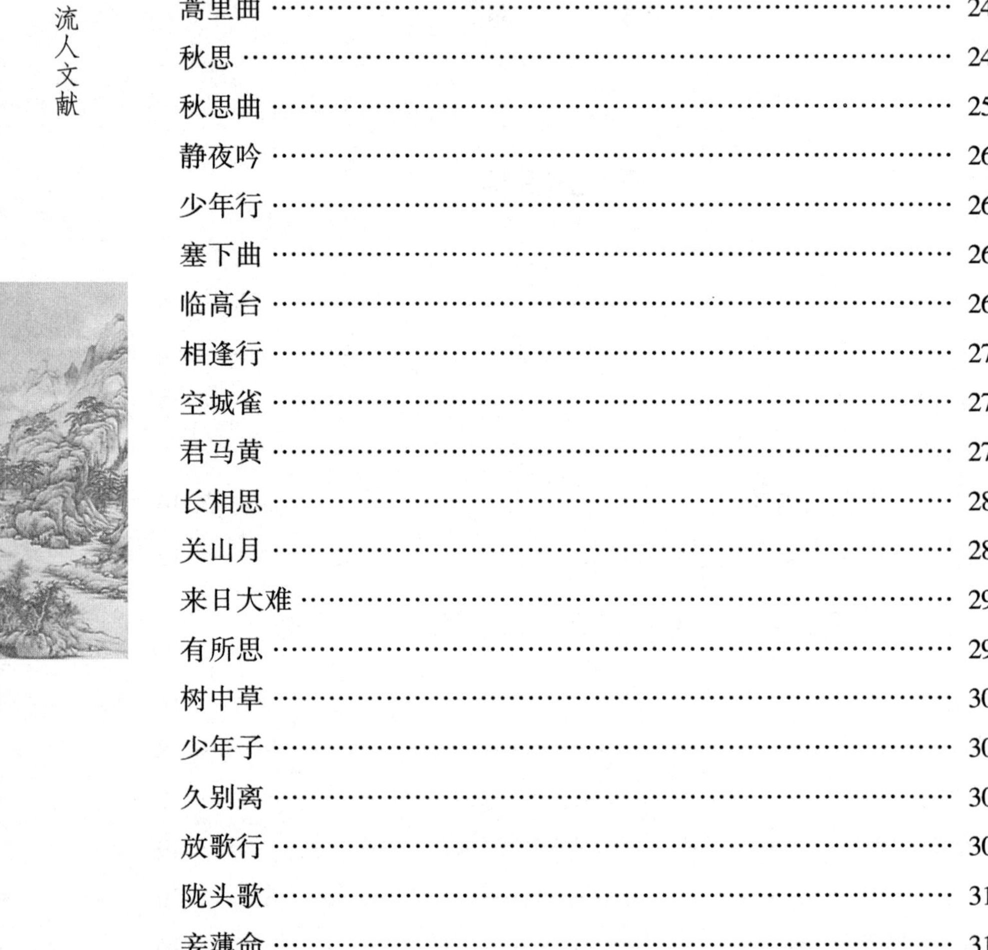

千山诗集　卷三　五言古一

千山诗集　卷四　五言古二

千山诗集　卷五　七言古

千山诗集　卷六　五言律一

千山诗集　卷七　五言律二

千山诗集　卷八　五言排律

千山诗集　卷九　七言律一

千山诗集　卷十　七言律二

千山诗集 卷十一 七言律三

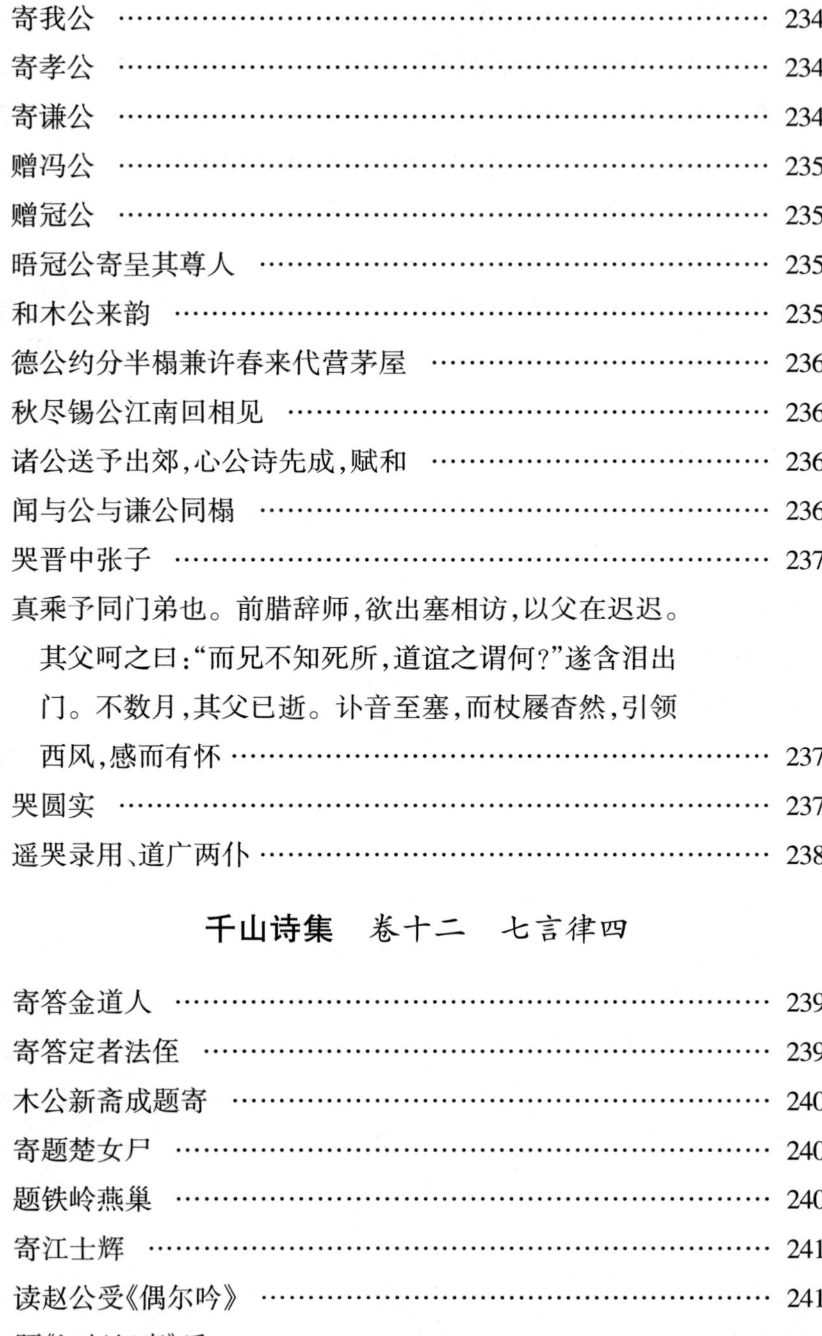

千山诗集　卷十二　七言律四

千山诗集　卷十三　七言律五

千山诗集　卷十四　五言绝

千山诗集　卷十五　七言绝一

千山诗集　卷十六　七言绝二

千山诗集　卷十七　七言绝三

千山诗集　卷十八　六言诗

千山诗集　卷十九　杂诗

千山诗集　卷二十　冰天社诗

千山诗集　补遗　七言律

附　录

不二歌集

不二歌集　卷一

不二歌集　卷二

附　录

千山诗集

（清）释函可　著

序

顾梦游

神宗末载，党祸已成，博罗韩文恪公思以力挽颓波，毅然中立，简在先帝，旦晚作辅。天祸宗社，哲人云亡，有丈夫子四：宗騋、宗驎、宗騄、宗骊。騋最才，弱年名闻海内。公殂，太夫人在堂，闺玉掌珠，种种完好，以参空隐老人得悟，世缘立斩，与发同断，年二十有九耳。岁乙酉，以请藏来金陵。值国再变，亲见诸死事臣，记为私史，城逻发焉，傅律殊死，奉旨，宥送盛京焚修。今弘法天山所，群奉为祖心大师者也。当大师就缚，对簿备惨，拷讯所与游，忍死不语。囚于满人，厥妇张敬共顶礼之①。既去，追之还，进曰："师无罪，此去必生，然窃有请也。师出万死，几不一生，不择于字，其祸至此。师生，无论好字丑字，毋更着笔。"师为悚然。

真乘师者，少与同学，同著时名，同依空老人弃家剃发。从罗浮得大师消息，徒步万里，入冰天雪窖中，相对三月，持剩诗归，示我。大师遗书曰："罪秃相见无期，石火可念。近家书从福州来，流涕被面。先子传十年不报，今以真兄坐索家间事，或得附见。此愿既酬，胸中更无别事矣。"此数者，余尝疑之。大师泡视生死，于诸死事络索不休，乃及于难。张婆何知，能冲口道得老衲痛处？当其酷刑刻骨，忍死不一语，痛定而哦，复忍俊不禁。既用铁石心，弃堂上佛以下，决意事佛，家信遥传，情动乃尔。

① 编者按："共"应是"恭"的通假字。

成佛人上报父母，有莲花座在万里，十年文负是责，皆理之不可解者也。是不然。世界法界，忠孝所植，诸佛祖与帝王实共持之。读大师诗，而君父之爱油然以生，声教也。读大师诗，而知忠孝之言不可以苟。生死不了，无以为文字；文字不彻，无以为生死，身教也。是诗之所以传也。真师又为余言：大师既喜记死事，骥、騄、骊以节死；叔日钦，从兄如琰，从子子见、子亢皆死；姊矢嫞节，城陷死；妹以救（不）〔当作母，详本书附录五屈大均《广东新语·僧祖心诗》一则〕死；騄妇不食死；骊妇饮刃死。即仆从多视死如归者。乌乎！大师死矣，复生！合门不生，犹未死也。乌乎！文恪公之幸远矣！

江宁顾梦游力疾敬书。

序

韩履泰

余犹忆童年追随剩人兄，学语瞿昙，绕塔膜拜，听梵呗音，欢喜踊跃。其时，群从咸在，家庭乐事。未几，沧桑变易，雁行中断。迨空老人从长庆返锡华首，余始皈依。于杖屦间得闻兄信，辄相对泫然。今亦已矣，悉付非非想矣！

夫儒释二道，皆所以扶纲常名教之重，而成佛作祖，多属之血性奇男子。兄当家国全盛之日，弃纷华如敝屣，岂逆知将来劫火洞焚、覆巢毁卵之痛哉？及其以文字获罪，脱万死于一生，视吾舌尚在，习气未除，复寄情于吟咏。眷怀宗国，笃念同气。或和《采薇》之歌；或拟《招魂》之些。抚今追昔，感慨系之。虽然，兄固不欲以诗名也，既闻道于华首，复阐化于塞外，当宗门茅靡波颓之日，大机大用，全隐全彰，自小乘至于圆顿，纵横该贯，随机导化，声光莫盛焉。只今璎珞山头冰雪，锦屏峰下松风，有色可见，有声可闻，以此昭示来兹，已无剩义矣。当世不乏明眼，其以予言为当否？

华首五戒老行人函静韩履泰敬题。

自　　序

败龟门下，捧洗脚水兼理刷洗马桶，斫头牢囚曰："向见吾里张孟奇先生，七十后文字多不经意，窃谓英雄欺人。"余今岁望七十尚二十有三，然备历刑苦，须白齿落，耳聋目聩，一切不能经意。重阳后，于金塔尽遣诸子，每自伫立，明月在天，寒风习习，辄不自禁绕塔高歌。正如风吹铃鸣，塔又何曾经意耶！因语二三知我，及时努力，毋俟一切不能经意。更有百倍切于文字者，尤不得不早自经意也。

题　　识[①]

羞恶知诗，又恶知师之为诗。第见师拈锤竖拂之余，目有触境、有所会，辄不自禁。或累累千言，或寥寥数语，日积成帙。□□先生前而谏曰：“师胡为乎来？祸根慎不速锄，乃复滋其苗耶?”师唯唯。大僧复厉色而呵曰：“吾侪自有本业，贝叶之弗翻，木槵之弗数，而安事此毛锥为?”师唯唯。羞伺间而进曰：“大僧下矣！先生之言或有当欤?”师微哂，从容而语曰：“而不见夫黑毛而长耳者乎？虽霜雪在背，鞭策在后，而犹不禁振鬣而鸣也！剩人之为诗，亦若是而已矣。”羞爰是类而编之，并志师言于右。

门弟子今羞和南敬识。

古之为诗者多矣，未必罪；古之得罪者多矣，未必诗。吾师以诗得罪，复以罪得诗。以诗得罪，罪奇；以罪得诗，诗愈奇。何恨不得与师诗之罪，而犹幸得读师罪之诗。因亟与若兄编而刻之，使天下后世读是编者，知诗恶可以无罪，而罪又恶可以无诗也。

门弟子今何和南敬识。

禅师遗稿至粤，海幢阿字和尚、乐说和尚，居士韩十洲先生，皆为藏弃。康熙四十二年癸未冬，华首常住始合诸本汇集之，镂

① 标题“题识”为编者所拟。

版广为流通。黄华寺所存金陵诸作后至，另为补遗。事竣，附识于此，盖欲不没其因云。

题　　记①

邢子才耐解误书，今昔美谈。然抄誊之多错，校订之难精，亦可见从古而若斯矣。是集自沈阳传入岭南，历今四十余年，录更多手，藏不一人，或因只字之偶差，遂昧全句之微旨。人湮地远，既就正而未由；乌变鸟形，复倘仿而难辨。悉依原稿，以存夏五之疑；不敢妄更，致蹈金根之谬。若夫意可逆志，文不害辞，则在善读者之自得耳。

① 编者按：此段文字原在底本目录末尾，标题“题记”为编者所拟。

千山剩人可和尚塔铭

函　昰①

噫！真发心出世，为前圣后昆荷担斯道。当国家全盛，出豪贵才华中，岸然独行，无所盼睐，始见千山剩人和尚其人也。余与剩人明崇祯间先后出师门，如左右手。闻讣，趋芥庵，与老人相向哑然。其徒之在广州者，露顶跣足，再拜稽首而言曰："非师，莫铭吾师也！"余曰："诺，弗敢辞。"老人复顾余曰："然。非公莫铭若弟也。"余起立曰："诺，弗敢辞。"翌日，返雷峰，其徒复至，长跪曰："某将以是秋奉铭出关门矣。吾师光明，全藉师笔端照耀塞外。塞外人千万祀，知有宗门自吾师始。某为吾师请，抑为塞外现在将来诸昆弟请。"言毕泣下，稽首不能起。余感而答曰："诺，弗敢辞。"于是载笔而言曰：

师名函可，字祖心，别号剩人，惠州博罗人，本姓韩。父若海公，讳日缵，明万历丁未进士，历官礼部尚书，谥文恪。母车氏，诰封淑人。师生而聪颖，少食饩邑庠。尝侍文恪公官两都，声名倾动一时。海内名人以不获交韩长公骕为耻。性好义，豪快疏阔。有贫士冤狱，自分死，师密白得免。士方德有司廉断，久而知韩公子所为。尝独出里门，为市儿所窘，识者报家人追至，将赴理，师遽止曰："彼惟弗知，故敢尔。岂有吾辈不能忘人误犯？"其豁达爱人类如此。文恪公卒于官邸，师奔丧入都，往返万余里，哀毁未尝一日间。迨归，闭户绝交游，悒悒无生人趣。闻

① 编者按：底本作"庐山栖贤函昰撰"。

梁孝廉未央好道，力致为诸弟受业，以此得深知余。适余归自匡山，师亟入广州，一见辄曰：“长斋数月矣，专以待公。先文恪生贱兄弟四人，某长，未嗣，若了此，愿梵行终吾世。”余笑曰：“此白社诸优婆塞事，宁区区属望耶?”师面赤，辞去。明日复来，曰：“某妾已孕，幸而育得，上报先人，抑无所憾。即不幸，亦不复愿为俗人矣。”余曰：“此吾侪绪余，若为艰言之，更有向上在。”师自此始决意，且拉余住止园，凡两月。值老人至东官，乃相见东官，因僧问诸识义。老人曰：“我这里无五识，无六七八识。”僧曰：“只么则寒灰枯木去也?”老人曰：“寒灰枯木争解问话?”师从旁不觉击节。老人顾余曰：“此子根器大利。”指示参赵州无字。有颂呈曰：“道有道无老作精，黄金如玉酒如渑。门前便是长安路，莫向西湖觅水程。”从此微细披剥，无虚旦夕。两逾岁，复闻举勘破婆子话，更豁然识古人长处。老人曰：“子今得不疑也。”即随入匡山，剃落登具，命掌记室。还住华首，又命充都寺。

甲申之变，悲恸形辞色。传江南复立新主，顷以请藏附官人舟入金陵。会清兵渡江，闻某遇难，某自裁，皆有挽。过情伤时，人多危之，师为之自若。卒以归日，行李出城，忤守者意，执送军中。当事疑有徒党，拷掠至数百。但曰：“某一人自为。”夹木再折，无二语，乃发营候鞫。项铁至三绕，两足重伤，走二十里如平时。江宁缁白环睹，咸知师道者，无他争，为之含涕而不敢发一语。后械送京师，途次几欲脱去，感大士甘露灌口，乃安忍如常。至京下刑部狱。越月得旨，发沈阳。师自起祸至发遣，中间两年，惟同参法纬暨诸徒五人外，无一近傍。然内外安置极细，如狱中一饮啖、一衣屦，随意而至，如天中人。师当时所能自为者，顺缘耳。庸讵知已有人属某缁，属某素，甲事若此，乙事若彼，开士密行，不令人知，何择时地?然师所以获是报者，岂非平生好义，暗中铢缕不爽，诸如道在人天，且当作别论也。

师初至沈阳，观知根欲，因达藏主，阅藏普济。先为诸苾刍疏通义学。时讲席渐散，多集座下，讲师颇觉。师乃领大众趋教同学人。讲师意始解。自是，沈内外护咸仰师宽大，益笃信宗门。开法之日，元旦喇嘛率诸辽海王臣道俗称佛出世，清法谴僧属掌教，亦极力推毂。自普济，历广慈、大宁、永安、慈航、接引、向阳，凡七坐大刹，会下各五七百众。同时谴谪诸大老，若大来左公、吉津李公、昭华魏公、龙衮李公、雪海郝公、天中季公、心简陈公，始以节义文章相慕重，后皆引为法交。

师自处孤洁，与人慷慨，多意气，匪深于师，平日鲜不以才气相掩，以故法海深阔，向非凡器所能构。尝有书抵余，曰："门下龙象如云，若得专一人来，使某得尽其夹辅之力，则曹源一滴，长润塞下。"噫！余于此知师为法求人之切，岂无所见？顾再易裘葛耳。忽一日，曰："我后十日必去。"集大众告诫，皆宗门勉励语。搜丈室，无长物。平日所畜衣、拂、如意、杖、笠，悉分付侍僧。孑然一身，从金塔趋驻跸。嘱行后全躯付浑河。示偈曰："发来一个剩人，死去一具臭骨。不费常住柴薪，又省行人挖窟。移向浑河波里，赤骨律，只待水流石出。"众环跽，乞留肉身。哀恳再三，乃默然，遂端坐而逝。沈之人迎龛入千山，建塔，盖顺治十六年已亥十一月二十七日也。师世寿四十有九，坐夏二十，得度弟子今育、今匝、今曰、今庐、今又、今南，皆江南人。师住沈，不轻为人剃发。有乞戒，悉命礼天显律主。师未开法时，尝为显作阇黎。及说法，显请入室，师亦命第一座，更为傍通《华严》。梵行凡戒坛，仍使主之。惟宗门提唱，无少假。然皆一目同人。衲子能具精诚，随机大小，各有所被，故十年相依，如正寓、耻若、罄光、涌光、作麽、若而人咸受益焉。是宜铭。铭曰：

山川奇秀，蔚为异人。意气云蒸，公族振振。

儒门淡薄，归复能仁。溯洞水源，沛流潺湲。

出华首嗣，为博山孙。如沩之严，吾师有言。
慧寂者谁？实难为昆。嗟大树丛，宜荫南宗。
天龙等视，匪法运穷。愍彼遐方，启拓关东。
彼土惇直，惟经与律。拄杖拨开，别传甫及。
七住道场，万指林立。天姿雄迈，波澜澎湃。
上下右左，不知其在。巍巍堂堂，曷云谁至？
杲日方中，忽然西逝。道俗涕潺，涌塔千山。
为存为殁，松鸣珊珊。朔方少室，今古斯一。

奉天辽阳千山剩人可禅师塔碑铭

郝　浴①

考释传洞宗，博山之嗣曰华首，独千山剩大师函可实印其法。可字祖心，岭外闻家儿也。以世度沧桑，号剩人。始生而龀，随父谒任长安，道出匡庐山下，止驿亭，仰金轮峰，仿佛记白莲开谢，成措大。用象山《慈湖书》说《鲁论》，偶下一指于之边云："若于此识得，尽十三经可贯。"一座齿冷。时年十八九。每污患世习，命写生手戏图为意中幻肖。初而拱象拥矛，迟而囊头贯首。幅尽，一比丘现，趺岩雨花。时室中黛墨如林，怪之。居无何，扶父榇过阊门，堕水鸥没，反眼视（黛黑）〔前文作黛墨〕，皆髐然骷髅矣，遂哑然（蹇）〔当作褰〕裳而去。先是，孝廉曾宅师，雅善华首，常造师，必挟首说相劘削。师疑而颔之。及坠足吴门，忽智其说，直走双柏林谒首。首才癯然瓢笠而已。为拈赵州无字逼师。师冲口呈偈。首尽叱之。一时信猛俱发，七八日似木偶负墙。忽一夜，雷电薄窗，不觉胸次划裂，二十年疑关尽撤，晓而唱曰："门前便是长安道，莫向西湖觅水程。"自是，密拈古人无不犁然深解。他日为举九峰，参真净话，师扑地稽首。首喜曰："得子不疑，吾宗振矣！"遂引入曹溪，礼祖下发，登具于舟中。左右谛观，宛是幅末画人，殆谶也。而曾孝廉亦已俨然在坐，比肩现知识身矣。师是年二十有九，时崇祯十二年六月十九日也。庚辰，上金轮峰，入古松堂，一如夙契。明年，礼寿昌塔。又明

---

① 编者按：底本作"御史大夫银州郝浴撰"。

年，礼博山塔。甲申，年三十有四，值世变再作。于戊子四月二十八日入沈，奉旨焚修慈恩寺，时已顺治五年矣。

吾上人延师阅藏，为演《楞严》、《圆觉》，四辈皆倾。渐拈教外之传，稍稍示洞家宗旨。凡七坐道场，趋之者如河鱼怒上。六七年，起大疑，生大信，采珠投针之徒每叉手交脚于岩壑间不去。师知悟门已开，且就化，目众叹曰："释儿识西来意乎？追念吾在家时，曾刺臂书经以报父，及出家，而慈母背反，立解条衣，披麻泣血以葬之。是岂愚敢先后互左而行怪？顾创巨痛深，皆不知其然而然也。是西来意也。丙戌岁，本以友故出岭，将挂锡灵谷，不自意方外臣少识忌讳，遂坐文字，有沈阳之役。是亦不知其然而然也。是西来意也。"重示偈曰："发来一个剩人，死去一具臭骨。不费常住柴薪，又省行人挖窟，移向浑河波里，赤骨律，只待水流石出！"言讫，坐逝，报龄四十九，僧腊二十。翌晨，道颜如生，浴拊其背哭之，双目忽张，泪介于面。

呜呼！师固博罗韩尚书文恪公之长公子也。文恪公立朝二十年，德业声施在天下，门下多名儒巨人，故师得把臂论交。虽已闻法，而慈猛忠孝恒加于贵人一等。甲申、乙酉间侨于金陵顾子之楼，友恸国恤，黯然形诸歌吟。不悟，遂以为祸。然，事干士大夫名教之重，江左旧史闻人，往往执简大书，藏在名山，是殆狮象中之期牙雷管，而袈裟下有屈巷夔龙也。当其遭诬，在理万楚交下，绝而复苏者数，口齿嚼然，无一语不根于道。血淋没趾，屹立如山。观者皆惊顾咋指，叹为有道。

甲午九月，浴始得见师于高丽馆。海口钟发，眸子电烂。一接谈，彻三昼夜。粹白潇洒，不闻只字落禅。浴窃叹梅岭南曲江丰度，久坠堂帘。曹溪法雨，谁沾世界？今观其父子间入世出世，兼擅二贤之美于一家，岂非天壤间稀有事耶！至其藏密于发慧之余，混迹劳侣，其僧皆堆堆，惟戒课之修，乃一旦全启其知觉，非大师智圆而语软，以了无遮结之聪明，行决无退转之慈悲，安

能使鸭西数千里奉为开宗鼻祖哉？

记丁酉冬，在沈南塔院，一灯相对，语洞济二家之奥，皓月江翻，霜锋电扫，因极赞寿昌“暗藏春色，明露秋光”之语，以为知言。复曰：“趋闪回互，恰却现前，未易为君描画矣。”师居尝好跣，到积雪拦门，犹浩然白足而出。始以逮入京，绝粒七日，时有一美丈夫，手甘露瓶，倒注其口。及蘧，神采益阳阳。方知大士密留为十二年拨种生芽地也。计当胜国之末，一老比丘力驱昙、可一辈人入道，且师弟子类能以高躅保其真谛，足见华首，更见洞宗。惜天下宗门上客，不得再见吾雪窖冰天、空明微妙之剩人也。所著书及得法人，附记碑阴。自示寂之年腊月初四日，龛肉身诣千山龙泉寺，护真师阅藏。辛丑，迎至大安。壬寅六月十九日巳时入塔。塔在璎珞峰西麓下。是为康熙元年。迄十有二年癸丑四月，浴自银州冒暑登山，装香塔下，而铭之曰：

西竺自嫌书太粗，香至之儿口传无。
常恐破颜花在手，无与神州五丈夫。
嵩阳膝雪披屈绚，能者遂取摩尼珠①。
空阶不拾石头出，二支五派各分途。
谁从云路归曹洞？请看明月鹭鹚图。
话到博山三十代，菩提树绿一千株。
南海陆家开宝掌，三岁登楼叹蜘蛛。
磨刀自下娘生发，骑牛无语入匡庐。
静看世界悲才子，密引双龙入紫盂。
一龙顺行一龙逆，飞劈虚空堕上都。
一朝洞家法幢起，插向万年冰天里。
彩日轮飞楼阁紫，正照华师弟二子。

① “屈绚”：疑为“屈眴”之误，屈眴系达摩缝制袈裟所用的一种细布。

如大火聚尺有咫，一众头燃那撑抵。
窗外雪花灯前蕊，九十六转问杀尔。
漫发木鱼钻故纸，吹毛有口野干死。
悄向声闻鸣一指，甘露门开舌尽舐。
抚琴作舞今已矣，闲为谪官说历履。
曾咏蓼莪吟兰芷，敢抵素王忠孝理。
读破二十一部史，谁居精华谁居秕？
升堂有路平于砥，吾徒努力雪行止。
跸峰云锁玉为几，鸭绿环流清见底。
蓟米无双天下美，坐斋香饭精如此。
鹤林忽白垂一趾，璎珞峰西肉身是。
当年相好谁能似？金绳界处俨慈氏。
于今有塔直如矢，万峰朝拱一峰倚。
昼夜松涛灌左耳，大觉千龄护帝里。
四天垂青抱百雉，洞宗之传又此始。

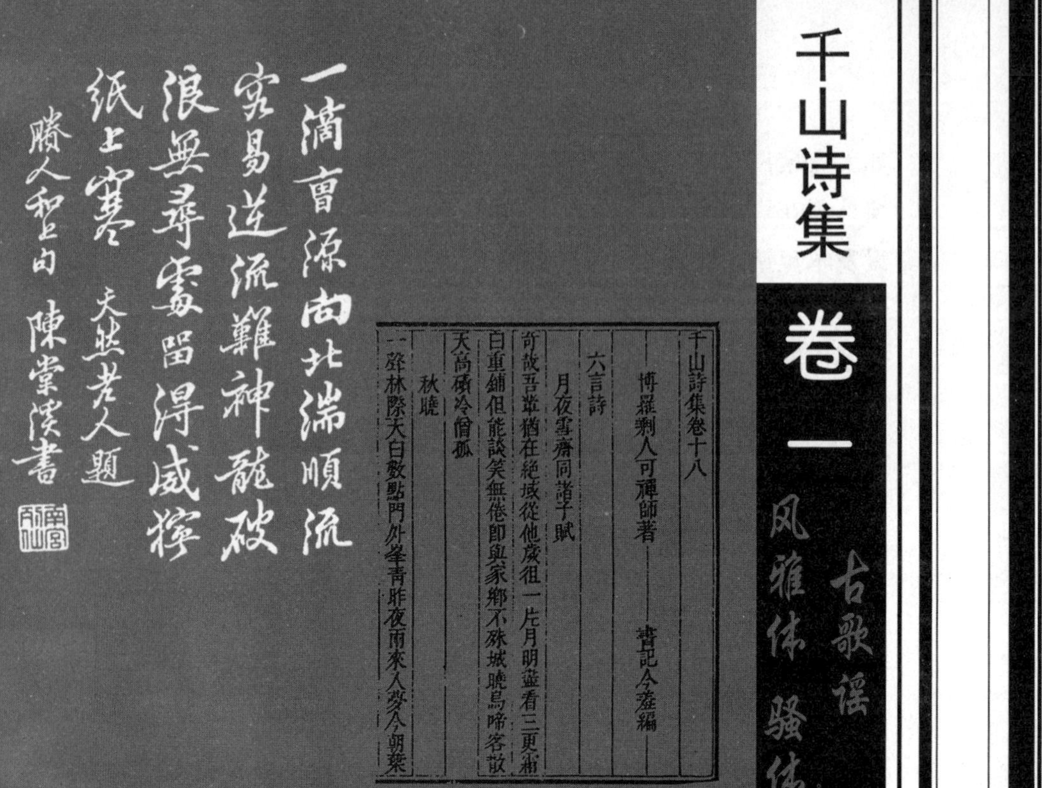

千山詩集卷十八

博羅剩人可禪師著　　書記今羞編

六言詩

月夜雪齋同諸子賦

奇哉吾輩猶在絕域從他歲徂一片月明盡看三更霜白重鋪但能談笑無倦即與家鄉不殊城曉烏啼客散天高磧冷僧孤

秋曉

一碎林際天白數點門外峯青昨夜雨來入夢今朝葉

古歌谣

山谣

一尺土，一寸膏。膏夜流，土生涛。

神谣

人肉馨，神眼睁。

多多谣

灵蛇头，筋竹袖，皇英市，多多有。
千年龟，张大口，燕支税，多多有。
锦牛驼，银狮吼，死人汁，多多有。

风雅体

耿耿二章

一章，章十二句；一章，章八句。示警也。

（一）

耿耿双瞳，游于面间。瞩人则易，瞩己则难①。
勿谓无非，无非非至；勿谓无知，人将瞩尔。
己非毋匿，人非毋刻。躬厚薄责，大人之特。

（二）

突如其来，突如其已。念生无根，与物为至。
纷纭不辍，毋用遏绝。知幻即离，空明如月。

---

① 编者按："己"原作"巳"。"巳"为"己"之讹。考本书"己"、"已"、"巳"三字，多数刻为"巳"字，但据语言环境，并不难辨识，因此此后遇到此三字，据其语意，径为改定，不再说明。

佛不在木

一章，章十句。静宇师送紫榆数珠，作诗谢之。

佛不在木，念不在珠，绵绵不断，无欠无余。
厥色维紫，厥质维槫，渠今即我，我不是渠。
永言数之，渠我如如。

山鬼四章

章四句。

（一）

明月在天，塔影在地。北风凄凄，惟吾与尔。

（二）

塔影在地，明月在天。汝不我处，人谁汝怜。

（三）

汝惟一舌，我惟一脚。我啸汝歌，汝歌我跃。

（四）

天地草草，山河落落。霜老星残，云胡不乐。

骚体

乐神辞三章

（一）

星为马兮云为辔，生为忠兮死为厉。
草有子兮山有麃，腰铁铃兮冠雉尾，
击鼓其镗兮回瞋作喜，琉璃堂兮血食斯地。

（二）

儿孙为田兮魂魄为粮，神年丰兮国为良。
银者白兮金者黄，以赎命兮身面光。
一人安居兮保边疆。

（三）

黑云压兮金乌藏，鼓声死兮剑无芒；
血为碧兮骨为霜，五陵墟兮万井荒。
笔墨精兮职为郎，翠钿委地魂魄芳。
日吉兮时良，陈列兮馨香。
马有潼兮豕有肠，舞窈窕兮歌琳琅。
明星烂兮乐未央，曰既醉兮云路倘佯。
毋厄兹土兮福祚长。

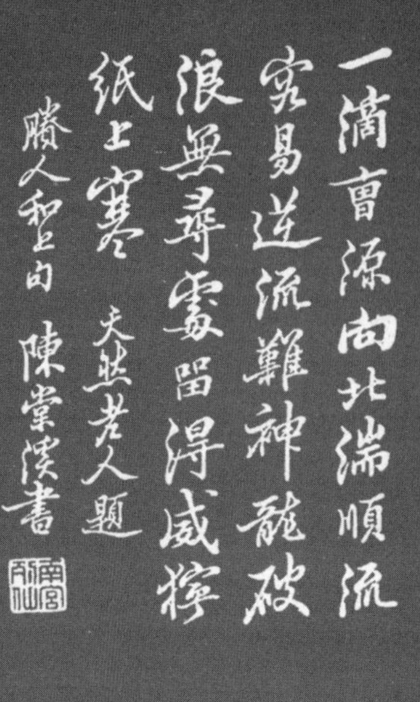

千山诗集

卷二　乐府

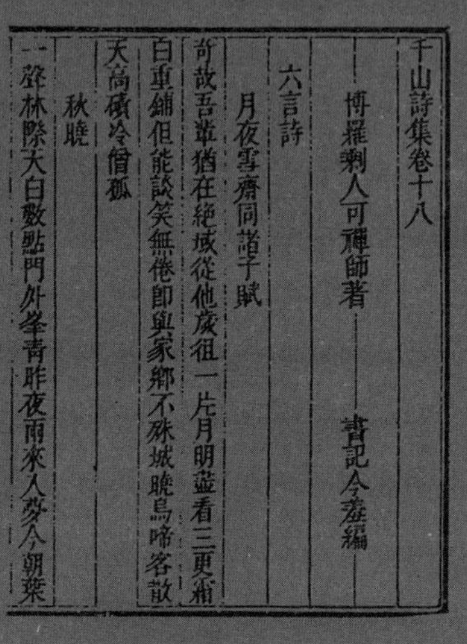

千山詩集卷十八

博羅剩人可禪師著　書記今[illegible]編

六言詩

月夜雪齋同諸子賦

竒哉吾輩猶在絕域從他夜徂一片月明盡看三更霜白重鋪但能談笑無倦即與家鄉不殊城曉烏啼客散天高磧冷僧孤

秋曉

一發林際天白數點門外峯青昨夜雨來入夢今朝葉

枯鱼过河泣

枯鱼过河泣，劝鱼且莫泣，劝鱼且莫悲。
蛟龙有时斩，何况鲂与鲩。

枯鱼过河泣，劝鱼且莫泣，劝鱼且莫悲。
若能一滴水，扬鬣还天池。

善　哉　行

日月烛照，民多纰缪。川岳流峙，民用构斗。
揖让在前，征诛在后。世无伯夷，铲薇种豆。
匪知何寇，匪庸何富。冯道登仙，云中稽首。
白凤就烹，素麟出走。载沉载浮，以永厥寿。

稼穑既教，生乃弗谷。百草既尝，疾乃弗救。
星斗在胸，江河在口。松柏丸丸，斧斤祇候。

南有佳人，颜色静好。爱而不见，郁我怀抱。
昨日犹壮，今日已老。何以却之？出门刈稻。
心洞雨晴，目开天扫。悠哉悠哉，孰知大道？
仰掇玄露，俯拾瑶草。薄言置之，无求是宝。
树下一宿，日中一饱。古之圣贤，无他谬巧。
众荣亦荣，众槁亦槁。瞻彼蚩蚩，惄焉如捣。

短 歌 行

前后左右，四面八方。忧愁骈集，我何可当？
欲寄天上，虑天弗禁。欲埋地下，恐地将沉。
不如收拾，置我怀抱。寝之食之，于焉终老。
沧海何阔，蓬莱何高？世无黄鹄，乘我游翱。
古之侠士，尘视生死。凡今之人，畏首畏尾。
好谋弗终，时命终穷。东南失利，西北多凶。
黄沙为棺，白云为椁。我则如是，千秋寥落。

长 歌 行

我歌！我歌！旧民犹可，新民奈何？

薤 露 歌

薤上露，畏白日，日出露干无遗迹。

古今杳杳无消息，宝马空嘶垄树直。

蒿 里 曲

蒿里谁家地？日夕悲风起。
命尽五更头，不到五更尾。
狐狸招手人不知，脚下黄泉尺有咫。

秋 思

鸿雁逐飞云，青天亦有行。
兄弟本四人，仲季欻云亡。
伯窜东海隅，叔留南海旁。
相隔万余里，东南永相望。
忆昔在长安，膝下共两双。
朝去候门扉，朝回牵衣裳。
忆昔在南国，齐揖事先王。
教训日以严，道义日以康。
忆昔在家园，气力各自强。
读书穷壶奥，落笔竞沅湘。
神异古人遇，举世无文章。
当春二三月，风吹百草长。
登堂献寿酒，散步陟崇冈。
夏日听黄鹂，阴阴亭馆凉。
折荷绿玉池，剥荔黄金床。
桐叶下金井，四围橘柚黄。
薄暮向空阶，联袂延月光。

忽见梅花发，大开楼上窗。
色映枝枝玉，诗成字字香。
好景必同赏，佳酿必同尝。
夜寒必同被，得句必同商。
先子忽见背，血泪尽汪洋。
三载草土中，不离阿母旁。
伯也忽瞿然，团圞非久长。
拜母别诸弟，剃发栖大匡。
仲弟登贤书，云路步前芳。
叔弟薄青衿，欣然慕老庞。
阿季独倜傥，走马少年场。
抱志虽各殊，骨肉不相忘。
一朝日月坠，大地共仓皇。
紫荆长枝折，飘零天一方。
寄书阻兵革，得罪饱冰霜。
远碛听笳吹，回头盼故乡。
前月片纸来，摧胸裂肝肠。
闾井十无一，举家惨罹殃。
叔弟尚伏枕，一命在微茫。
母死恐未葬，弟死谁盖藏？
登山苦无梯，涉河苦无梁。
山木何翛翛？河水何汤汤？
安得高飞翼？驾我以翱翔。
狂雨日下来，白昼黑淋浪。

秋　思　曲

山峨峨兮水盘盘，念佳期兮秋月圆。

揽衣视夜兮风雨迎门，彼美人兮梅一村。

静　夜　吟

秋夜如漆我心忧，醒亦忧，寐亦忧，
兼之蟋蟀，苦鸣不休。
揽衣忽坐起，还卧泪横流。
大风吹树何飕飗？床头书鬼声啾啾。
家乡已荡尽，胡为身独留？

我有一点心，暗风吹已碎。
一半福州山，一半浔江水。

少　年　行

红日射高楼，歌声不肯休。
借问北邙山，几人曾白头？

塞　下　曲

日落雁声急，萧条人独行。
偶看原上草，偏动黍离情。

临　高　台

临高台，望行尘，多少驱车向西去，
曾无一个是新人。

临高台，望东海，海上潮回自有时，
流民东来无返期。
愿平高台塞东海，毋使流民心骨碎。

相　逢　行

相逢路多歧，君东我自西。
莫问名和姓，回头知是谁？

相逢大路侧，君南我自北。
袖里无黄金，终是不相识。

相逢大路中，君西我自东。
不知为何事，但见马匆匆。

相逢两复三，君北我自南。
明知不是伴，半揖略交谈。

空　城　雀

空城雀，腹中饥。
雀虽饥，无是非，莫向上林枝上栖。

君　马　黄

君马黄，四足忙。挥鞭意气何扬扬！
我独无马步道旁，我步踯躅君马狂。

下有不测之大堑，上有崎岖百折之崇冈。
万一失足，人马皆亡。
愿君下马为君指，林间有路平且康。

长　相　思

长相思，来何迟？
荆山鼎就紫清归，六宫粉黛化作泥。
王母高居在瑶池，无数仙人进玉饴。
千秋万岁以为期，何不驾六龙中天飞？
青鸟衔书到海涯，杲杲出日，浮云蔽之。
长相思，不可知。

长相思，暗泪披，虫吟草根如知之。
夜深佛火光稀微，钟鼓不鸣心肝摧，
白云一片何处栖？故园紫荆余枯枝。
长相思，见何时？

长相思，在上古，神农虞夏皆黄土。
手把黄土心欲诉，黄土乌知予心苦。
向空一掷散如雾，天无门兮地无路，
龙为鱼兮鼠为虎，愿还苍生置三五，
四海欣欣歌且舞。

关　山　月

月向巫闾山上出，不照人间照死骨。

死骨千年更不还，魂随山月度重关。
关山叠叠归魂苦，苍茫不记来时路。
闺中少妇独夜眠，心心嘱梦去寒边。
梦去魂归不得遇，明月如霜草虫语。

关山月，何惨凄！
城上吹笛乌复啼，城下秋草白萋萋。
安得长风吹此月，直向石洞青松枝。
关山月，无尽时。

来日大难

来日大难，风雨在门。今日有客，且共盘桓。
精卫衔木，东海必填。匹夫立志，金石匪坚。
葛洪熟识，贻我大丹。不愿长久，顾世多艰。
白雪充腹，敝絮遮寒。咄咄罪夫，在天地间。
冥冥何用，栖栖亦戆。沮溺弗为，何况孔孟？
朝歌亦入，盗泉亦饮。下士笑之，上士同哂。

有　所　思

有所思，乃在村头三五树。
树上啁啾翠羽鸣，树下美人向空语。
此时山月定得闻，似解不解无伦绪。
一捻愁心到夜阑，凭谁寄与长边戍？
山月似归天上去。

树　中　草

微贱一茎草，寄生枯木中。
客土本无多，安敢望丰茸。
孤根藉纤露，暂此朝夕荣。
不择栋梁材，只贵空能容。

少　年　子

白面少年子，无金空有心。
半夜许人半夜死，肯待东方天日临？
古来独爱荆轲义，易水一去无还志。
中王固佳，中柱亦喜。
舞阳死灰不足言，勾践嗟叹亦非知。
若将成败论，没却一片意。

久　别　离

久别离，已见塞鸿三度四度向南飞。
前岁寄书今岁至，开缄一片血淋漓。
读不得尽卷而怀之，夜半作书报君知。
前有平安两字，后有相思一词。
后头是实前头非，殷勤拜祝泪纷披。
书来已辛苦，书去见何时？

放　歌　行

斫却孤桐，凤或来止。堙却颍川，由或来洗。

古无天地，高下何论？古无江河，清浊何分？
我有素琴，无弦一曲。秋风乍来，声出林木。
亦盗亦廉，非夷非惠。知我则稀，我则何贵？
泰山一拳，沧溟一勺。天日明明，亦胡能烛？

陇 头 歌

陇头流水，或西或东。哀此飞蓬，瞻望旧丛。
旧丛久空，忧心忡忡。

陇头流水，声惨以凄。落叶从之，永辞故枝。

妾 薄 命

十三嫁先夫，十四先夫死。
十五嫁后夫，十六后夫死。
两度踏君门，依然一童稚。
凤钗两股齐，罗衫色仍紫。
哭新兼哭旧，那复再生理。
吁嗟！十七十八嫁何迟！
惟恨当年错欢喜。

雀 飞 多

雀飞多，触网罗，可奈何？
回头语飞乌，汝母翼折待汝哺。
饥不及朝，朝不及暮。

风中之烛枝上露，莫取盈仓填汝嗉。

望 夫 石

望夫石，江边守。江易枯，石不朽。
生公说法也难听，直待夫来始回首。

有 所 思

有所思，所思亦何益？
我置君心于我心，君置我心于道侧。
君心似我胡可得？北斗在南南斗北。
泰山如砥平，黄河如箭直。
若得君心有转移，与君重复整相思。

野田黄雀行

自识形躯小，窃愧羽毛黄。
野田随饮啄，短丛足翱翔。
且不羡鸿鹄，何况凤与凰。
笑彼斥鹖俦，徒欲上高冈。
高冈岂不乐，顾影亦惭惶。

行 路 难

行路难，不在山间与水间。
水有漩复，山有崎岖。

城门大道，荡荡愁予。
见人必恭敬，避人必欷歔。
欷歔亦何为？恭敬亦须臾。
人情不一，多凶少吉。

千山诗集

卷三 五言古一

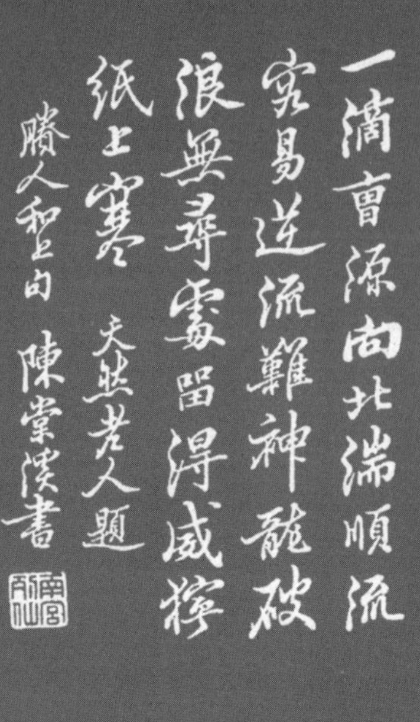

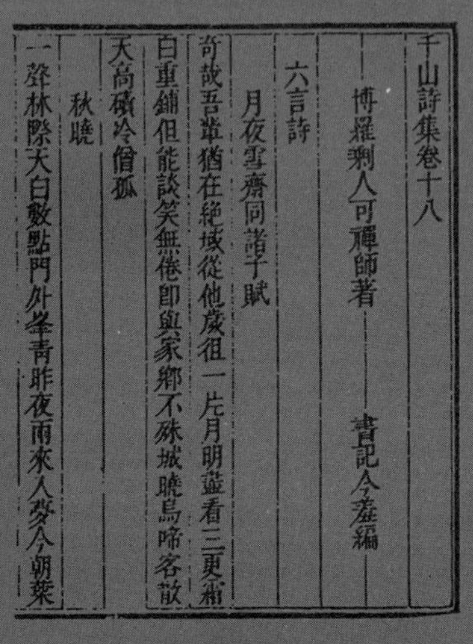
千山詩集卷十八

博羅剩人可禪師著　　書記今羞編

六言詩

月夜雪齋同諸子賦

奇哉吾輩猶在絕域從他歲徂一片月明盡看三更霜白重鋪但能談笑無倦即與家鄉不殊城曉烏啼客散天高磧冷僧孤

秋曉

一聲林際天白數點門外峯青昨夜雨來入夢今朝葉

秋思新泪

新泪拭不干，古泪已及趾。
二仪清浊分，伤心从此起。
倮虫日汹汹，圣人凿其知。
饮食藏兵戈，结绳开祸始。
黄帝学道流，剪灭神农裔。
蚩尤纵无良，榆罔恶未极。
大哉夏禹功，泽流应万祀。
当桀放南巢，扈从何名字？
直待采薇人，兄弟标忠义。
忠义既以明，天下争一死。
荀息殉遗孤，明知是无益。

蒯聩命驱车，其仆乃结缨。
画邑布衣流，悬树续齐祀。
豫让行何苦，漆身乞于市。
所以为此者，将以愧后世。
汉祚当衰微，英雄纷举事。
臧洪据地时，陈容忽扬袂。
当日同座人，胡为空太息？
卓哉巴郡守，断头心罔贰。
晋惠昔蒙尘，百官皆散溃。
独有稽侍中，衣血足捍卫。
周顗急呼天，卞壶长卧地。
此外亦寥寥，闲居谈名理。
唐有藩镇难，诸公何慷慨。
张兴解其尸，张巡抉其齿。
杲卿更愤激，钩舌詈不已。
阿弟死希烈，自草表与志。
屈强德宗朝，刘乃段秀实。
夺笏直唾面，投床遂不食。
乃有孙节度，受锯无绌志。
宋代光前古，编简难尽纪。
载观靖康初，十人辟和议。
第一欧阳珣，恸哭深州外。
徽言阖室焚，仗剑语将士。
令嵗坚执膝，终不拜犬彘。
若水挝破唇，彦先刃左臂。
痛惜岳家军，十年一朝弃。
淮宁向子韶，建康杨邦乂。

不作他邦臣，宁作赵氏鬼。
北兵括地来，屈指数李芾。
取酒饮家人，遍刃无遗类。
幕属及潭民，举族多自缢。
林满井无虚，激厉乃如此。
亦有赵卯发，亦有江万里。
亦有宣抚陈，亦有少保李。
节义或一双，积尸或如垒。
或赴沼自明，或指腹自誓。
广王终崖门，陆张随入海。
於赫文文山，义尽仁乃至。
平日读诗书，庶几可无愧。
乾坤扫荡来，圣神广栽植。
烈烈复轰轰，又非宋代比。
书以白银管，藏以黄金柜。
地上反奄奄，地下多生气。
我欲从头哭，泪尽东海水。
白日且吞声，歌咏聊尔尔。

采菌二首

（一）

木生在高原，岂意烂作泥。
茂草蒙其头，牛羊践踏之。
自顾不敢怨，世事安可知。
每岁五六月，日晒雨复滋。
晔晔长新菌，五色转参差。

黄者金芙蕖，青者碧玉芝。
天地有正气，积郁不得施。
触物吐光艳，腐朽化神奇。
采采必盈筐，踌躇发深思。
物理固难测，可以疗我饥。

（二）

三五趁晓晴，随云入涧壑。
志与枯槁遇，荣茂非我乐。
顾视深草间，异种纷相错。
恐是蛇虺居，根性乃独恶。
摈弃稍不严，美口成毒药。
气化岂有殊，君子慎所托。

古意二首

（一）

作花莫作菊，东篱成荒丛。
作木莫作松，孤高孰与同。
何如萧与艾，雨露亦丰茸。
节序暗易换，只恐是秋风。

（二）

作鸟莫作凤，举世无梧桐。
作兽莫作麟，唐虞不再逢。
何如鸡与鹜，饮啄亦从容。
鼎俎久相候，安能长自雄？

经　　言

朝出见歌舞，暮归见黄土。
此事未足奇，所奇在何处？
朝出见歌舞，暮归见歌舞。

碛中三老咏

龙鳞积深泥，郁吟岂其志。
江海起胡髯，一喷天地沸。
弟死身独留，此中有深意。
不作文文山，徒然歌正气。

读书抱区区，所争吾是人。
博浪偶不中，甘心东海尘。
万死存一卷，遇物吐其真。
手栽桃李花，将欲变荆榛。

割世一何毒，取义一何痴！
嬉笑歌哭间，往往见其微。
此事信莫委，一往遂不疑。
目视今古人，安顾圣贤嗤。

落　　叶

空庭肃秋气，一叶最先飞。

众叶皆不顾，孤客暂相依。
曾受日光照，融和露复滋。
鸣禽争上下，繁阴覆阶墀。
谁能当此际，反念树上时。
御苑芳菲尽，何况托根微。
飘零固其分，污泥安敢辞。
寄语树上叶，千年长在枝。

泪

我有两行泪，十年不得干。
洒天天户闭，洒地地骨寒。
不如洒东海，随潮到虎门。

示学人三十首

（一）

古人有良规，不可去斯须。
隐微密自烛，非为外貌拘。
束己若不足，束人贵有余。
苟非大圣心，恶能从勿逾。
岂不闻哲言，水清则无鱼。

（二）

根实枝乃茂，源深流自长。
方寸苟自正，立世大堂堂。
人誉我胡亲，人毁我胡伤。

浮云一千里，难掩赫日光。

（三）

大象踏兔径，达人略小节。
大本但勿渝，安能事琐屑。
硁硁然小人，闭口休辨别。

（四）

大道如平砥，人自向高山。
不知千万程，近在足趾间。
出户复入户，何用苦烦难。

（五）

粗粝亦充腹，破衲亦遮寒。
身口本无多，知足又何难。
纷纭世上人，至死不得闲。

（六）

古人身上肉，今人足下尘。
尘为人所贱，昔时曾自珍。
幻躯何足论，所贵得其真。

（七）

龙亦不在天，龙亦不在渊。
飞潜信有时，神物无一专。
莫为叶公好，头角空自悬。

（八）

我从物则奴，物从我则主。
物我本无分，茫茫失所据。
反照识独尊，混然在一处。
虽与物去来，不共物来去。

（九）

人生各有病，深浅惟自知。
百草不能至，扁鹊空攒眉。
佛祖入膏肓，此病最难医。

（十）

言亦不可甚，行亦不可极。
行极无余地，言甚无余旨。
大人处世间，常留不尽意。

（十一）

处安且毋喜，处危且无患。
得失无定形，祸福掌一反。
三复塞翁言，此心常坦坦。

（十二）

逆流易自持，顺流多失措。
人世陷其身，不以危险故。
君子慎平康，一步一回顾。

(十三)

入世毋强同，强同多厚颜。
入世无强异，强异难独全。
平生默自抱，不即不离间。

(十四)

少年易使气，俗物必遭吐。
忽遇其中人，胸肝急披露。
老大足和平，于世或无忤。
泾渭难自浑，时复露其故。

(十五)

花不与蝶期，花发蝶自痴。
世不与人期，而人自干之。
遇物苟无心，纷然无是非。

(十六)

老人莫自伤，白发抵黄金。
请看台下土，尽是少年心。
晓起若有待，晚来何处寻？

(十七)

为恶只自残，为善亦有数。
善恶皆幻生，劳劳成今古。
若识非幻者，无欣亦无恶。

（十八）

有作必有受，须知无受者。
昔日与今时，互换形皆假。
稽首狮子尊，痴人徒嗟呀。

（十九）

山翠亦有色，溪流亦是声。
居心苟不静，山水是非生。
请看金马门，谁辨浊与清？

（二十）

形骸暂相托，保护尔何为。
一息苟不来，撇之去如遗。
君看捣药人，谁能白昼飞？

（二十一）

日用亦有限，世人重光辉。
心计苦不足，倏忽西日颓。
劳我一生力，营他眼前为。

（二十二）

江海本无波，飙风不停吹。
我心与境接，日夜纷交驰。
若了心境幻，彼此不相知。

（二十三）

行止镇相随，不识何面口。

自古称上贤，只此无先后。
可怜照镜人，迷头日狂走。

（二十四）

见人学恭敬，坦率招时嫉。
缛节与闲言，涂饰度朝日。
安得古初民，相与宝真实。

（二十五）

结交若如初，何必重雷陈。
学道若如初，释尊满界尘。
大法本无多，久长难得人。

（二十六）

丈夫贵立志，万古只斯须。
举步稍旁顾，寸地阻前趋。
壮哉海岸人，蛟龙还其珠。

（二十七）

尘生在毫芒，人鬼莫能窥。
勿谓此纤纤，郁勃闭阳辉。
不见沧海流，其初涓滴微。

（二十八）

巨鱼争洪波，细鳞集蹄涔。
巨细虽各别，共此朝暮心。
我生复何营，空林张素琴。

（二十九）

片云起前山，飞来复飞去。
日夕众鸟栖，微风息庭树。
我心与之然，淡寂冥群虑。

（三十）

子规啼不息，中情谅无极。
鲜血流树枝，入地深一尺。
去去复何云，月来山寂寂。

与藏主夜谈三首

（一）

道穷易感恩，况有一片意。
谈深忘夜寒，皎月从中起。
心期正未涯，人世薄于纸。

（二）

高林不择鸟，大海不择流。
流多海益深，鸟多林益稠。
达人贵胸襟，毋为细琐求。

（三）

善乃恶之对，福兮祸所依。
所以学道人，恬淡贵自持。
只此一瓢水，世世以为期。

采　　菊

道旁见残菊，幽幽生意微。
落英沉无多，安能疗我饥。
折来置空钘，共此秋风吹。

孤　　吟

空洞接混蒙，其中有日月。
古哲亲至前，万象森以列。
草木共话言，死骨亦得活。
明和春山晖，严凝洒冰雪。
石池起层波，浩浩皆鲜血。
鱼龙各生愁，方寸恣出没。
点画入重玄，十指电光掣。
星斗尽下来，八方不盈撮。
倏忽天地冥，鬼神栖其穴。
残魄静独抱，性光自相悦。
此际吾不知，虽知不能说。

寒还将行过宿

忆初与子遇，我命如悬丝。
子时顾我泣，岂意共边陲。
三岁相形影，孤雁常双栖。
是夜足风雨，来将与我辞。

人情欲分手，先问后晤期。
子今从此去，心知见无时。
死别在一割，生别长苦思。
子生必思我，我死子安知？
同是笼中翼，一伏一出飞。
人鬼不容发，安能复迟迟？
努力事前路，勿为儿女悲。
孤灯久已灭，起视夜何其。
开户天地黑，鸡声惨以凄。

闻耀寰仓卒就道

边塞虽云苦，久客亦有情。
况复饮啄多，相与若弟兄。
言别已两月，依依不能行。
昨日顾荒寺，犹云候层冰。
今晨寄声来，急促事长征。
牛车满残帙，牵儿苦伶仃。
岂不惜离别，严驱无暂停。
寸心未一言，遥遥望前尘。

中秋夜独坐

明月在檐楹，披衣我独行。
如何一步地，偏生万里情。
去去我欲眠，明月不须明。

中秋同集雪斋

塞外亦团圆，道古情乃至。
宛然一家人，铲却流离意。
薄暮各言归，一一边愁起。

采　　蜜

深山有君臣，大义不敢忘。
枯木以为国，百花以为粮。
何以服其众，无毒者为王。
王居必有台，众游必有方。
朝出暮乃归，一心无别肠。
自谓可无患，世事固难量。
烈炬何方来，举国纷仓皇。
兴亡掌一反，倏忽无遗良。
物类虽甚微，性命关上苍。
区区口腹欲，无乃太惨伤。
尔蜂亦何愚，蓄积召祸殃。

采　　药

灵根产兹土，辽邈绝人际。
一本三四桠，围叶如张盖。
结实挺中央，颗颗坠红米。
高出众草上，百步望光采。

群生必有长，约略具形体。
无茎曰睡参，坚白味数倍。
天子怜病人，岁中必命采。
枵腹入深林，阴翳日月晦。
旧人去易归，新人迷道里。
抱参不敢嚼，往往饱虎兕。
神农开祸先，遗累终不已。

赏　花

人爱花开好，我畏花开早。
开早落亦先，旭日无常照。
世无魏与姚，各自矜芳号。
富贵岂久长，露晞色随槁。
我每见花哭，人争见花笑。
笑哭亦何关，衰荣本天造。
百物信有时，黄紫递光耀。
为语赏花人，徒然乱怀抱。

狗奶子

中原所不识，神农所不载。
味酸性微寒，嘴尖腹渐大。
丛生缀短枝，浑疑人血洒。
碎捣蜜罗澄，粉如割成块。
陈列俎豆间，明明格上帝。
此物亦有时，黍稷皆下拜。

赠两公子

公子年方少，举止皆老成。
阿兄益威重，阿弟神复清。
总角遭乱离，高冈无凤鸣。
从父窜东海，赤脚走层冰。
虽乏金与粟，卷帙犹满籯。
斗室足咿唔，晨夕披不停。
古人有心血，今人有眼睛。
读书只读字，大海无涯津。
性道本饮食，瓦砾通神明。
苟自得纲纽，千载任纵横。
天地我注脚，何况是六经。
切磋即手足，菽水见模型。
搦管尔家事，文章出至情。
勖哉两公子，艰虞力弥增。
今古无别路，非关世上名。

月

人家小儿女，举头见月笑。
山中老洞猿，见月一长叫。
物感固自殊，明月同一照。

与希焦二道者夜谈漫纪

崔嵬丹凤阙，旁耸大罗宫。

中有两道士，老少颜皆童。
少者王子晋，老者是葛洪。
头戴五岳冠，霞裾珮玲珑。
相将步高坛，琅璈响碧空。
曲终天欲曙，紫雾杂幡幢。
有时草玄文，翩若戏海鸿。
有时看宝剑，光芒斗牛冲。
冰雪贮心腹，秋水湛方瞳。
架上九丹经，云锦百千重。
问以世间典，亦有旧诗筒。
疑尔食字化，又疑白鹤双。
忆我初来时，萧索若飘蓬。
李君下拜揖，遥指昆仑峰。
千尺水晶楼，白云有路通。
竹杖叩丹扃，一见气春容。
不识人间礼，欣此邂逅逢。
饮我鸭绿江，食我西山松。
赠我白马牙，衣我千针缝。
乞者固无厌，施者意方隆。
共坐论南华，麈柄各横纵。
出门薄云车，金勒玉面骢。
瞬息三千里，往来若游龙。
匪特仙骨轻，兼之侠气雄。
最爱秦三良，三年煮石供。
忽闻胥靡饥，中心已忡忡。
欲将洛多士，尽置碧纱笼。
吁嗟下界苦，药裹安足充。

愿借白羽扇，熄此天地烽。
愿借太乙炉，榾柮焰方红。
全收古今愁，付此鼎中熔。
炼成五色石，以补西北穹。
再借一指头，著我七尺筇。
一点医巫闾，化作万选铜。
白拂从中分，相峙若泰嵩。
一饱山中狼，一以济倮虫。
然后拾其余，置之布袋中。
十日买一雨，五日买一风。
更买双凤凰，朝夕鸣梧桐。
一鸣黄河清，再鸣菽麦丰。
二仙笑余言，兹愿何匆匆。
一治复一乱，天运无终穷。
烽火夺炊烟，甲士讵为农。
闲愁亘古今，女娲叹无功。
狼贪不可厌，林林祸方丛。
古佛虽大悲，难挽水火风。
买风复买雨，能令宙合同。
何似买杲日，高挂扶桑东。
光照北邙山，永塞高下春。
凤凰亦有死，黄鹄一飞翀。
骑之游九州，长笑入崆峒。
予复笑二仙，斯志亦未崇。
不如买鼠须，束笔拟长杠。
高旻展素笺，浩浩写心胸。
心胸亦何有，浮云日夜撞。

倾血三百斛，奔流泻石硔。
化作大海涛，一荡天地蒙。
冥漠前致辞，恍惚觌仪容。
知是前代人，磷光如白虹。
三读不二歌，声声噎寒钟。
二仙寂不言，怪涕亦无从。
暗风吹窗棂，残月若朦胧。
鸡声催天衢，妄谈犹未终。
吁嗟此一时，万年想高踪。
一个寒冰佛，长伴两木公。

赠 王 三

仆走马复死，手中缺铜钱。
茅屋临道旁，床壁相新鲜。
长斋礼绣佛，但祝慈母年。
饭僧本性情，匪独于余偏。
瓶粟或不继，大笑断炊烟。
己饥犹可耐，人饥甚忧煎。
眼见陈氏子，欲啮无寸毡。
仓皇走道途，愿为觅数椽。
数椽亦易易，所贵主人贤。
下榻横药室，授经向市廛。
片瓦苟盖头，饱食即神仙。
予亦为陈子，朝夕心乾乾。
好事见他人，题诗后世传。

雨夜留戴子共榻

尔从北山来，日暮扣荒寺。
开门两面愁，不语泪及趾。
半月绝相闻，岂意俱复在。
我心犹恍惚，是魂或是尔。
衣破露肘臂，所苦不得死。
相与藉草团，夜深僵无寐。
大雨黑飕飕，点滴到肝髓。
忽忆田中农，一听能无喜。
雨喜复雨愁，天心安有二。

雨中听打铁子唱吴歌

孤寺沙四围，曲声从中起。
初发雨霏微，须臾忽滂沛。
飘风绕屋梁，遏云云欲坠。
鸾吹与莺啼，化作清商意。
神女朝暮愁，鲛人深下泪。
半夜弹箜篌，河流终弥弥。
此地多野干，镇日鸣不已。
愿借清绝音，一为洗烦耳。
乍听疑广陵，又疑秦淮沚。
试问歌者谁，云是打铁子。
少小学阊门，随飙度辽海。
无食涩歌喉，挥锤涕如雨。

再请歌一曲，未歌先掩袂。
宛转更悲凉，增我流离思。

哭吴岸先

我生亦偶然，汝死何草草。
槛车忆初来，面凹露双肘。
既被冰雪侵，况复遭群侮。
有口难告人，束身守空窭。
汝书犹在眼，汝颜不复睹。
吁嗟骨似柴，安能厌豹虎。
四海尽秦坑，诗书同一炬。
二月金鸡飞，恨汝不得偶。
挥泪约同人，携灰返旧土。
兹愿又已乖，总入山鬼簿。
后先理亦齐，不如早还故。
地上莫能容，地下可相许。
苍苍久不闻，休向帝庭语。
吁嗟复吁嗟，万里馀妻女。
春闺梦或逢，肯道寒边苦。

摘　藤　菜

清晓鸣辘轳，携杖入芳园。
中有满架藤，稠叠铺绿云。
不雨色常润，无风叶自翻。
圆实间深紫，灿烂吐奇文。

土人不肯顾，瓜茄乃盛盘。
异种生岭南，移栽东海湣。
地瘠饶霜雪，弱质焉久存。
一摘泪盈把，再摘心悲酸。
摘密休摘疏，聊以删芜繁。
轻指莫动摇，恐或伤其根。
虽知冷必死，且护眼前安。
昔日苏长公，题诗谪古循。
诸品独见推，谓可方吴莼。
予今窜远碛，旧国变荒榛。
亲朋无一在，见尔如故人。
柔滑淡相得，破铛煮泉新。
一筐贻北里，甘苦味共分。
尔藤亦不幸，处处逢逐臣。

戴子卖衣买粟

昔日豪华子，挥金如粪泥。
举箸常千命，山海罗珍奇。
宾客归必醉，童仆厌甘肥。
一朝窜绝域，无食但解衣。
解衣衣复贱，粒米如玉饴。
身口择所急，未寒先疗饥。
己饥尚可忍，所苦妻与儿。
老僧有破衲，朝夕幸得披。
仰面看皇天，霜雪不能飞。

佳　　人

佳人年十八，生长自皇都。
结发嫁远人，谓是终身夫。
鸡狗亦相将，任逐东西徂。
西行过洞庭，东窜寓穹庐。
岂料一朝饿，顾盼及妾躯。
夫饿妾亦死，妾卖夫得苏。
掩袂请速行，东邻有积储。
红颜贱如土，斗粟贵如珠。
但得前夫饱，焉顾后夫痡。
夫痡齿复落，猛虎踞庭除。
十日不相容，苦勒解罗襦。
解襦兼解袒，赤身哭向隅。
不愿新人妾，宁愿旧人奴。
旧人与新人，仓皇走道途。
少小学刺绣，光绫三尺余。
上有双蝴蝶，下有比目鱼。
只今拭枯眼，一片血模糊。
父母若早知，不如弃沟渠。

崔氏筵食干荔枝

岭南四五月，丹实喜垂垂。
贫者亦得饱，鸟雀各痴肥。
一别逾八载，寤寐长相思。

谁谓我此生，复有见尔期。
尔颜宁似旧，臭味已全非。
入手倍见惜，未嚼心伤悲。
想尔当繁茂，岂意落边陲。
见我良独愧，席上共珍奇。
我实谅尔心，人世贵相知。

雪斋烧沉水香

草木抱真性，植根良独异。
当其枯槁时，众目安能识。
藉此星星火，可以格上帝。
鼻端绝往来，混然在一气。
氤氲托冥会，非关有夙契。
欲索已寂如，肺腑无不至。
彼此本同源，静中得其理。
何亲复何疏，当入枯鱼肆。

雪中同我存围棋

世事尽如此，黑白安足争。
雪片大如掌，栖身复打枰。
十指化作水，犹闻落子声。

雪晴见月

月以雪为骨，雪以月为神。

孤僧立其际，相与共一身。
僧老身易槁①，雪薄骨成尘。
独留一片月，千年照海滨。

一 叶 吟

众叶落地死，一叶枝上留。
虽自保朝夕，其奈无朋俦。
天日远不照，霜雪临其头。
大枝且摧折，尔叶能无忧？

残 菊

菊开人尽赏，菊残人尽弃。
我昔赏无心，今看有深意。
严霜摧其根，寒风吹不已。
岂独恋深秋，不向篱间死。
前芳恨莫留，后芳犹未至。
耐此朝暮心，徘徊冰雪里。

二高过访

小阮如锋锐，大阮淡如水。
如锋令人歌，如水令人醉。
共割一片毡，南北余二里。

① 编者按：“槁”底本误作“稿”，径改。

不约过僧庐，久置人间礼。
趺坐草团中，相视忘我尔。
问禅禅不知，问字祸之始。
不见双足间，斑斑余十趾。
正当语笑欢，忽然发长忾。
岂为逼饥寒，各有胸中事。

瓶中芍药花

眷兹瓶中花，疑我梦中身。
我身半泥土，花开如有神。
忆昔少小遇，灿烂京华春。
富贵久凋落，金谷尽荒榛。
胡为留绝域，气色倍鲜新。
红白各异致，相对成芳邻。
白者性颇耐，红者先委尘。
因以悟物理，淡薄保其真。

读　杜　诗

所遇不如公，安能读公诗？
所遇既如公，安用读公诗？
古人非今人，今时甚古时。
一读一哽绝，双眼血横披。
公诗化作血，予血化作诗。
不知诗与血，万古湿淋漓。

千山诗集 卷四

五言古二

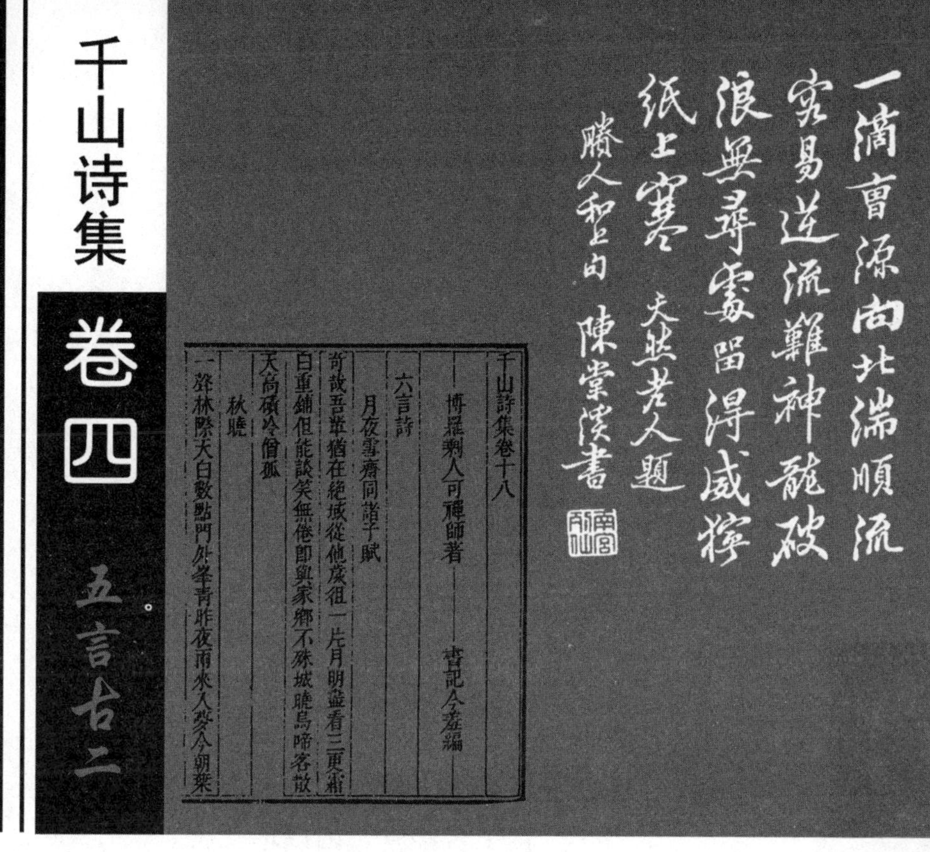

春　　雨

春日无不可，倏忽易晴阴。
春晴送远目，春阴生静深。
垂帘据半榻，群动不得侵。
残卷落枕头，默默横素琴。
檐溜发奇响，欲洗无尘襟。
风铃湿不鸣，禽鸟息高林。
耳目乃森肃，今古同幽寻。
孤吟从中来，古木助清音。
雨止籁俱寂，悠然获我心。
我心岂由物？遇物屡悲欣。

起觅已无端，微云散遥岑。

古　砚

余家端溪旁，持斧斲溪骨。
岁深积成林，真气资蓬勃。
一从板荡来，散作磨刀石。
墨池鼓风波，焚之恨无及。
奇遘乃于斯，转复生叹息。
古绣若苔斑，莹然马肝色。
沿缺中已凹，定是千年物。
黑松发黯光，滑泽水不竭。
想其在空岩，无心求赏识。
良工苦经营，因以珍几席。
不知前代人，研尽几斗血。
神物固不常，自然遭磨折。
笑彼卞氏璞，欲遇徒三刖。
如何抱坚贞，静默守寒碛。
我见岂偶然，为之重拂拭。
再拜置诸怀，永以伴幽寂。

从千山携龙牙回约诸子同啖

不是山中人，不识山中味。
采采须及时，盈筐叠山翠。
暴以山中日，濯以山中水。
恬淡本性成，微若亦有致。

楮鸡非其伦，弟薇友石耳。
携之入城郭，犹带山岚气。
一嚼清齿牙，再嚼沁心髓。
愿言啮雪人，共领山中意。

偶　怀

手把山中雪，欲寄城中人。
城中亦有雪，山雪净无尘。
鲜白却易点，愿言慎厥因。

咏古二首

（一）

富春不避世，渭水不匡时。
事会乃适然，隐见无预期。
鹰扬若有意，何异熊与罴。
羊裘若无心，客星光亦微。
营丘与钓台，千载高嵬嵬。

（二）

采芝入深谷，养此眉与须。
一朝事适逢，敢自爱幽隅。
以身为羽翼，岂曰为帝储？
安危在一割，汉道争须臾。
卓哉四老人，山水本空虚。

清　晓

清晓候门立，癯然骨空留。
举步衣尘飘，知是儒者流。
向我一长楫，未言知有求。
曰来自暮春，挟卷逐朋俦。
只言秋有花，谁知雪空稠。
许织既非素，颜瓢亦足羞。
男儿志四方，身口不自谋。
日饥犹可支，夜寒风飕飗。
击石爇松枝，即此是衾裯。
吾道乃终穷，悔不事荒畴。
剃发入空门，未审能见收？
我闻心惨裂，哽咽语不休。
止止勿复道，分钵润枯喉。
斯文天未丧，诗书安可仇。

即事有寄二首

（一）

贵贱本殊伦，祸福无常理。
大宝不发光，常恐逼神忌。
宁作井中泥，毋为江上水。
水清起波澜，泥浊甘同弃。
宁为井中蛙，毋作枝间翠。
枝高弋者慕，井深终有底。

达人置其身，不以众趋地。
卑污胜高明，高明吾深耻。

（二）

多难贱骨肉，豺虎同居止。
神驭若无方，爪牙奋其利。
盈盈天地间，出入将焉避？
防维非不同，耻辱皆有以。
所贵我无心，无心以终始。

腊月九日夜

腊月九日夜，明星犹历历。
须臾布稠云，青天无间隙。
掩户拥敝裘，孤心守岑寂。
狂飙恣凭凌，千峰交剑戟。
魑魅集阶庭，豺虎成羽翼。
乾坤互叫号，百灵齐辟易。
鹊巢委尘泥，乔木无一直。
势压栋欲摧，谁复支半壁。
东南三尺窗，恍惚万矢射。
倾如裂缯声，枕上生霹雳。
河坼长白颓，纵横那可敌。
寒躯几欲死，乃见袈裟力。
终古竟如斯，帝心殊未测。
因思行道人，咫尺将焉适？
安得大布帷，万姓共栖息。

对　菊

河东一老翁，赠我菊一枝。
一枝四五花，众叶亦纷披。
沃以石泉水，培以高冈泥。
当此草木枯，孤生无乃奇。
春露既无分，秋霜安可辞。
负性宁或殊，存心良独希。
城中多嚣尘，对酒亦非宜。
所以避名园，并不羡东篱。
独爱山中人，相向共茅茨。
本无堪俗赏，非自宝幽姿。
日夕幸无营，寂然淡共持。

采石耳

唐帽万仞崖，下临不见底。
干叶挂危枝，苔藓烂苍紫。
黄鹄自去来，玄猿或游戏。
一僧年半百，吟啸倏然至。
左手提竹筐，右手悬双履。
陟险若康途，牵藤摘石耳。
石耳连石骨，净洁无纤滓。
不知几千年，巑岏积幽气。
或言冰雪生，或言雾烟寄。
瓦罐就泉烹，舒卷黑云腻。

荔枝非其伦，芥叶差可比。
始信深山中，自然有真味。

笔管花

宛如青玉管，高卓白云间。
神农有遗方，食此可驻颜。
驻颜亦何益？聊以备朝飧。
或者轻我身，飘然返故山。

散淡花

青茎发红葩，萧疏间山翠。
厥根众瓣攒，大都菘白类。
性既和且平，微苦亦有致。
其味信足嘉，其名亦足记。
安得散淡人？相与长甘此。

豆叶

匡山有豆叶，因以名其坪。
岂知大漠间，豆叶乱纵横。
物遇各有时，感兹双涕零。
中原易见知，芳洁荐神明。
何为弃道途，隐没众草并。
幸未馨群类，庶可遂其生。

苦　瓜

苦瓜生五岭，赖以解炎毒。
塞外亦繁生，不能悦群目。
我来无故人，见之等骨肉。
畏苦乃常情，甘兹信予独。

网　罟　菜

菌生何多奇，千百类莫穷。
大抵托枯株，叠云高重重。
兹性迥自殊，卑栖污泥中。
污泥杂黄沙，河岸柳条丛。
土人不知名，曰与网罟同。
其处乃独下，其品乃独崇。
老氏不敢先，允为百代宗。

冬日偶成十首

（一）

一人有二心，何况二人同。
面交且莫论，鲍管亦匆匆。
落日变朝槿，微风丧秋桐。
兰室为枯肆，芳秽味俱浓。
安得一心人，相与耐寒冬。

(二)

古人各有为，何况今之人。
黄金葬神仙，白纸裹儒绅。
最苦狮子皮，束缚老狐身。
为龟苦不灵，为麟苦不仁。
安得无为者，相与率天真。

(三)

人兽不容发，何况信汝意。
汝意不可信，深井洪涛起。
出门见夜叉，入门守乡里。
谁能暮行渴，不饮渠中水？
是名毋幻村，英豪就中死。
安得无苦人，共谈清净理。

(四)

咫尺有千嶂，何况见面稀。
相去日以远，相期日以非。
坚白虽自矢，磨涅亦非宜。
苟非金与石，胡能终勿移？
厥初岂不光，厥后难可知。
安得守贞人，万里相因依。

(五)

童仆各有口，何况是闾里。
馨闻止门屏，恶声远亦至。

李下与瓜田，嫌疑须遥避。
莫言小节拘，逾闲从此始。
安得君子俦，相与慎行履。

（六）

防微犹或疏，何况弛其大。
星星欲燎原，涓涓欲成海。
内心起芒忽，相续必以害。
咄哉野干流，口口矜无碍。
神明虽至耸，顾影恬莫怪。
安得持身者，终始期勿败。

（七）

箪豆亦有争，何况是阿堵。
古圣喻毒蛇，道旁不肯顾。
往往骨肉残，伊维此之故。
苟免寒与饥，毋去人所恶。
外示夷之清，中怀跖之污。
遂使烟霞间，翻作井市路。
安得乐道人，相与宝淡素。

（八）

知美斯已恶，何况乐群称。
至道本平实，神鬼忌高明。
所以先哲言，为善无近名。
如何赘菉葹，欲播蕙芷馨。
志士宝心骨，浮俗吠虚声。

安得遁世俦，相与效鸿冥。

（九）

大圣有定业，何况兹凡浊。
多福难自求，祸患依前躅。
劳劳亦何为，儿女同笑哭。
颜夭跖乃寿，顺逆多反覆。
安得达命人，任运保幽独。

（十）

我心殊靡定，何况他肺肠。
己物无二体，君子贵自强。
曾闻二十劫，诸道共相将。
胡为夏与冬，一岁判炎凉。
圣贤在一决，好恶宁有常。
未达法源底，怀忧欲成狂。
安得曼殊剑，破此梦幻场。

刘老翁

河东止一家，夫妇俱老瘦。
膝下无儿孙，篱外无鸡狗。
我来度木桥，疾走出门候。
麦饭杂菜羹，呼佛不离口。

黑雪

关东有黑雪，今乃睹其形。

青天无纤云，皎日争光明。
土人指往事，曰此非佳征。
清白本其性，远近无殊称。
厥色稍不如，遂加以黑名。
雪尔宜自慎，最险是人情。

阿字行后作七首

（一）

少小不相识，缘师起相思。
毅然请独行，随身破衲衣。
崎岖七千里，出塞致书词。
见书兼见汝，见汝如见师。
我来八九年，是日一展眉。

（二）

初至文殊寺，日暮雪绥绥。
冻手解皮囊，短札外无余。
主人敬爱客，烧泉夜围炉。
遂罄乡国语，一一与泪俱。
或尔强欢笑，或自简残书。
谈道欲抗昔，言诗每起予。
得句必朗咏，时惊山鬼呼。
寒腊亦易过，从予策蹇驴。
遍视新流人，兼履旧边隅。
一闻西岳言，跃跃动衣裾。
爰登千山顶，翘望医巫闾。

分题写怪石，摘食尽野蔬。
冰解梨花落，兴尽春已徂。
扶杖过金塔，寺小足安居。
况复主人贤，善谑礼无拘。
经夏复经秋，凉风满庭除。
忽忆匡山期，掩卷赋归与。
严命难再淹，令我立踌躕。

（三）

言别多哽咽，况我大漠中。
我身如断梗，尔身亦飘蓬。
相聚虽一岁，恍惚数夕同。
尔留已多恨，尔去更何穷。
秋风振高林，落叶分西东。
雁飞不成队，菊开不成丛。
作书报汝师，兼上老人峰。
平安复平安。把笔心正忡。

（四）

收拾旧布囊，新诗叠重重。
临行不敢泣，各自惨心容。
河冻不能俟，言寄海舶中。
仰看鹤路直，俯视鲸波重。
千里在呼吸，一杯浮虚空。
日星挂眉睫，灏气荡心胸。
禁声莫高吟，恐或惊鼍龙。

（五）

且喜免霜雪，其如多风波。
知尔能自信，风波奈尔何。
因再整麻履，还向蓟门过。
京尘犹漠漠，京阙尚峨峨。
此地惟贵游，孤钵莫蹉跎。

（六）

乞食过东鲁，敛策入白门。
白门我久游，故迹应尚存。
板桥通秦淮，高楼近长干。
虽无钟山松，雨花可盘桓。
旧识如相问，休言雪窖寒。

（七）

稽首栖贤老，百拜华首台。
少病复少恼，步履永康哉。
月缺必复圆，鹤去必复回。
时序有循环，雪消春水来。
愿言各加飧，毋重念不才。

尸林行后作

忆昔度庾岭，四人惟汝存。
况我被逐后，相访独殷殷。
乡邑久已破，眼中无别亲。

寻尸亦多事，啮雪非前因。
万里风波际，一瓢支远频。
华首重相问，然云果不仁。

住金塔寺十四首

丁酉十月作。

（一）

前年驻跸峰，去年文殊寺。
到处名且过，由来无定止。
渴不过一瓢，饥不过箪食。
为生已有余，乐哉颜氏子。

（二）

居山不在高，但自远城市。
城市非江河，日日波涛起。

（三）

亦是前朝寺，寺毁空浮图。
嵯峨插霄汉，寂寞守山隅。
老僧见再拜，持斧斫枯株。
曲直任天然，自手构茅庐。
四壁坚且厚，一径不崎岖。
筑灶近古井，支床叠破书。
扫叶烧不尽，拾粟食有余。
明月造其堂，猛虎伏其间。

山前清浅流，可以濯我躯。

（四）

二月三月间，带雪长山蔬。
山蔬有后先，众类同一区。
青紫各异色，甘苦味亦殊。
知名仅八九，不复辨其余。
山中无毒性，但食心无虞。

（五）

四月五月间，畦蔬摘有余。
口腹亦何厌，贪得无贤愚。
言采岸边菌，兼采水中蒲。
菌味既已别，蒲根更复殊。
岭南金竹笋，恍惚可与俱。
十年忆乡土，口嚼心踌躇。

（六）

六月到七月，田中瓜已熟。
或如团白雪，或如削青玉。
白者既纯酣，青者更芳馥。
盈筐复盈盘，行路亦饱足。
中原莫与京，兹惟塞外独。
摘小莫摘大，大者弃道曲。
尔徒侈外观，人早鉴其腹。

（七）

八月摘山梨，九月摘山菊。

菊芳可代飧，梨酸可充腹。
软枣紫葡萄，牵蔓亦簇簇。
莫取献王公，聊可缀幽谷。

（八）

十月草木尽，孤松风萧萧。
托根大壑中，争期干云霄。
罗岳鲜旧干，钟山恣狂烧。
胡为深雪间，苍然自高标。
本非舟楫具，无烦雨露浇。
造物信偶遗，谁能矜后凋？
放情规矩外，寝卧任逍遥。
非图保天年，不材甘寂寥。
宁特顾者稀，诟厉乃独饶。
贞介乃其性，敢曰凌寒飙？
珍重匠石流，毋使斧斤劳。

（九）

掘地得塔铃，摇之音寂然。
细想隆平日，众铃竞高悬。
但借微风力，声响远近传。
铃去声亦尽，销沉在何年？
此虽蒙尘土，乃复睹青天。
静默信可久，舌存安能全。

（十）

山下多荒土，开垦已三年。

种麦多不收，种稻乃得全。
种豆复种粟，种麻兼种棉。
以此为生活，终岁镬头边。
耕田博饭食，兹语古所传。

（十一）

一僧腰背曲，见予多笑颜。
少小绝世味，中岁历苦艰。
一从戈甲兴，辗转岛屿间。
来此十载余，不复问人寰。
日日荷锄出，日日负薪还。
自言用力惯，一生不敢闲。
令我闻斯言，惕然愧素餐。

（十二）

一僧尚年少，胡为耽幽寂。
结屋在高层，萧然徒四壁。
寒至尚开窗，狂飙吹几席。
仰眺远山明，俯视近溪直。
时来共话言，庶可慰朝夕。

（十三）

人尽称金塔，塔亦有虚名。
以此得实祸，残毁无完形。
吁嗟复吁嗟，三匝涕泪零。

（十四）

安居金塔寺，高吟金塔篇。

主人情缱绻，老病意留连。
今冬又且过，不敢拟来年。

老　僧

八十已有余，九十颇不足。
曰生隆庆间，少小薄鱼肉。
其时边境宁，其时边谷熟。
饥馑未曾知，况复知杀戮？
何期过盛年，迁徙无停轴。
奔投海岛中，举眼少亲属。
剃发倚空王，依然被桎梏。
上荷皇天慈，纵之返山谷。
言从故里过，残败几间屋。
不闻旧人声，但闻山鬼哭。
虽复身首遗，凄凄恨孤独。
屈指廿载余，不识何世俗。
我闻未及终，贮泪已满腹。
止止莫复言，岁序有往复。
今时正太平，努力事饘粥。

读未央《上黄岩》诗有感用原韵三首

（一）

联袂登飞云，婆娑云顶树。
夜半雨淋漓，倏忽千愁聚。
激发多微言，感君药石句。

黄岩有金仙，相期此生遇。

（二）

我往匡庐日，君乘江上涛。
金轮雾欲散，巫山云尚帱。
行藏从此异，贡水忽相遭。
学道如积薪，内顾发呼号。

（三）

良切斯民忧，岂曰邀世福。
调达佛之仇，车匿佛之仆。
见身各自殊，宁必恋空谷。
令我忆斯人，深山长痛哭。

不寐作

城中有更鼓，一更如夜长。
山中无更鼓，长夜益凄凉。
初更剔灯坐，灯花灿光芒。
但愿得好睡，不复望嘉祥。
伏枕当二更，须臾到旧乡。
梦怯王令严，回首何匆忙。
开眼见窗白，疑是日之光。
披衣步前檐，星斗乱交横。
约略三更候，掩扉强依床。
敝絮轻如纸，病骨冷如霜。
辗转多呻吟，百计觅睡方。

四更至五更，揣摩竟难详。
只闻山鬼啸，不闻鸡口张。
盼盼复盼盼，天运岂无常。
同卧皆熟寐，唯予起彷徨。
将恐长如此，万古黑茫茫。

所　闻

所闻未必虚，我心不可存。
所闻未必实，我心安可存。
天道无一至，人事有同还。
我自处其平，得失无悲欢。

病　腹

昔有学道人，语我护生理。
未饥必先食，未饱必先止。
自从乞食来，往往饱欲死。
非唯口腹贪，得饱良不易。
所以两岁前，腹病由此起。
因循直至今，祸延犹未已。
乃悟人世间，满足神所忌。
一切毋令尽，灾患胡由致？

黄　熟　香

黄熟可怜香，厥产在吾里。

土人呼马牙，血结色微紫。
其次即乌云，其次即马尾。
采择名女儿，纤纤勒玉指。
干白净削除，细碎盈筐篚。
江南竞崇之，曰此胜沉水。
沉水比佳人，此比隐君子。
芳烈虽不如，甜静斯为贵。
豪达徇其名，贾人徇其利。
遂使黄熟香，氤氲满天地。
我来大漠中，永谢芝兰气。
何人遗此香，再拜泪及趾。
感别已经时，天外逢知己。
非唯臭味投，恭敬桑与梓。

示 定 原

卓哉子之师，见予心罔二。
一笑割平生，萧然释重累。
命汝从予游，衣履常不匮。
愿汝作乔松，愿汝齐无畏。
汝归必嗔喝，恐汝学业坠。
师死殊铮铮，汝生宁愦愦。
我能亮汝心，见我多含泪。
汝行不自由，汝志不自遂。
所以咫尺隔，经月复经岁。
我实愧汝师，汝颜不须愧。
饮啄匪自今，兹事况其最。

勿笑修福人，修福良足贵。

示　诸　子

我头久已白，我齿久已坠。
我耳近复聋，我目近复聩。
我腹不耐餐，况复寒伤肺。
馀生过十年，安得长汝侪。
今日复来日，今岁复来岁。
少壮亦已亡，老病谁复在。
好日信无多，良遇安能再。
古圣喻为山，进止存一篑。
勿以将成堕，勿以初心委。
勿以愚自甘，勿以智自废。
人世何足云，死生事乃大。
若不早自决，后来谁汝代？
我生亦平平，我死汝必悔。
汝命金石坚，汝缘胡可恃？
努力复努力，勿更须臾待。
阖眼即他生，他生未必会。

令言、龙翠二子礼辞有感

云生必在山，风吹云不住。
鸟栖必在林，枝摇鸟亦去。
人生云与鸟，安得长相聚。
汝去我尚留，我愧不如汝。

去留匪自由，感此泪如注。

寒　梦

北风吹不歇，梦中道路寒。
故里逢父老，凛洌多惨颜。
五岭炎蒸地，腊月常衣单。
不信别来久，霜雪亦漫漫。

偶成二首

（一）

乌啼不为人，声声催速老。
雪飞不为人，点点伤怀抱。
总予自心伤，遇物无一好。

（二）

有山岂无石？人自厌嵯峨。
有水能不流？人自厌风波。
所见亦由人，山水本无他。

夜　坐

久病长宜静，山中静有余。
况当深夜后，积雪在庭除。
风枝寂不鸣，四壁虫晏如。
星斗宿檐际，微月淡空虚。

其时心腑澄，泰然廓吾庐。
云影暂舒卷，荡涤返太初。
天地化为水，何处觅吾躯？

木公以闵茶寄山中感赋

真味在淡薄，高韵足幽情。
一啜洗心胃，再啜澄神明。
持瓯依乔松，忽然生远情。
江南素士宅，一别十三龄。
胡为此山中，对雪漫孤评。
殊品需妙制，以姓为其名。

山　　行

山行无远近，信步入幽杳。
老熊拘枯枝，向人立且跳。
因思人世间，此物应不少。

山　　中

山中积阴雾，人物逊浑蒙。
日光渐赫然，豁见天地通。
丘陵突兀出，了别杉与松。
因思太古民，胡能久混同！

山　　境

山境只如此，一一皆可悦。

有石无不松，有松无不雪。
日夕众烟空，微钟上初月。
禽各静其枝，虎亦安其穴。
千峰一皓然，竟与人寰绝。
仁义属荣华，道法徒哺歠。
我舌久已焦，我心久已决。
安得一二人，把臂不须说。

野　　叟

野叟从何来，被褐持短筇。
入门但索饭，竟坐无礼容。
见予手执管，敢问是何虫。
三王与五帝，全不著其胸。
一字未曾识，安知拙与工。
予因悔读书，山居亦匆匆。

偶　　述

人世难区区，圣谟安可恃。
收拾万古心，深入尘坌里。
戏谑岂予善，宛转亦非意。
和光豺虎间，缄沮盈腹笥。
屈舒无一可，呼吸逼神忌。
所以恣余习，狂吟不能已。

客　至

裘轻马复肥，白日自光显。
儿童口啧啧，道旁谁不羡。
岂意到山来，山老如未见。
不是轻富贵，从未厌贫贱。
始悟人汝骄，多因汝眼浅。

借书四首

（一）

云雾难遮眼，言借古人书。
信手展残帙，心颜忽已愉。
人各适其适，积习宁顿除。
平生无所争，所争蠹之余。

（二）

上下几千载，治乱非一途。
或时草木欣，日月光庭除。
或时鬼神哭，阴雾惨不舒。
古笑我亦笑，古吁我亦吁。
哀乐岂有常，掩卷乃寂如。
始知得与失，古今只须臾。
我心本洞然，天地还清虚。

（三）

今者古之影，古者今之模。

今人即古人，何必高黄虞。
手招诸圣哲，罗列坐俨如。
片语苟有会，恍惚动眉须。
苦昔抱心死，积久不得舒。
乃知冥漠际，欣然一觌余。

（四）

世人爱读书，将以荣其躯。
山人爱读书，亦以乐其躯。
倦卧置枕边，行止常与俱。
人言何苦尔，我亦笑其愚。
不愿天中天，胡为效世儒？

答 戴 公

魔佛界非二，罪福性原空。
章江与辽海，色味等皆同。
麋鹿亦可游，何必尽王公。
冰雪亦可餐，胡为羡马醯。
昔日庞居士，家财沉水中。
岂无男与女，相与乐融融。
但悟无生话，浮云任西东。

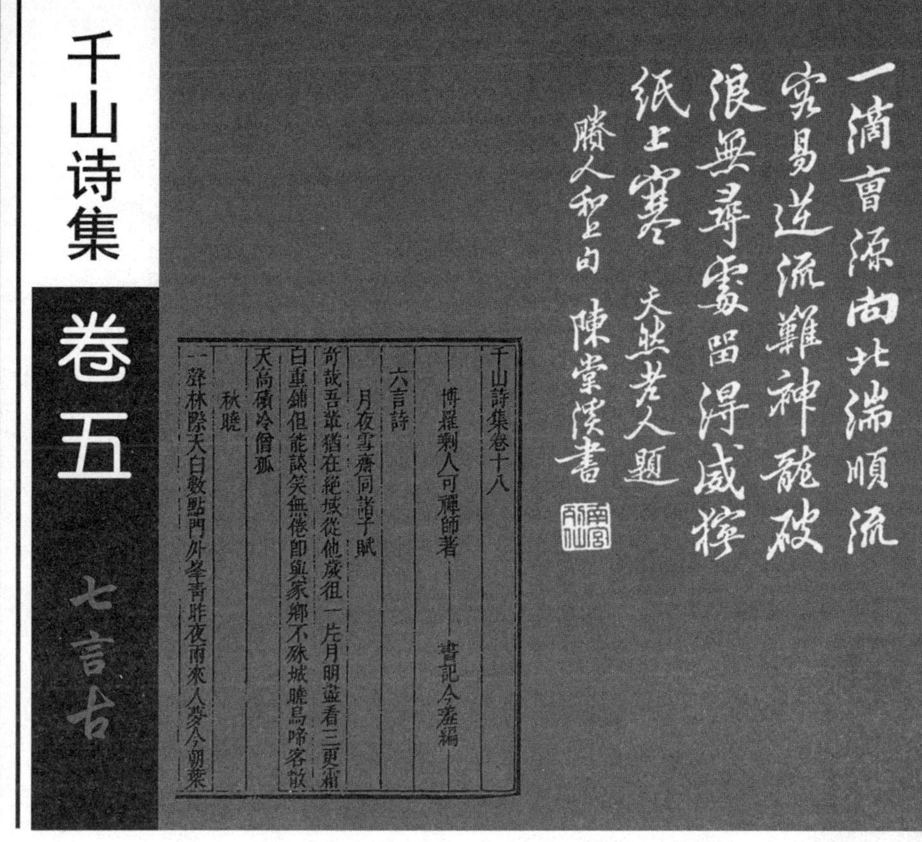

千山詩集卷十八

博羅剩人可禪師著　曾記今龕編

六言詩

月夜雪齋同諸子賦

奇哉吾輩猶在絕域從他歲徂一片月明盡看三更霜白重鋪但能談笑無倦即是家鄉不殊城曉鳥啼客散天高磧冷僧孤

秋曉

一聲林際天白數點門外峯青昨夜雨來人夢今朝葉

过北里读《祖东集》

余家五岭本炎方，孤身远窜三韩地。
四月五月不知春，六月坚冰结河底。
今年天气稍冲和，秋尽雪飞到山寺。
出门仰天天欲沉，只杖栖栖过北里。
北里先生拥毳吟，诗成煮雪讶予至。
未曾展读泪先倾，拭泪同歌悲风起。
医巫闾高碧嵯峨，千叠万叠岚光积。
大壑一声白昼昏，黑云崩腾吼苍兕。
须臾云净松杉青，野泉泠泠石磊磊。
东海洋洋大国风，茫然万顷中无砥。
海气怒叱蜃气枯，狂涛倒飞星月沸。

三坌流驶鸭江平，寒雁不鸣蛟龙寐。
有时亟欲掷头颅，蠹鱼悔食神仙字。
有时稼穑自谋生，三尺穹庐团妇子。
有时噀酒骂虚空，雷霆迅走黎丘惴。
有时谈笑和且平，欢狎牛蛇群白豕。
倏喜倏怒岂有常，欲杀欲活亦非意。
有时夜半步空阶，一叩青冥尺有咫。
沉魄千年呼尽来，死者可生生者死。
旧帝宵啼五国荒，闺媛暮哭长城址。
华表山前鹤唳孤，青冢犹闻月下欷。
琵琶凄切胡笳悲，未免有情谁遣此？
不知是血复是魂，化作吴刀切心髓。
心髓如铁刀如冰，片片飞入阴山里。
阴山惨惨泉冥冥，神农虞夏今已矣。
因思太古音尚希，噩噩浑浑难可冀。
尼山栖栖自卫归，苦乐忧伤各有旨。
约略删余三百篇，发愤曾闻司马氏。
何人继者屈子骚，汨罗万古流弥弥。
可怜秦火恨不灰，汉室苏卿唐子美。
苏卿啮雪声韵凄，子美三迁足诗史。
五代波颓宋代儒，眉山山下出苏轼。
苏轼流离儋惠间，珠崖鹤岭供指使。
更有文山第一人，浩浩乾坤留正气。
从此荒芜将百秋，国初高杨追正始。
天下承平四海清，人人含宫家嚼徵。
琳琅金玉庙堂音，王李登坛执牛耳。

文长巨斧劈华山，中郎拍板逢场戏。
景陵一出洗烦浇，顿令搦管趋平易。
风雅茫茫失所宗，不得不推北地李。
李公豪雄步少陵，匪特形似亦神似。
先生才凌北地高，先生遇非少陵比。
阿弟捐躯阿兄流，西山之歌续二士。
不数泰关二百强，不羡蜀江千丈绮。
从来厄极文乃工，所以论文先论世。
丰干饶舌罪如山，滔滔谁易今皆是。
三百年来事莫知，天教斯道存东鄙。
不然今古亦荒凉，大雪纷纷我与尔。

大　雨

去年秋潦淼茫茫，鱼鳖沙虫登我床。
瑶宫巨室皆漂没，何况流民茅札房。
死者横流生者泣，千口仅留不得食。
努力高山挖草根，至今面带黄泥色。
眼看麦短黍差长，虽未入口心有望。
上帝岂忧沟壑剩，其雨其雨乃复狂。
翻盘沉灶不肯止，庭户无光天重翳。
谁能拔剑斩顽云？捧出日轮头上置。
流民流民奈若何，生世坎壈何其多！
兵革遗余乡国绝，又见辽海鼓风波。
老僧德薄命更鄙，偃卧若遭毒龙戏。
夜半滚滚浮枕头，不知是泪还是雨。

辛卯寓普济作八歌

（一）

罪夫罪夫胡不死？百千捶楚馀头趾。
乡国遥遥一万里，中有蔓棘及弧矢。
骨肉丧尽不得归，远碛苍茫大风起。
大风起兮沙闭天，谁非人子兮心惄然。
安得手扶白日兮，上照四塞之荒烟，
下照万丈之黄泉。

（二）

乌藤娇娇长七尺，当时与尔初相得。
瞿昙倒退愁弥勒，共夸有眼明如日。
今来绝域支冰雪，狮子昼眠狐跳立。
藤兮藤兮讵终穷，恐随风雨兮化作龙。
何日将予兮直上千峰与万峰？

（三）

有姊有姊夫早撇，手持木槵剪玄发。
诸妹零星俱夭折，最小尚余安得活？
忆我出门姊幽咽，忽闻姊死心割裂。
吁嗟人生聚散兮若飞蓬。
东西虽隔兮望故丛，只今长别兮无时逢。

（四）

有弟有弟字耳叔，少年多病耽幽谷。
孝廉船覆青衫泥，三人唯尔守孤独。

黄沙杳杳望兄回，日暮走向荒城哭，
哭声到天兮天不闻。
摧胸肝兮难久全，休望收吾骨兮葬江边。

（五）

父母生儿不得守山丘，死者已矣生者流。
松楸日冷风飕飕，石人空立麋鹿游。
昔烦朝使丰碑留，煌煌天语题上头。
今日正清明，谁人更浇一杯水？
团圉荒草多新鬼。
安得鹤归华表兮，尽洒千年之血泪。

（六）

罗浮之山多蒿莱，山上还留说法台。
锦绣凋残玉女哀，村底无人空落梅。
铁桥流水尚潆回，白云一出不复来。
忆昔荷锄辟荒草，只今空向巫闾老，
何时再上罗浮道？

（七）

辛苦前朝老衲衣，十年与尔不相离。
骨残心碎无完肌，至今襟袖血迹遗。
谁云新者可代故，何忍抛撇冬夏披。
衲兮衲兮汝勿悲，虽然破烂胜牙绯，
生御风沙死裹尸。

（八）

我歌我歌歌将歇，搅衣忽起增哽咽。

我忧不独在乡国，我罪当诛复何说。
笔尖有鬼石流血，天地无情难永诀。
呜呼！木佛木佛能不哀？
狞飙苦雨四面来，狞飙苦雨四面来，
土床一尺魂徘徊。

送　鹿

尔宜隐山谷，胡为露厥角？
昔共云中仙，今同笼中鹤。
送尔迢递入长安，尽道长安可行乐。
高车美食即陷阱，讵料尊荣遭割剥。
小鹿无知大鹿忧，悔曾饱啖新民粟。
新民忍饥送尔行，天道往复亦何速。
忽忆钟山陵寝边，祖宗德泽三百年。
欻忽运衰骨肉尽，何况远塞寄荒烟。

老　人　行

噫吁戏，危哉！老人是百千万劫之余灰。
问其生时朝代不敢说，但云少壮尚无为。
眼看富贵贫贱流，三番两番肉作堆。
儿孙丧尽亲戚死，剩此零星干枯骸。
纷纷眇者扶跛者，跛者扶眇者。
面凹骨削背复鲐，离城十里，
五日乃至，登阶一尺如天台。
敢希鸠杖与麋粥？但愿脱籍归蒿莱。

堂上赫怒声如雷，叩头出血谁汝哀？
昔日汉家天子威海宇，父老子弟还相聚。
酒酣歌罢帝亲语，丰沛世世无所与。
老人兮老人！尔既赤手今且回，
生守官园喂官马，死作泥土填官街。

哀 王 孙

衰草无根疾风吹，王孙不归辱途泥。
头白老妻无完衣，鸳鸯到死犹双飞。
自言有子长须髭，垂暮泣血生别离。
今我若此子乌知，骨肉冻折命如丝。
左手执瓢右枯枝，此即二人送老儿。

大 僧 行

大僧结束何新鲜，锦裁窄袖黑貂缘。
出门三礼释尊前，翻身上马挥金鞭。
玉作刀头绒作鞯，疾如飞鸟轻如烟。
自言五上长安道，目视汉官如虱蚤。
归来依旧守空门，独立皂边添马草。

逼 仄 行

逼仄复逼仄，大地不容膝。
乌飞翼折高逾尺，冈上梧桐化作棘。
薜荔昼呼何时息？

赠戴三 有引

孝滨，章江士也。初，不愿从父之楚游，因披剃入空门。既闻其父见逐，乃留顶发，代役海滨。朝夕樵采，以供菽水，胸怀尽裂。余悲其志而作此诗。

孝子大痴人，不随白马随黄尘。
白马有时死，黄尘无日清。
夜寒看鹿栅，朝出采鬼薪。
不识大风与大雪，朝朝暮暮海之滨。
胸怀裂尽面颜笑，但愿爷娘温且饱。

连　　雨

顽云重雾裹城郭，旧民新民惨不乐。
田中有黍谁能获？山中有木谁能斲？
盘翻灶冷守空橐，檐溜虽多不堪嚼。
老僧一钵久庋阁，出门半步泥没脚。
紫蛇有光蜗有角，抱书昼卧肠萧索。
庭边杏树惊摇落，燕巢已破子漂泊。
眼前大地何时廓，辽海浪高势磅礴。
愿浮我尸填大壑，毋使蛟龙终日恶。

送　　梨

不重紫花能消热，不羡张公大谷希。
只爱关东土上长，汁酸肉涩墨作皮。

王公一张口，走杀百群黎。
满筐二百或三百，昼夜担向玉京驰。
天下何处无冻梨？王公何不一念之？

癸巳冬四日诸公同集普济话别

去年十月辽阳道，芒鞋蘸雪踏枯草。
今年十月将出门，北风吹发冻逾早。
萧条古庙城南隅，钟鼓不鸣鸟惊噪。
何人连袂叩荒扃，各出诗篇斗天巧。
吏部文章足起衰，祁连千仞欣独造。
毛锥如铁面如冰，时复掀髯发长啸。
学士前身金粟是，相逢弹指雾烟扫。
兴来墨汁自淋漓，明月一倾大拷栳。
豫章宿将旧登坛，万金散尽呼苍昊。
唾壶崩碎声载途，三郎瘦削偏静好。
布衲抛残不耐寒，枯桐一拨凤凰叫。
庐江高士雪满胸，六朝荡涤存真藻。
梦里花深听鹧鸪，冰池独宿鸳鸯老。
浙东公子神复清，屣露双跟顶破帽。
写就黄庭不换鹅，向影闲吟孤自悼。
更有青门种瓜人，五色不生形半槁。
主人为我张素筵，氍毹重叠烧龙脑。
又汲参泉煮木鸡，粤橙漳橘恣一饱。
众音喧豗坐莫伦，虽无旨酒情潦倒。
请翻二十一青编，如斯良会古来少。
冷山寥落逻娑单，夜郎儋耳徒辽邈。

妙喜衡阳电白洪，安得诗人共围绕。
杯冷歌残声黯凄，明看孤杖凌霜晓。
亦知此别春必来，寂寂三冬守空窖。

忆 江 南

江南高座寺，前对雨花台。
台上春风拂面来，参差杨柳花竞开。
黄莺百啭我心哀，忽忆故山村底梅。
今年绝漠冰雪堆，发白面皱骨欲摧。
村底无梅不归去，却忆高座听莺语。

寒 夜 作

日光堕地风烈烈，满眼黄沙吹作雪。
三更雪尽寒更切，泥床如水衾如铁。
骨战唇摇肤寸裂，魂魄茫茫收不得。
谁能直劈天门开，放出月光一点来。

雪 中 歌

仲冬二日作。

天倾地沸云嘈嘈，林木摧压风怒号。
雪势欲竞浮图高，恍如钱塘八月潮，
又如百群仙鹤剪羽毛。
伫立骨战身飘摇，竟欲乘之上游遨。
足跨银海步玉霄，玉蟾真人手亲招。

直向梅花村底去，千树纷纷落如雨。

海岸送人歌

水荡荡兮归路长，圣人出兮波不扬。

我送子兮蛟龙肠①，安得从子归兮天苍苍。

朱姑歌

玉叶凋兮芳草枯，恨从君兮君又徂。

君已徂兮，妾生胡为乎？

噫！妾今日死胡为乎？

桥上石

桥上石，半是前人坟上碑。

细想当年立碑日，儿孙罗列盛威仪。

重重种树重重护，岂料垫人脚下泥。

车轮直辗题名处，牛蹄马足纷交驰。

传语后来人，刻浅莫刻深。

刻浅模糊刻深在，长感千年行路心。

筑坟歌

去年西家筑坟好，今年东家筑坟早。

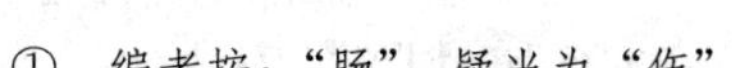

① 编者按："肠"，疑当为"伤"。

东家筑坟贴纸钱，已见西家犁作田。
田中又见生青草，几处种松能得老？
前人白骨化为尘，重取和泥埋后人。
后人得埋且莫哀，君不见狐狸窟穴沙坡台。

雪 花 歌

天上纷纷雪，山中树树花。
尽道梅花胜似雪，我见雪花胜梅花。
梅花开必著梅树，雪花下来随所寓。
不择高低长短枝，有风即去无风住。
纵使风吹树尽空，在地还与在树同。
本来清白谁能污，一任飘飘无定踪。
梅花虽好能几日？开落荣枯情不一。
君不见，罗浮山下梅花村，师雄卧处生荆棘。

花 月 歌

月出爱良夜，花开聚名园。
几见花开定无雨，几见月出定无云。
便使无云无雨花月天，谁能长艳复长圆？
世间好景实无多，醉月迷花奈尔何？

山 雪 歌

山巍巍，雪霏霏。
日夕随风栖涧石，夜寒和月照岩扉。

山杳杳，雪皎皎。
雪在山头雪更高，山头有雪山逾老。
老僧爱雪兼爱山，岁岁山中自掩关。
每到冬来必见雪，每到见雪必开颜。
我心与雪何相似，长欲空山抱雪死。
纵令骨化定为冰，直至魂销应作水。
我常对雪寂无声，雪来见我如有情。
昔日袁安今日子，相看相伴两忘形。
从来不愿销金帐，羔羊美酒斟还唱。
人间行乐只片时，曲残酒醒身凋丧。
亦不愿高楼玉笛吹，梅花落处使人悲。
此中何限江南客，对此安能不泪垂。
但愿深山荒寺里，尽日无人吾与尔。
只恐春来尔不禁，寂寂相思从此始。
是时天地苦冥冥，山僧作歌山雪听。

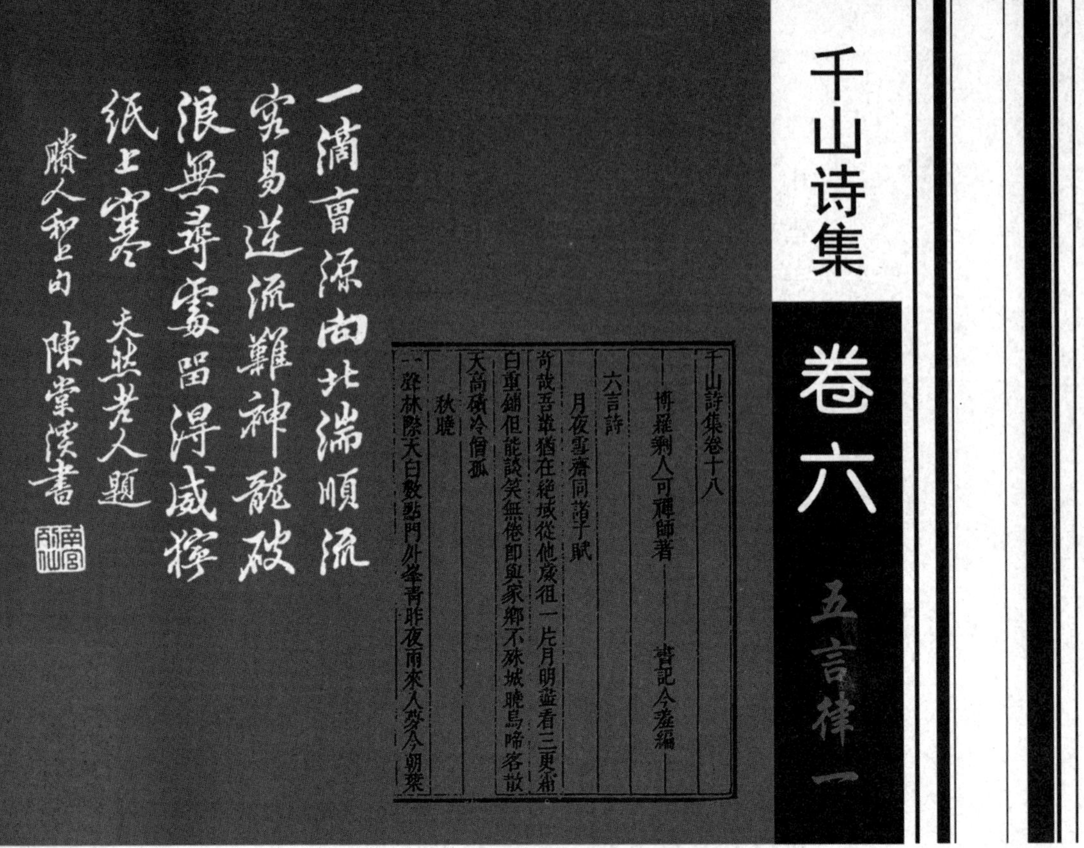

千山詩集卷十八

博羅剩人可禪師著　　曹記今蕐編

六言詩

月夜雪齋同諸子賦

奇哉吾輩猶在絕域從他歲徂一片月明益看三更霜白重鋪但能談笑無倦即與家鄉不殊城曉烏啼客散天高磧冷僧孤

秋曉

一聲林際天白數點門外峰青昨夜雨來人夢今朝葉

千山诗集

卷六

五言律一

初释别同难诸子

终岁愁连苦，生离且莫哀。
问人颜尚在，见影意犹猜。
佛道千秋重，汤仁一面开。
明知予未死，好去勿徘徊。

初　　发

马上催行急，欢生复自嗟。
身轻曾似叶，泪落正如麻。
计日边城近，伤心故国赊。
幸余穿布衲，犹可耐风沙。

至 永 平

旧孤竹园。

去国刚三日，明朝欲到关。
故人从此尽，秃鬓自今斑。
马恨如风疾，心拚似石顽。
低头思二士，一望首阳山。

宿山海关

重关犹未度，破衲早生寒。
大海依然险，危峦空自攒。
乡书万里绝，鼓角五更酸。
敢望能生入？回头仔细看。

初至沈阳

开眼见城郭，人言是旧都。
牛车仍杂沓，人屋半荒芜。
幸有千家在，何妨一钵孤。
但令舒杖屦，到此亦良图。

初入慈恩寺

幸无牛马后，仍许见浮屠。
礼佛欢如旧，逢僧笑尽呼。

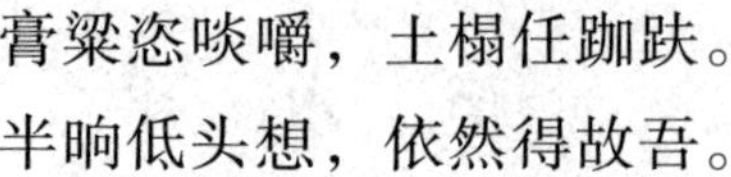

膏粱恣啖嚼，土榻任蹦跌。
半晌低头想，依然得故吾。

思　千　山

咫尺白云隔，千山未许游。
前王曾驻跸，幽客几埋头。
洞壑愁中见，烟岚梦里收。
可怜溪上水，万古自空流。

生日四首

（一）

忆当论死际，又过两年期。
白日存吾分，寒风任尔吹。
到边仍说法，有客尚投诗。
且自欢兹会，明冬不可知。

（二）

未了黄沙债，偿他止一身。
便从今日死，已是旧朝人。
乞食真惭粟，看书若有神。
无端思故事，数点泪沾巾。

（三）

四十未为老，颠危自古稀。
虚生成底事，到死不知非。

弟妹徒相忆，家乡那得归。
从来无片纸，辜负雁南飞。

（四）

百岁已将半，为僧十二年。
残躯委冰雪，双眼借人天。
只有心方寸，还余诗几篇。
时时吾笑我，不改旧时颠。

赠大通师

北宗夙所仰，开藏见高名。
道德传东海，袈裟搭上京。
开堂龙象踏，卓锡鬼神惊。
多少南来衲，皇途渐荡平。

秋　望

长平无好景，秋至益萧森。
不到边关外，焉知天地心？
风吹连野阔，日落满城阴。
骨肉消俱尽，空余一念深。

偶　成

禅诵何曾习，幽幽我自亲。
过云如近性，古木愿为邻。

午睡无多事，平生只一真。
客来添礼数，知是世间人。

晚　兴

死去亦闲事，奈兹朝暮寒。
菊残秋色苦，僧老梵声干。
遇物皆心碎，无天好眼看。
不如长闭户，趺坐夜漫漫。

思　友

知己良非易，何时不可亲？
况当流离际，举目两三人。
杯水必同聚，空谈亦有神。
毋论朝及夕，相与烂天真。

送　雁

举目漫相送，遥空影渐微。
自从来北塞，几度见南飞。
一路新霜下，三山古木稀。
明年望春信，行矣莫迟归。

送　燕

空梁如逆旅，欲别故飞低。

天下皆秋气，何方更好栖？
风流思旧梦，月冷度前溪。
尔念余心在，凄凉见落泥。

重阳前三日

不能待九日，力尽为登台。
故国知难望，乡心终未灰。
孤烟生绝漠，返景照荒莱。
策杖且还卧，黄花何处开？

怀友沧师

托迹长千里，能无车马喧？
世人来问法，远戍独怀恩。
定有花侵案，应知月到门。
菊英已堪把，日夕对谁飧。

偶　　感

迁客易为感，况兼秋有声。
天风吹木叶，一夜满边城。
是处皆肠断，无时免泪零。
不知何事切，未必尽乡情。

夜　　雨

是夜闻秋雨，萧萧更不禁。

崎岖万里梦，缭绕十年心。
处世明知幻，衔恩奈独深。
何曾待摇落，凄怆到于今。

雨中看菊

风雨暗边关，何人泪勿潸？
我心与秋菊，相向不成颜。
倒卧从泥污，飘摇倚石顽。
眼看佳节近，犹自忆龙山。

雨中怀诸子

咫尺阻言笑，其如风雨何？
展书当事业，壮志此消磨。
竟日掩门户，千年一咏歌。
寂寥频得句，相见较谁多。

怀千山诸子

野衲还山去，深居第几重？
遥知岩石侧，犹有汉唐松。
施食下林雀，安禅护洞龙。
寄言诸老宿，春晓待飞筇。

傅子拓新斋[①]

把茅亦已足，拓地更精神。
静坐饱秋色，开书见古人。
童乌时问难，慧远复来频。
何必桃花水，萧然即避秦。

游谭家庵

诸山时闭阁，当午不闻钟。
此地足云水，往来多远踪。
酌泉有妙理，隐几即孤峰。
缭绕香生雾，应藏听法龙。

送　人

去去莫回头，苍茫塞上秋。
死生从此异，人马尽成愁。
不敢高声别，唯应暗泪流。
他方倘相忆，但索鬼门幽。

小　河

寂寂小河水，波平意自闲。

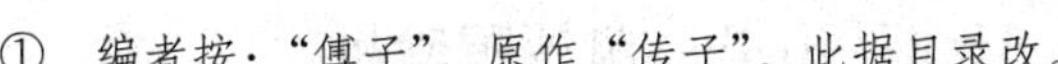

① 编者按："傅子"，原作"传子"，此据目录改。

更无舟楫苦，独有雪冰艰。
众汲何曾损，直行绝往还。
静思源出处，应在万重山。

送　客

单身从此去，乡路尚悠悠。
两点丈夫泪，一天孤鹜秋。
幸无为客死，未了此生愁。
回望迁流处，沙平黑雾稠。

晚　步

钟声随我去，隐隐度前湾。
遥望深松暮，应多野鹤还。
客心在秋水，微月出空山。
任意缓归步，柴门不用关。

暮　归

只向城西去，非关夙有期。
闻歌知我至，抛卷候门时。
终日唯相对，竟归亦不辞。
老僧出户望，偏怪步何迟。

寻　诗

只在秋山里，遍搜黄叶堆。

忽然被我得，却似古人裁。
野月索将去，寒风吹复来。
还家囊已满，生死兴悠哉。

接薪夷书

忆君良独苦，书到益伤神。
众命终难活，一心不负人。
何天堪问话，无地可容身。
却望边关外，偏多夙所亲。

对　　雪

九月尚春衣，高林望已稀。
朔风从地起，大雪近僧飞。
鱼懒寒谁击？麈闲静不挥。
无人相问讯，只合掩荆扉。

八日雪中怀北里

尔时应独坐，把笔自题诗。
以此为良计，终年足疗饥。
寒新生远思，雪净望幽姿。
明晓来相问，携将菊一枝。

怀　甦　筑

煮泉方自酌，怀尔得诗题。

料是开窗看，无人雪一溪。
句从寒处索，物向悟边齐。
但望空林霁，知余来踏泥。

怀　我　存

昨夜风吹雪，谁边落更多。
最怜愁与老，安得笑还歌。
范叔寒如此，陶公兴若何？
明朝采残菊，著屐定相过。

九日偕诸子过北里

扶伴过城北，霜飞逐面来。
为寻杨子宅，不上单于台。
水泛东篱菊，心存故国莱。
从兹寒日甚，那得客颜开。

冒雪过甦筑

所思何必远，挟卷过西邻。
相见亦无为，自然不厌频。
犬迎遥识面，雪下尽随身。
此日倍萧飒，烧泉意甚真。

雪　　中

道心宿何处？风雪裹残僧。

觅我了无有，因人实不能。
磬敲零败叶，佛坐老孤灯。
欲问平生事，颓垣挂古藤。

喜　哥

流离方五岁，隆隼异时儿①。
所幸生年晚，全无旧国思。
泥深失龙性，霜冷落琼枝。
最是伤心处，逢人自笑嬉。

得千山诸老信

千山人有信，望我到山中。
昨日满山雪，山风吹又空。
松枝当户入，石径与天通。
何得穿双屐，寻幽处处穷。

答千山诸老

我本山中客，山翁不用招。
为怜地主意，遂使白云遥。
花雨迟飘落，松风暂寂寥。
石床余半席，只待雪初消。

---

① 编者按：“隆隼”，疑为“隆准”。

梦游千山

夜半分明到，千山万木中。
霜花亲骨肉，雀语动虚空。
所见无今日，相论尽古风。
可怜非久住，床下叫寒虫。

招山中诸老

传言入云去，劝汝下云间。
且看主人意，暂抛水石间。
此心无近世，随地足深山。
莫学高峰老，频年坐死关。

夜　雪

一榻浑如水，雪天未肯明。
怜吾愁不寐，到户寂无声。
白满思山谷，寒多念友生。
正当孤绝际，忽听晓钟鸣。

听北里弹琴

招我入太古，孤琴此际闻。
林塘皆默默，水月共云云。
指外通心事，弦中绝世氛。

民生愠未解，何处觅南薰？

北里新书屋二首

（一）

古圣亦局促，图书雨雪侵。
凭添数尺地，不作百年心。
杏树篱穿老，柴门昼掩深。
歌吟听又满，余响出寒林。

（二）

卜居宁有意，聊以御寒冬。
残瓦沿冈拾，低垣带雪舂。
但将书与共，所贵月能容。
从此门前路，时添云水踪。

秋　　尽

秋光辞我去，还似惜春心。
野雀翔空响，寒云到地阴。
不能抒远梦，竟欲罢孤吟。
自此山门掩，屐声无近林。

赠无瑕师

非关学辟谷，少小便忘饥。
终日半瓢水，长年一衲衣。

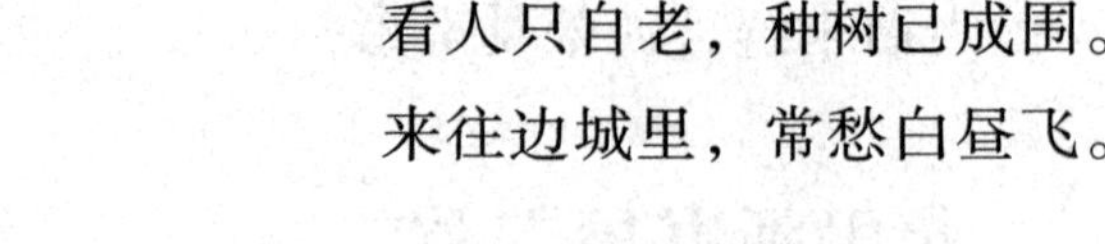

看人只自老，种树已成围。
来往边城里，常愁白昼飞。

寄姚氏昆仲

兄弟幽栖处，开门水一方。
寻诗撑野艇，论易集空堂。
白昼听蛙吹，青天数雁行。
岭头三百树，好写寄穷荒。

寄龚韩二子

平生无半面，祸患每过寻。
乱肆两枯骨，枯桐一片心。
道同顽处合，诗向酒中深。
后夜相思处，开门月满林。

寿　寒　还

何物堪延岁？携将数卷书。
到门唯有雪，浮海已无桴。
饥渴三仙字，乾坤一老儒。
蓬莱如可至，或许曳长裾。

左公往堡中有怀

未必长相见，初离叹索居。

遥知兄及弟，只有泪如珠。
踏雪寻诗句，循田得潦余。
归时属二子，亟为报僧庐。

和戴子《堡中八咏》

北　山

未到山中去，山中一片云。
无心偏出岫，何事屡移文。
白鹤犹闻怨，驯麋可与群。
嵯峨千丈壁，不必勒前勋。

夹　河

苦雨添新涨，怀人在水央。
双浮天日月，一濯我肝肠。
泡影流将去，闲愁荡更长。
卜居应不远，谁与咏沧浪。

石　人

见说衣冠古，投诗寄问频。
我心曾匪石，尔貌可为人。
萝月长相忆，山云乍许亲。
最怜同伴者，一半是顽民。

永　兴　寺

岂料穷边处，还馀旧宝坊。
定多山下士，同礼法中王。

白豕惊清磬，寒猿到画廊。
他时携竹杖，应许借绳床。

耕　烟

啮雪固余分，犁云为汝怜。
何须至寒食，时恐断炊烟。
带雨将苗种，抛锄枕石眠。
只愁痴梦里，又到御炉边。

采　蕨

采采山中蕨，无为席上珍。
同甘辽海雪，难比故乡莼。
到壑犹闻禁，盈筐未是贫。
老僧知此味，好寄莫辞频。

莲　渚

污泥曾不染，隔浦递幽香。
何用沾新露，犹然怯晓霜。
愿生诸佛国，可集野人裳。
旧社荒芜甚，池塘梦正长。

观　鱼

子岂知鱼乐？过河泣欲枯。
未能忘浩荡，暂可免罾罛。
夜静芦花白，天寒野艇孤。
愿随风雨去，清梦到江湖。

看薪夷病

看看垂死病，凄怆泪沾巾。
原罪吾居长，论贫尔作邻。
天全无可否，药尚有君臣。
莫畏泉台苦，冰河久已亲。

喜薪夷病起

拚是沙埋骨，欣闻息已苏。
一毡吞未尽，双眼泪将枯。
又得吾良友，仍余尔罪夫。
从今知死易，镇日好相呼。

庭前孤雁四首

（一）

缯缴满天地，空门亦有忧。
暂依庭草宿，敢望渚芦游？
梦想洲前侣，魂惊塞上秋。
预愁霜雪苦，不得到罗浮。

（二）

可是笼中物？高飞不自由。
鼎烹何足恨，网解转添愁。
独叫黄沙远，频行竹径幽。

主人情意重，岂为稻粱谋。

（三）

塞草青易白，堂阶日又曛。
自存湖海志，聊共鹜鹅群。
俯首随人语，凄声独我闻。
旧行不可问，肠断万重云。

（四）

仰天如欲诉，侧首听鸣砧。
影只月常照，力微风易侵。
祸深曾作字，愁绝少知音。
久矣云霄黯，何须寄上林。

同陈子过新斋感赋

每过必终日，流离几弟兄。
土床横茗碗，笑语杂书声。
佛道尊衣马，天心宠甲兵。
此时况此地，犹见主人情。

赠 邻 翁

乞食固予分，频过亦自憎。
如何君父子，偏欲饱孤僧。
饭粳铜匙滑，参泉碧盏澄。
只兹堪我老，况尔坐高朋。

读顾与治书并见怀诗

一泒江涛白①，惊生塞上魂。
乍疑惊瘦影，再读见啼痕。
旧橐青衫尽，空庭老树存。
相思频得句，好寄莫辞烦。

孟贞寄书不至

老友偏思尔，容枯骨岸然。
只闻寄远字，不见到寒边。
稚子应看长，空囊谁为怜。
明春有归雁，莫惜写新篇。

洁之有志入山索赠

已知寒塞苦，爱上别峰间。
挂钵青松古，安禅白石顽。
尘何关只杖，乱亦到深山。
未歇狂心在，溪流总不闲。

立秋后一日孤雁忽飞去四首

（一）

荒寺聊藏迹，定知非久留。

---

① 编者按：“泒”，当作“派”。

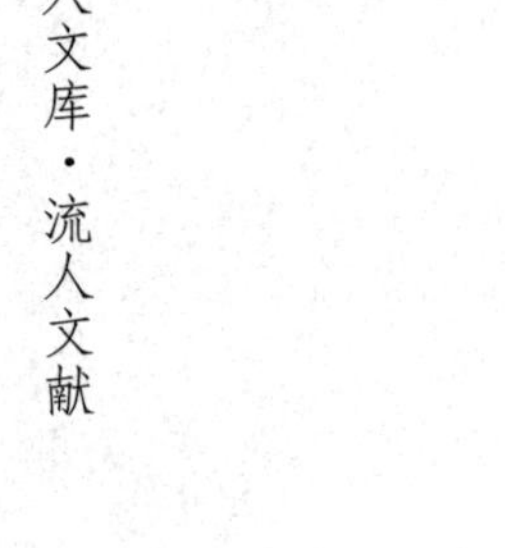

庶无鹰隼患，能免雪霜忧。
矫首辞孤衲，高飞觅旧俦。
江南兵未戢，珍重荻花洲。

（二）

秋至尔先觉，空天翅独横。
既同艰险过，亦有别离情。
度寒宜高举，惊人莫浪鸣。
罗浮如可到，愁绝是孤征。

（三）

本是伤弓羽，还愁罗网撄。
虽无好处去，犹自惜余生。
梦警五更雨，身轻万里程。
似怜相聚久，连叫两三声。

（四）

上林非夙昔，系帛亦徒劳。
尔去从飘泊，余心转郁陶。
空庭添寂寂，中泽总嗷嗷。
何日清江海？孤云许共翱。

沈阳杂诗二十首

（一）

草草四十载，乾坤一病身。
腊深颜益厚，祸酷意无嗔。

性命岂由我，饥寒常累人。
西邻有二老，谈笑见天真。

（二）

西风吹破寺，泥佛坐何年？
一雁起庭际，数声空唳天。
远书谁可寄，饱食我方眠。
禅律浑忘却，安能效磨砖。

（三）

世事看亦见，边城忽已秋。
尘沙必在面，虮虱又缘头。
欲笑从他笑，多愁总莫愁。
所知居不远，来往尽风流。

（四）

吁嗟复吁嗟，谁是无父母？
守栅供庖厨，入林御豺虎。
得生亦暂时，尽死安足数。
新眼看旧人，自然成粪土。

（五）

盛衰自今昔，佛岂限中边？
竿木随身戏，针锥任众贤。
到山先数马，入室但分钱。
亦有二三子，休嗟我道邅。

（六）

辛苦法王子，深慈将奈何？
肉残无足食，骨碎可重磨。
大网嫌鱼漏，高林畏鸟多。
不如魑与魅，犹自喜人过。

（七）

瘦日射枯杨，荒荒欲断肠。
老狐来瞰室，饿虎易过墙。
岂为高明误，空遭纸笔殃。
南中有义士，风雨每同床。

（八）

此地暑易尽，家家闻捣衣。
拽车水牯瘦，击鼓鬼娘肥。
风景连年是，人情半刻非。
老僧唯一钵，每日饱方归。

（九）

白日只斯须，频年乞海隅。
罪多识命贱，书到益身孤。
秉拂寻顽石，题诗答腐儒。
明知乡国没，仍梦到西湖。

（十）

北里有遗老，寻诗尚未还。

定知题落叶，随意到空山。
白昼全无韵，棋枰久已闲。
好携秋爽色，一洒户庭间。

（十一）

白鹤亦有泪，悲凉与世同。
要从今日事，稍见古人风。
笛里声初断，囊中药屡空。
只留天一线，呼吸可能通。

（十二）

侧立向空荒，风吹恨愈长。
文章宜溷厕，牛骥共禅房。
不识梅花白，唯夸麦子黄。
秋来瓜独好，小摘齿牙香。

（十三）

老翁时问讯，不死近何如？
梦里数竿竹，床头一卷书。
为人终直率，对客怪粗疏。
午后睡方足，行行过草庐。

（十四）

可惜团团月，还来绝塞明。
照人幽近死，到地自无声。
孤雁忽然过，远钟何处鸣？
岭南应更苦，夜夜落荒城。

（十五）

卫霍名何减？山头旧扎营。
乍闻吹落叶，犹似走残兵。
原草缠幽恨，河流带哭声。
最愁秋雨后，磷火向人明。

（十六）

未到秋风起，先令破衲寒。
但拚身一掷，久与世无干。
日月看倏去，林泉到处残。
如何昨夜梦？颗颗荔枝丹。

（十七）

几载望乡信，音来却畏真。
举家数百口，一弟独为人。
地下反相聚，天涯孰与邻？
晚风连蟋蟀，木佛共含辛。

（十八）

佛命亦如线，西方有剩莲。
贝翻成大贾，笙吹比神仙。
弟子黄金贵，弓裘白日鲜。
雷同吾岂敢，只合抱沙眠。

（十九）

沙坡台下土，春老草难生。

行路践心髓，游魂怯旆旌。
乌贪天养子，狐拜月成精。
当日无贫富，锋刀不世情。

（二十）

天地不可必，春风或度关。
阴山一半揖，遗老共生还。
杖指乌衣巷，船归黄木湾。
亲朋未尽鬼，恸哭后开颜。

梦安仲叔

昨夜分明见，长须叔不痴。
衣冠非此日，言笑尚前时。
纵死心方寸，平生酒一卮。
只愁关路黑，来往得无疲。

苦　　蚊

白日难容汝，群飞欲蔽天。
愁人频得句，终夜不成眠。
饿极筋先露，刑余血尚鲜。
关东风景异，只此似江边。

游七岭寺

何必入山去，到来非世间。

巢松孤鹤冷，补衲几僧闲。
钟磬留清范，岚烟护旧关。
一溪冰渐解，流水已潺潺。

留龙泉静室

入山如数日，又是一春残。
花信何曾到？松风依旧寒。
野禽时缱绻，孤月共盘桓。
始觉边关外，犹然天地宽。

寄题易修静室

虽在名蓝内，孤栖别一枝。
身贫客自少，地僻病相宜。
定有云分榻，时烦月照眉。
我来应不拒，煮雪共疗饥。

和李公《冬日成茅屋》四首用韵

（一）

数椽聊自可，欹枕抱书眠。
窗阔堪延月，茅疏好见天。
残毡犹马革，点雪即花砖。
野老频来过，床头起暮烟。

（二）

不识长安乐，何如东海隅？

夜寒闻鹤语，榻短学僧趺。
兴至诗涂壁，饥来雪满盂。
西邻迁客在，镇日待招呼。

（三）

身闲居自僻，岂必在山阿。
寒炙青藜火，行吟哨遍歌。
诗能穷学士，酒亦病维摩。
向晚西风急，何人著屐过。

（四）

举世皆兵革，安居自朔庭。
佛容参米汁，客与论棋经。
衾薄风侵骨，心空月在扃。
屡携孤杖去，带雪步荒坰。

重和四首

（一）

自是客来少，非关地独偏。
残棋抛屋角，饥犬卧炉边。
果赖邻儿送，诗凭野衲传。
情知无喜事，鹊噪矮檐前。

（二）

何事长边外，偏多鲁国儒。
谈经偕野兽，卜筑近枯株。

窗破残诗补，肌羸薄酒扶。
不知寒夜梦，还上玉阶无？

（三）

敝絮蒙头卧，霜风奈若何。
虚庭迎木客，汲井煮桑鹅。
适性此云足，容躯不在多。
小童存道意，袖手听长歌。

（四）

远碛留天地，无言雪一庭。
正襟坐古哲，开户看沧溟。
虎迹任来去，人情半醉醒。
老僧应不厌，多病怯疏棂。

赠乐亭秀才

我苦不得去，君胡为独来？
无家投大漠，设帐傍荒台。
客意黄花后，书声白雪堆。
相逢三两语，涕泪点残灰。

送苗炼师入燕

白日君将去，黄垆我尚留。
莫言朋友义，能免众生忧。
残雪填沙碛，悲心满壑沟。

何时垂鹤翅，尽驾入云游？

赠五千道者

只杖凄凄日，论乡独有君。
辞家一万里，学道五千文。
礼斗依丹阙，吹笙坐碧云。
不堪询故老，清泪亦纷纷。

得耀寰札

相见亦常事，相离费苦思。
翻怜三岁过，未了一生疑。
函泪遥相寄，关心久已知。
长安春梦好，犹自绕冰池。

同陈子久坐候大翁回

稚子欢留坐，主人出未归。
料应无别适，不过扣僧扉。
诗卷携将去，塞炉且共围。
入门知有客，言笑尽余晖。

大雨喜育子远访

相逢疑隔世，一别五经年。
莫话乡关事，难禁风雨天。

寻尸来万里，问道入重泉。
拗折枯藤杖，沙寒且共眠。

千山诗集 卷七 五言律二

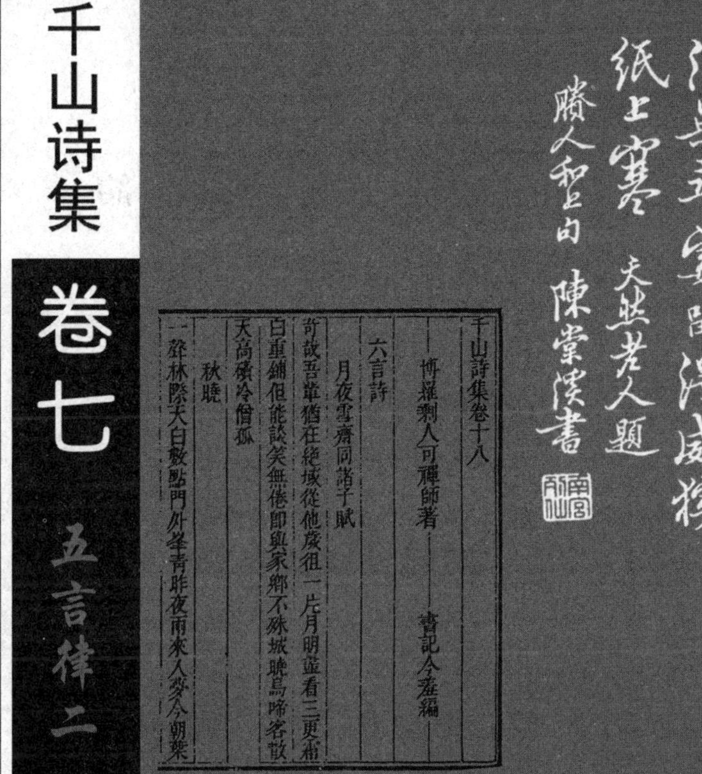

千山詩集卷十八

博羅剩人可禪師著　　書記今𣆶編

六言詩

月夜雪齋同諸子賦

竒哉吾輩猶在絕域從他歲徂一片月明虛看三更霜白重鋪但能談笑無倦即與家鄉不殊城曉烏啼客散天高嶺冷僧孤

秋曉

一粒林際大白數點門外峯青昨夜雨來人夢今朝葉

别诸公往辽阳

一秋良可过，镇日共盘桓。
谈寂霜犹堕，诗成月每残。
开怀偏有限，握别恨无端。
不出郑图外，关河各自寒。

同大来、吉津赴启如斋

出门何所往？定是野僧家。
踏破三门雪，惊残一树鸦。
登床无别礼，堆案尽天花。
得饱不辞去，边城日又斜。

和丽大师《送弼臣见讯》韵

不作金门赋，胡为匹马行。
亲朋愁远道，生死见交情。
望处关云黑，卧来江月清。
早归余尚在，海角待升平。

同陈公叙昔有感

不过廿年事，还如隔数生。
逢君寒碛话，动我渭阳情。
乡国馀残梦，乾坤未解醒。
独怜孤杖外，气骨自相撑。

同木斋坐甦筑斋竟日

所谈亦何异，相共到黄昏。
闲或翻残帙，饥唯索瓦盘。
危微千古事，断续几人存。
此日真堪录，寻思无一言。

读李氏遗书二首

（一）

何期万死后，得见一生人！

久识灰销骨，欣看字有神。
每凭心口力，尽洗古今尘。
莫恨余生晚，当时无此亲。

（二）

举世令人闷，斯人以死争。
开眸沧海窄，点笔老天惊。
佛祖无酸气，英雄有至情。
遗书今尚在，再拜李先生。

慰戴三病

三日不相见，惊闻伏枕忧。
尫羸力已竭，号泣意无尤。
未识趋庭乐，弥深陟屺愁。
春残风尚劲，珍重夜添裯。

喜李炼师禁足

人间亦何极，隐几既仙源。
尽扫青牛迹，深藏金马门。
闲应探药笈，静可叩天根。
咫尺三山近，行看一鹤骞。

重送大茎

艰辛吾与汝，耐尽几秋霜。

佛了无奇特，人难是久长。
云山欣有伴，风雨忆同床。
莫恋故乡好，相期塞菊黄。

重送尸林

欲嘱浑无语，徒将泪几行。
乾坤双草履，来去一空囊。
故国何从觅，寒冰已共尝。
老人相见处，休话汝师狂。

送义虫省亲

相见复何日？相期安可忘。
好携沙际雪，聊慰发如霜。
不孝原非佛，寻诗颇似狂。
濡毫题去袖，春雨正茫茫。

寄心公二首

（一）

念子何偏切，为人念独艰。
相期一种意，不在百年间。
古圣了无异，高名岂是闲？
遥知吟倦处，徒倚望他山。

（二）

别来频雨雪，心绪近如何？
子道承欢隔，君恩出塞多。
高山方咫尺，白日已蹉跎。
自有无穷事，时将访薜萝。

答　客　问

似此已逾分，平生我自知。
一从得罪后，总是感恩时。
有病还长啸，无家亦赋诗。
尚犹愁未足，旦晚欲何为？

雪下有感

大雪真吾事，天心本至公。
翻书甘手冷，乞食望年丰。
旧岭花方发，平沙雁已空。
几多未归客，对此意何穷。

入山寄友

到来方觉好，山亦厌名闻。
世事凭萝隔，幽情与佛分。
猿啼几树月，鹿过一溪云。
此处真唯我，相寻未许君。

山中思友二首

（一）

知己从来少，况当塞雪深。
每同开口笑，遂觉缓愁心。
长聚亦无事，初离便不禁。
如何此寒夜，独自卧孤岑。

（二）

相见已恨晚，更添离别心。
几多乡国思，翻向友朋深。
山古云常寂，天寒日易沉。
独吟浑莫奈，钟磬自成音。

同诸公夜集希、焦二师室

弟兄能爱客，老衲每来寻。
况有同心侣，相偕彻夜吟。
异乡消积恨，明月助清音。
何必求仙去，花源此地深。

又过希、焦二师

好我真无为，感君此念深。
一从初识后，数载到于今。

狂极偏增重，离多奈独吟。
春风留洞口，扶病更来寻。

题金塔寺二首

（一）

人皆崇藻饰，此独尚清幽。
共佛三间屋，连云一个牛。
耕田供客食，开户任麋游。
最爱前溪水，横腰一带流。

（二）

人贫方彻骨，塔尚以金名。
采蕨扶云出，寻诗踏月行。
断碑看字影，驯虎听经声。
我到家常饭，因留太古情。

赤公书来赋答二首

（一）

书来唯说苦，问我苦如何。
得食粗蔬足，逢人好笑多。
拼他今便死，不尔且长歌。
只此朝还夕，残冬亦易过。

我有消愁法，从来肯易传。

不归吾本尔，但饱即欣然。
拾得丝丝命，由他泯泯天。
为公通一线，同病故相怜。

自　寿

投荒三十八，又已八年过。
罪过随年长，闲情近日多。
怀人添雪梦，得句上山歌。
且自加飧好，愁颜意奈何。

忆　昔

忆昔君初至，难分喜与悲。
天边亲杖屦，雪底见须眉。
屡读三都赋，相为一字师。
自今酬唱隔，布袋有遗诗。

儒　释

儒释虽云异，天涯放逐同。
五车开道路，一棒击虚空。
梅州惭妙喜，蜀国失文翁。
敢谓天将丧，应知吾道穷。

悼骡三首 有引

大方赵子，怜予艰于步，率诸公为觅一小骡。牛头马身，四蹄如铁。初不受驾驭，既甚驯，乘予出入三年矣。丙申暮春，寄食友人，得饱刍豆，忽暴亡。予为诗三章，悼骡，亦自悼也。

（一）

淡泊幸相守，残躯赖尔扶。
忽然辞我去，愈觉一僧孤。
牛骥嫌同皂，风沙怯远途。
自今能解脱，含泪奠生刍。

（二）

一钵同行乞，三年不厌贫。
崎岖劳曲折，雨雪共酸辛。
何忍抛愁骨，翻如失故人。
言寻旧竹杖，彳亍更谁亲？

（三）

所苦不能待，春深老渐长。
殊形宁受畜，驯性最难忘。
沟壑尔先俟，冰霜我独尝。
伤心唯闭户，咫尺即羊肠。

布帏

世事凭兹隔，高眠梦亦空。

青编落枕上，白日在山中。
此外无宁处，何人可与同？
有时开放入，溪月并松风。

哭李给谏

山中愁未了，走马哭孤臣。
白发随江水，青云逐塞尘。
史留忠愤疏，天丧老成人。
幸有绨袍在，年年渍泪新。

和赤公寄韵

相见一平淡，相离偏忆君。
每当此月夜，遥望在城云。
大雪毋长视，狂歌恐或闻。
岁穷宜倍慎，三嘱泪殷勤。

遥送我存还巢二首

（一）

未得临歧别，何堪话别频。
同为黑水戍，况送白头人。
长路悲空橐，还家失老亲。
几多儿女泪，应为洗边尘。

（二）

艰难知尔最，大患在吾身。

莫忆来时恨，偏添去路辛。
未堪逢至戚，犹恐讶诸邻。
巢父真无罪，牵牛饮颖滨。

得我存长安寄来书用前韵

行后予方觉，书来泪又频。
到天还忆友，一路但依人。
并罪归何碍？携霜散所亲。
不须回白首，去住总皇仁。

得石云居诗文

尚论贵只眼，平生于此深。
共传迁史笔，谁谅许衡心。
后死亦无恨，斯文未丧今。
遥怜孤子意，山水有知音。

问　雪　公

山寒予可耐，衣薄尔何禁？
学道身方重，论文念独深。
长贫分鹤粒，多病到僧心。
珍重过残腊，春来共笑吟。

闻天公病

下堂犹有虑，出塞念偏深。

不是子臣泪，全然父母心。
或者风方劲，安能别有侵。
加飧凭努力，春至候佳音。

得木公手字

爱我知偏重，知予乃独深。
时时施药石，事事入肝心。
死骨必思肉，顽皮尚受针。
明知此不可，又作感恩吟。

和栖贤《山居》韵 有小序

阿字出栖贤《山居》诗十韵，并其托钵九江时所和。予读之数过，不翅身在三峡桥头听水声汹涌，因而和之。从头至尾，复从尾至首，回环重叠，音有尽，而情无尽也。

山水无中外，飘云何必归。
最嫌沙上雁，一一向南飞。
罪大心方死，病多力渐微。
谁持匡岳泪，来洒破僧衣。

何妨卧出日，长欲话三更。
篱外无人到，窗前有虎行。
风微飘梵咒，云密透书声。
只此闲同过，毋令别感生。

无事不携筇，多因访远松。
独行深雪路，忽听隔溪钟。
得句鸣寒谷，持云赠别峰。
自来无定止，到处幸能容。

有言惟独语，更莫问青霄。
衣就田塍补，柴分品字烧。
止寻栖壑侣，不赴在城招。
峰顶香岩寺，钟声下半腰。

出郭无多路，心空觉地偏。
一从抱病后，不敢向人前。
鸲鸰留残石，素馨忆旧田。
止应吾与汝，朗咏了残年。

高谈山顶月，低揖世间人。
判就孤寒命，仍余老病身。
我心不可转，佛道未容真。
何处玉渊水，惟应独问津。

闲知茅宇阔，静觉野云忙。
僻径人难觅，深山日自长。
鹿携麋入室，雪共雨登堂。
自起拨炉火，因烹芦菔尝。

大抵长边外，三冬半是阴。
风吹旧屋角，雪补破衣襟。

树压枝枝重，灯寒夜夜深。
梅前初梦醒，不奈此时心。

每日一餐足，无人白昼眠。
寒多宁有法？懒极不须禅。
时上岩头石，遥看林外田。
西南日尽处，一直上孤烟。

生来山野性，万死不离山。
随水偶然出，因风急复还。
吟多长倚树，客到未开关。
自笑顽成癖，人传老更顽。

夜半一抬首，星光尽在山。
不能同雪化，只合揽云还。
猿至常无候，门开且莫关。
可怜犹有尔，识我是真顽。

率尔行将去，倦来树底眠。
泉流时问话，鸟宿似安禅。
霜不凋金粟，海难变砚田。
每看敲石火，一点自生烟。

如何有好日，不出又成阴。
一任霜催鬓，毋令泪渍襟。
林泉宁有异？天地此中深。
竟夕寒如水，空余一寸心。

不能效古昔，镇日为人忙。
树影当窗直，峰岚入梦长。
晓风轻布衲，暮雪静茅堂。
更想峡桥畔，平分一碗汤。

展卷旧相识，全非此日人。
明明千古意，寂寂一孤身。
到死终无二，平生只是真。
最怜初睡熟，又度大榕津。

本无才足恃，不是性多偏。
沙石甘居后，冰霜独在前。
难销檀越水，不种祖翁田。
所以一瓢外，风吹自岁年。

五老何年见？人间隔九霄。
黄精金井洗，苍术玉门烧。
未遂玄沙志，翻将白纸招。
龙津终有合，携手步山腰。

拗折此孤筇，随心步步松。
投林仍乞食，到午但闻钟。
十年持一钵，双眼寄千峰。
且莫临溪照，恐惊憔悴容。

怀人几千里，每夜过三更。

拥毳时同坐，沿阶又独行。
不堪鸭绿色，常作虎溪声。
更有关心处，飞云枕上生。

旧山毕竟好，垂老未言归。
遥想鹤峰上，终期华表飞。
歌残山月白，声咽夜钟微。
何日金轮顶，相将一振衣？

附　栖贤原诗

爱友寻山住，山深人未归。
不知秋色暮，空见雁南飞。
树密溪云重，峰高霜月微。
夜来松火怯，独自理寒衣。

门前看五老，石上待三更。
望月不知处，沿杉每独行。
云开见鹤影，泉远闻人声。
莫讶无相顾，高情感易生。

潦倒一枝筇，逍遥十里松。
偶逢犊鼻叟，同听石溪钟。
骤雨不出谷，晴云隔乱峰。
忽观残照起，犹见金芙蓉。

自笑吾生足，支藤上紫霄。

松门山日近，野火石云烧。
老母留芋供，邻僧隔水招。
一声樵笛响，催我下山腰。

老病心逾淡，饥寒韵更偏。
独怜山月外，无计秋风前。
拾栗煨牛火，驱茅下麦田。
明朝重九日，容易度残年。

客到无留处，情乖懒见人。
床头多病衲，殿角一闲身。
夜色秋旻净，泉声晓梦真。
昨闻江上信，又阻白门津。

我自立溪上，水流何太忙。
年年松树绿，日日峡桥长。
林月窥岩户，山风压草堂。
何人相见暇，熟炙橘皮汤。

偶来枫树下，孤影息秋阴。
涧浅摇清濑，风轻爽素襟。
行人归竹远，散犊入林深。
何处不相似，时时厌此心。

病骨怜秋夜，夜长不可眠。
久疏芦菔味，惭愧白云禅。
开户望霜月，随身过野田。

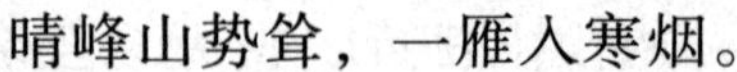
晴峰山势耸，一雁入寒烟。

山中尝作梦，梦里不知山。
未可名真妄，何须辨八还。
夜泉寒竹簟，秋月白柴关。
同道如相忆，归来共学顽。

张弥茂赠红褐禅衣

空囊不羞涩，犹自念僧寒。
顿使贫儿富，能令白骨丹。
雪埋深易见，血洒湿难干。
且得残冬过，何如破衲安？

岁暮同阿字得寒字四首

（一）

经岁无人趣，惊看腊又残。
霜添窗纸厚，风使衲衣单。
彻骨寒无路，扪心泪有端。
一从汝到后，更益我辛酸。

（二）

总是冰霜地，非关我独寒。
一身蹲雪底，双眼向云端。
索句从朝起，烧泉到夜阑。
此时兼此地，犹得共团圞。

（三）

细看生何用，平生厌素飧。
泪将一岁尽，事向五更攒。
海静三山稳，云高五老寒。
情知强言笑，图使我心欢。

（四）

抖搜十年恨，全倾大海宽。
看人忙不了，于我竟无干。
爆竹何曾响？蠹鱼依旧寒。
春风迟亦到，且莫发长叹。

祀　灶

灶无嫌我乞，我自厌残身。
十载犹存舌，一瓢长傍人。
空飧劳施主，勺水赖神明。
此夜无须嘱，深知愧是真。

担水者

向阳寺止一井，水涸且远，众僧争先往汲，常至夜半，而汲者犹往来不止焉。

往来余五里，风雪到更深。
欲趁蛟龙卧，宁愁魍魉侵。
丝丝尽彼力，滴滴感余心。

因忆旧山上，飞泉到釜鬵。

天公以其尊人所书扇见赠

艰危珍匣笥，持赠慰荒榛。
乍展疑先晋，徐看识故人。
老来书自圣，别久意逾真。
前日传家信，犹然寄问频。

天公赠棉衣留南塔，先有此谢

念我寒如此，腊终犹解衣。
数年惟破衲，一半逐云飞。
但使存孤骨，毋令嚇翠微。
故人恋恋意，春气透柴扉。

闻爆竹和阿字韵

衰残不可耐，强逐小儿情。
山泽了无气，虚空忽有声。
一连三夜梦，亲到五羊城。
听此翻添思，髫年正太平。

和天然兄《初住栖贤》韵

鹿洞曾经过，难寻三峡桥。
老兄今又至，浩气可全消。

石立潭边静，泉飞谷口遥。
黄云难极目，夜夜梦魂摇。

赠王大哥

不关裘马事，公子自翩翩。
戏彩春风里，寻僧野雪边。
论文怜远戍，饮酒泻飞泉。
伫看凌烟上，功名本少年。

读梁未央赠陈全人诗有感用原韵

我昔见君日，知君慕远林。
方肩斯世重，不作世间心。
古佛机难扣，孝廉船已沉。
未曾沧海变，怀恨到于今。

读梁未央赠霍阶生诗有感用原韵

太仆捐躯日，相随雁一行。
莲池心骨净，金柜姓名藏。
五岭明臣节，千秋重义方。
余生愧我在，风雪思难忘。

寒宵二首

(一)

岂必缘乡国？啾啾闹肺肠。

天当愁处窄，夜向醒边长。
海水流何极？朋情散未忘。
以兹难得晓，星月共苍茫。

（二）

只是不能寐，寻思总莫干。
何人甘自溺，于我竟难宽。
照雪一灯白，迎风双眼酸。
强眠仍反侧，非是畏衾寒。

乌食菽为沙弥所缚，余见而释之

口腹有深阱，颠危实可怜。
为贪半粒饱，遂惹百丝牵。
人世殊多患，空门亦自缠。
殷勤为解释，好去莫留连。

金塔主人遣诸沙弥

长者亦多事，初惟树下居。
但留孤钵在，何必恋耕锄。
鸟散林偏静，云飘月有余。
自今吾与子，茅屋本空虚。

题一粟斋

一粟大如许，其中世界藏。

卧听宫漏水，行拂御炉香。
天近神仙赫，恩多日月长。
野人频到此，破衲亦辉光。

岁暮有怀

亦是寻常过，忧来每觉频。
为当今岁暮，无复旧乡人。
烟火投山店，风霜冷水滨。
最怜江尽处，上下岭梅新。

仲冬末忽大暖数日冰雪尽化

三冬刚逾半，春气变寒林。
但觉人禽悦，谁知天地心？
崖悬疑泻瀑，檐溜似长霖。
自入深山里，应沾帝泽深。

题 俗 龛

亦自堆残卷，何曾一室空？
文殊或过问，弥勒也难同。
畏客长疑病，教儿未觉穷。
只愁深夜后，冻杀蠹书虫。

天公新构茅舍观音堂侧

草草数间屋，言依古佛居。

仅能遮雨雪，大半是图书。
梵唱连歌板，棋声杂粥鱼。
何须青琐闼，即此乐如如。

戴三移居铁岭

既在大荒外，何须近郭居。
避人宁信虎，奉母并携书。
药厌韩康卖，田随桀溺锄。
料当雪霁后，曝背一思余。

自八月初病耳至十一月不愈

病耳四经月，耳根转自清。
鸦啼久绝响，云过似闻声。
箫鼓从来厌，是非何处生。
老年诸籁息，毋复畏天倾。

怀城中诸公

只在边尘里，年年老别离。
冰霜原共苦，山水岂余私？
有命荷皇泽，无家感佛慈。
愿言各努力，庶足慰相思。

与　孤　松

仰瞻皆欲拜，即我亦难亲。

鹤语犹妨闹，雪来不厌频。
枝危如接世，根拙似嫌人。
转厌冰将解，群芳共一春。

偶成二首

（一）

岂是爱山水，从来任我真。
嫚松宁有罪，叱石不生瞋。
歌发随长短，倦时任屈伸。
回思尘世内，束缚可怜人。

（二）

好恶非他事，寻思可奈何。
地低停雪厚，树密惹风多。
来日谁堪虑？今宵我且过。
莫为长久策，仰面尽高歌。

木公以《新斋成述怀》诗六首寄山中依韵奉和

（一）

何处投新句，松关日已曛。
倾来千斛雪，惊起一山云。
萝影枯逾瘦，泉声冻尚闻。
相期春渐暖，一榻可平分。

（二）

著雪心难冷，摊书道未穷。

茅檐宜向日，布帽且禁风。
味淡君无厌，吟寒孰与同。
时应招野叟，兴发一枰中。

（三）

拚是掷穷边，心休莫问天。
小窗容昼景，薄粥喜朝烟。
汲古终无罪，买山不用钱。
倦来拳作枕，身在古皇前。

（四）

担泉知不远，久息丈人机。
地僻谁堪觅，庭闲鸟亦稀。
但能藏海畔，何必羡渔矶？
只合长相问，氈毵几衲衣？

（五）

酒旆隔疏篱，无人水半卮。
望云时有泪，闻鸟不胜悲。
饱食闲何虑，孤眠冷莫辞。
惟应与松柏，寂寞保霜姿。

（六）

只在铁桥畔，寒梅绕屋花。
可怜清晓梦，唤醒隔窗鸦。
岁暮日逾促，乡遥愁更赊。
那堪几相识，咫尺即天涯。

闻左九哥病寄慰

君今年正少，早撇少年情。
灭性非人子，传家赖阿兄。
雁归春渐近，碛远雪初晴。
努力加餐饭，无令百感生。

赠高涵寰居士

所重唯良友，兼之患难同。
长斋亲衲子，独宿傍仙翁。
交道真逾淡，文情老益工。
只愁风雪后，孤迹任飘蓬。

赠高辛裔居士

出塞有诸子，惟君气独雄。
见金曾似土，饮酒每如虹。
生死重然诺，文章到困穷。
庄周何日了？相对共谈空。

喜无为三子至二首

（一）

见说南中士，东来道阻长。
何须问姓字，自可共冰霜。

碛大堪埋骨，天空欲断肠。
相看强相笑，不敢问家乡。

（二）

盼盼似人喜，跫然慰我心。
暂停新泪下，一见故情深。
梦里秦淮鼓，山前虎豹林。
从今风雪际，又听操南音。

赠普愿师

咫尺幽居近，晨昏独扣门。
闲谈惊鬼胆，静对见天根。
礼法岂为我，畦蔬尽可飧。
焉知寒塞外，古道至今存。

闻戴三将入长安

春风得意初，策马莫踌躇。
未献金门赋，先怀梁狱书。
君恩从此阔，子道乃无余。
伫看章江上，青衫伴素车。

人日有感

此地无人日，蒙头且自过。
惊心非虎兕，刺眼是山河。

风度衣逾薄，霜侵镜已皤。
更添愁寂处，钟磬晚堂多。

留题首山丈室

出郭刚十里，到来隔世哗。
不知谁是主，即此便为家。
半榻悬清梦，疏棂见晚霞。
几年沦落意，尽付海东涯。

宿向阳寺

但使忘人世，居山何必深。
断云栖破衲，积雪老禅心。
客去门仍掩，床空月每侵。
病夫怯登陟，只此易相寻。

游大安寺

石磴如天上，钟声下界闻。
已扪千丈雪，犹隔几重云。
山冷僧俱瘦，堂闲虎与群。
古碑苔藓合，洗剔见虫文。

游龙泉寺

洞口凭猿引，逶迤石路迢。

到门惟虎迹，望寺在山腰。
龙去泉仍溜，春残雪不消。
老僧忘岁月，恍惚话前朝。

游祖越寺

殿阙疑天辟，凄凄几个僧。
板桥通野豕，木佛坐孤灯。
说法呼顽石，烧泉拾古藤。
禅居高绝处，欲□病安能[①]。

① 编者按：□字，原文漫漶，据残笔似为“上”字。

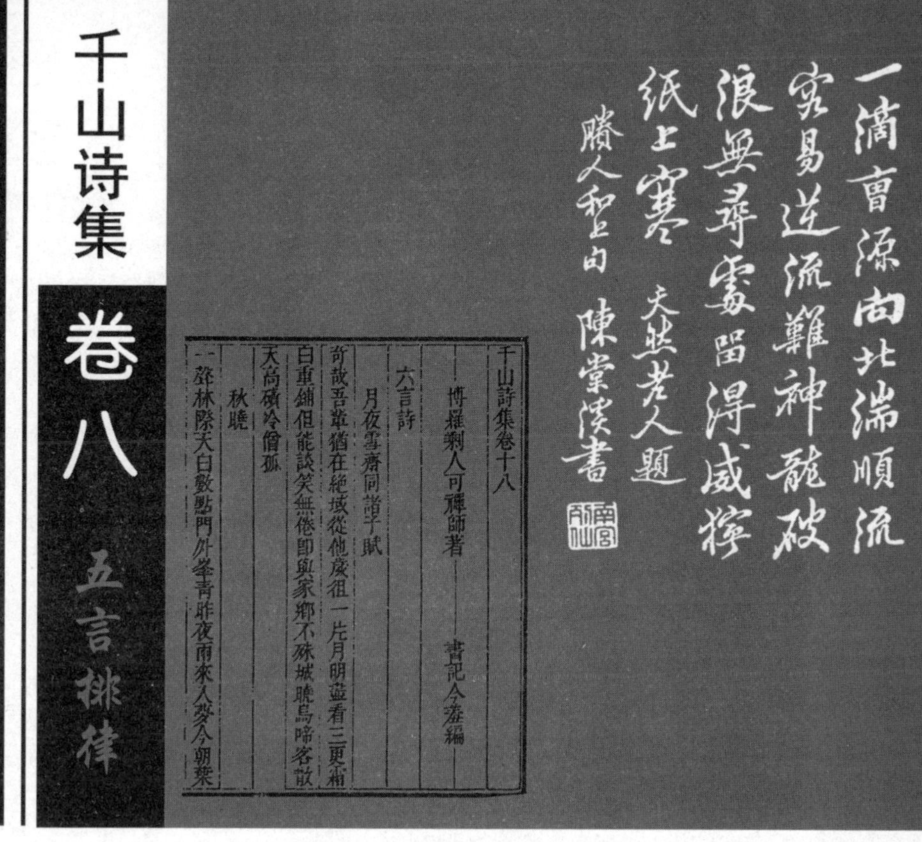

雪斋落成

四海少邻并，况兹东复东。
登阶惟鹤迹，挂壁有诗筒。
岂为儿孙计，聊安君子穷。
委怀存宋榻，论事据枯桐。
千卷万卷在，两人三人同。
快谈当圣代，高咏寄玄穹。
云过一床影，月来诸境空。
难容金络马，共老竹编虫。
世界半窗隔，神明寸管通。
囊开余积雪，帘卷渡飞鸿。
稠叠深秋色，浑含太古风。

人情轻故旧，天意勘英雄。
览镜添髭白，烧泉扫叶红。
浮生只若此，大业在其中。
前往后犹待，隐然抱厥躬。

宿　西　寺

破寺背城郭，开门对巑岏。
流云时入席，看斗独凭栏。
松落子堪拾，菊荒英可餐。
偶行出篱外，闲眺入林端。
意静鸟俱息，身微叶共残。
更无人问讯，自与月相干。
池瘦荷衣碎，径斜鹤影单。
疏髭先雪白，贱骨抵风寒。
扶杖返虚阁，吹灯卧草团。
人生苦不足，得此良已难。

老　　叟

何来孤独叟？自道腹中饥。
入户眉先皱，登阶力已衰。
生年曾不记，近事幸无知。
须鬓留前代，乡邻失旧时。
延龄凭布袋，移步仗松枝。
但忆身方壮，世途甚坦夷。

寿苗炼师

人间初换岁，天上亦添龄。
未老耿南极，能飞滞北溟。
时艰惊蝶梦，神王鄙熊经。
寒雪尚凝砌，和风已拂扃。
吹笙鸾凤集，念咒鬼神听。
度世心尤切，弥年手不停。
侣沙虫猿鹤，召雨电雷霆。
采药重薇蕨，汲泉带参苓。
肝肠关众命，呼吸通群灵。
展卷辨蝌蚪，退身号蟭螟。
虽知守其黑，无计得以宁。
残魄予将朽，方瞳尔独青。
金茎润菜色，丹室吐兰馨。
谈笑具别旨，往来各忘形。
他山足玉石，一水合渭泾。
高志存鸿鹄，大光眩爝萤。
胡为悬万石？徒自击寸莛。
兔颖空盈匣，鱼肠待发铏。
波流岂复返？膏焰可长荧。
不见大椿树，八千终飘零。

同社中诸子赋百韵

猗与洛多士，共此海一涯。

惨日无舒景，狞飙不断吹。
昼闻苍兕吼，夜见乱星垂。
春尽花未发，秋来草先萎。
况当严凝际，复遇荒歉时。
雪大颇充啮，沙多曷任炊。
已看薪似桂，安得稼如茨。
食字字欲尽，问神神不知。
求方希辟谷，绕树叹无枝。
世路肠千折，人情水半卮。
曳裾向何处，弹铗更依谁？
却忆公孙度，难寻钟子期。
马公思设帐，董氏久虚帏。
罪积甘缧绁，泪纷比绠縻。
出门徒彳亍，矢志各参差。
家远地难缩，愁宽天可弥。
寄书凭塞雁，解佩欠金龟。
只觉丝生鬓，惟余肉在髀。
囊空存兔颖，貂敝羡羊皮。
心腹告山鬼，须眉照碧池。
矮檐常抱膝，永夕独支颐。
纵尔贫兼病，幸无磷与淄。
投林藏雾豹，入市怯人螭。
鲁国衣冠族，秦中豪杰儿。
岚烟五岭远，文藻六朝摛。
鹿走看獒逐，鹤飞并雉罹。
赤髭经火劫，铁嘴试刚椎。
君父恩罔极，死生苦不辞。

求仁又何怨，质圣而无疑。
智为繁忧长，力因多难羸。
形容虽已槁，精理肯教隳？
文偃剩跛脚，香严无卓锥。
但存乞食相，那用买山资。
托钵望城郭，谈经闹边陲。
运颓知莫振，衲破尚堪支。
濯足乌龙窟，洗肠白石湄。
长江还淼淼，归鸟正提提。
梅坞怀方切，春塘梦独稀。
终朝劳短策，暗室拭长钚。
虹气供吞吐，鲸波静指挥。
四维阴幂幂，两袖冷飔飔。
荒冢卧封豕，歒台游瘦狸。
抬眸瞰广漠，纵步陟崔嵬。
涕吐牛蛇走，叫呼霹雳驰。
东溟观出日，北镇读残碑。
西岫哭义士，南邻舞阏氏。
乾坤仍自阔，陵谷倏然移。
倾血倒三峡，招魂到九嶷。
揭开王蠋面，唤起卞壶尸。
胆但当空沥，肝惟对佛披。
怪思屠魍魉，险欲狎穷奇。
幽意通岩瀑，闲情侣涧麋。
崩崖搜朽骨，古庙索遗词。
仙客遇清笑，玄风布和熙。
函关去莫返，华表来何迟。

承露浇麻饭，烧檀煮玉饴。
解将新布袋，剖却旧藩篱。
尸许从沙暴，车宁荷锸随。
洪涛咒可竭，顽性法难治。
屡过杨雄室，每逢安石棋。
冰心互映彻，兰味播芳蕤。
交谊久已弃，遗文良在兹。
艰虞深阅历，遒劲共扳追。
矻矻千寻石，汪汪万倾陂。
土床容偃仰，缃帙任唔咿。
古柏信孤挺，狂猿本不羁。
雄谈裂帧幅，妙句出炉锤。
骤雨催吟兴，寒霜沁诗脾。
分题多吊古，造意欲凌巇。
残墨堪同赏，新篇足自怡。
桐枯未作爨，松实暂疗饥。
二子喜听论，一锜尽成糜。
且抛千载憾，相与片时嬉。
小人应学圃，遗老亦敷菑。
岂怼蜮能射，宜安命所施。
管宁曾戴帽，尼父欲居夷。
吾道信东矣，先生将何之？
只闻囚羑里，畴为献鸡斯。
左氏三都贵，苏卿五字师。
傅岩筑以版，渭水钓非罴。
野蕨欣犹采，社莲恨已衰。
山东得李白，江左来桓伊。

执耳尔胡让？登坛众所推。
吹笙约子晋，击筑邀渐离。
异域留商啤，石人见汉仪。
空城招旧帝，青草惜娥眉。
骚续屈平怨，赋添宋玉悲。
唱酬浑不厌，来往各忘疲。
酒奈无资畜，节应到秃持。
杂心勿与入，拙目尽教嗤。
此日亦常事，万年定渴思。
好将藏洞壑，何必勒钟彝。
取义戒伤激，怀刑嫌近痴。
果能了性命，更莫问安危。
凤鸟徒鸣舜，龙图只授羲。
滔滔者皆是，蹙蹙若奚为？
世事讵难识，帝心可微窥。
浮云无终蔽，皎月岂长亏！
盈则覆之兆，祸兮福所基。
举头语诸子，毋自苦嗟咨。

赠辽阳陈令公十韵

圣朝恩旧里，孤客宦边庭。
官冷兼冰冷，身形似鹤形。
升堂除积雪，编户补疏星。
衣剪残荷碎，厨炊野蕨馨。
寻僧分钵饭，对吏读棋经。
新市凭鸦集，重关畏虎扃。

草荒连砌白，山近到床青。
采木探幽谷，弓田步远坰。
人贫惟有爱，讼少不须听。
立德存华表，书名在御屏。
伫看寒碛上，丹凤下天廷。

偶述二十韵

忆昔岁戊子，投荒自我初。
举头多局促，那步独踌躇。
所苦非冰雪，相期在蘧篨。
主人法渐弛，贱子罪方纾。
身首幸无虑，心神尚未舒。
逢人强笑谑，暗地足欷歔。
耆旧常分粒，高朋许借书。
便将好日过，不觉数年余。
双屐穷梵宇，盈瓢饱野蔬。
飘飘无定止，处处得安居。
衰病因无禁，孤贫益自如。
偶然值老叟，招我入茅庐。
塔外无诸响，瓶中有夙储。
残编堆几满，寒月映窗虚。
云密尘难入，山空梦亦除。
以兹知足矣，何必叹归与。
信口歌吟富，关门礼法疏。
长林藏倦鸟，幽涧纵潜鱼。

寄问同流者，为欢信有诸。
皇仁应普及，天意岂私予。

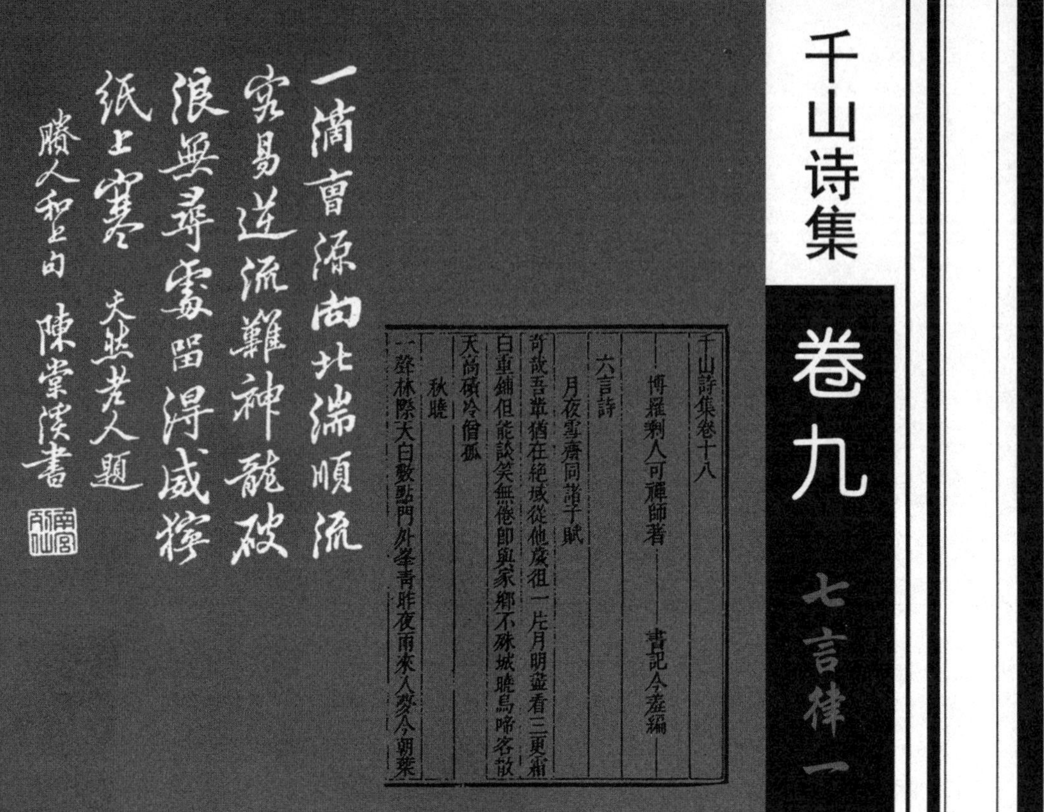

千山詩集卷十八

博羅剩人可禪師著　書記今羞編

六言詩

月夜雪齋同諸子賦

奇哉吾輩猶在絕域從他凌徂一片月明並看三更霜白重鋪但能談笑無倦即與家鄉不殊城曉烏啼客散天高磧冷僧孤

秋曉

一望林際天白數點門外峯青昨夜雨來入夢今朝葉

甲申岁除寓南安

梅花岭下小溪边，寒尽孤僧泪独涟。
衲底尚存慈母线，担头时展美人篇。
先皇岁月余今夕，故国风光忆去年。
香冷夜深松火息，万方从此静烽烟。

乙酉元旦

万年新历自今朝，兵气都随残腊销。
龙虎山河开旧域，凤凰宫阙集群僚。
波停海外来重译，干舞阶前格有苗。
野老瓣香无别祝，箪瓢处处听歌尧。

秋吃八首

乙酉寓金陵作。

（一）

铁骑飞传海上音，彤云霭霭幕秋阴。
元戎已作槛中虎，黄阁空留井底金。
半壁久添亡国恨，翠华难系老臣心。
独怜白首商人妇，重拨琵琶泪满襟。

（二）

日光暗淡鹛鹈寒，独上牛车泪已湍。
魏绛读来成画虎，文山到死愿黄冠。
乡心未尽鼍声急，陵树先凋鹤梦残。
正拟招魂秋草里，疏钟微月夜漫漫。

（三）

露下霜残冷碧霄，乡心处处长天骄。
云横淮海三千筏，风定钱塘六月潮。
石虎岂能消杀伐，卢敖无计慰飘摇。
何时重问峰头侣，夜半吹箫过铁桥。

（四）

倚杖逢人麈偶挥，风流还说旧王畿。
赭衣少妇能骑马，白面书生学打围。
是处烽烟迷笠屐，年来药碗失芳菲。

芰荷叶老虫声切，惆怅家山未可归。

（五）

美人家住白云乡，独上高楼枉断肠。
丹荔剥余蕉正熟，素馨开遍柚初香。
人间何处寻黄鹄？梦里分明见石羊。
莫向凤凰台上望，秋风秋雨正茫茫。

（六）

翘首长空动晚飔，苍梧一去失归期。
啼魂欲拟三更月，续命先传五色丝。
天寿山前云漠漠，石头城上草离离。
伤心玉叶凋零后，犹剩天南第一枝。

（七）

凉月团团照远空，荻花如醉蓼花红。
江湖无复藏鸥迹，天地何曾享马醲。
已见旄头沉赣水，又闻大旆出秦中。
只今五岭无消息，望断长干数落鸿。

（八）

长松千尺野烟迷，别馆萧条日已西。
廿载功名归梦蝶，五更风雨听潮鸡。
曲池凉浸桐花影，复道尘封御墨题。
燕子重来王谢改，庭前芳草马空嘶。

乙酉除夕二首

（一）

穷年于役笑狂夫，掩却闲窗一事无。
对佛不殊栖影鸽，怀人欲折渡江芦。
浮山梦里梅难寄，鼙鼓声中日易徂。
今夕剧怜灯火冷，夜深空照几僧孤。

（二）

小雨空蒙罩远天，愁心只在水云边。
半生事业鬓间雪，万里音书岭上烟。
爆竹不烦惊旅梦，残花留得伴枯禅。
鱼声梵呗浑成泪，破衲蒙头又一年。

丙戌元旦顾家楼

多难还余善病身，栖栖终不怨风尘。
挈瓢戴雪逢遗老，著屐寻诗有故人。
夜雨暂将山色改，年光又逐泪痕新。
遥知乡国东风早，花信凭吹薄海春。

丙戌岁除厄亭同衣白、双白、方鲁诸子

到处看山岁已徂，梅花点点怨江湖。
南阳事业归何地？东鲁旌旗仰大儒。
拜月尽瞻新面目，窥池不改旧头颅。
世间亦有闲于我，共向方亭伴结趺。

丁亥元旦昧庵试笔

每逢遗老即留连，病骨支离不记年。
但有心胸还宇宙，更无眼目借人天。
石头几度分乡思，春色何曾到客边。
扶杖登楼闲一望，南山如旧涕空涟。

闻本师空和尚移锡闽中

华台咐嘱久相违，杖履何因别翠微。
五岭人天遮眼目，八闽风雨落珠玑。
执巾若个还随步，挥麈伊谁忽扣机。
惭愧一枝寒塞外，黄沙白雪亦霏霏。

闻本师将来石头

孤锡何天不可飞，遥知到处足归依。
愿携半面新神鉴，来照三山旧帝畿。
风火大千生佛泪，水云百匝雨花霏。
瓣香拈起人皆仰，白月长边一色辉。

寄阿谁

敝履曾将寄阿谁，平生端许阿谁知。
破斋风雨三更话，乱世心肝万古期。
笔墨有神烈火劫，发肤无恙大江湄。

巫闾白雪厄亭柳，遗老孤僧夜夜思。

再寄阿谁

三百年来一老臣，蹁跹双袖白纶巾。
数茎霜雪留前代，半幅江山付后人。
诸祖传灯能共证，满庭流水未全贫。
遥知桥畔梅花发，极目寒边欲寄春。

得友沧江南信

灯前忽接江南信，未拆先惊喜复疑。
大漠到来三易岁，白门死却几相知。
两人心事六千里，片纸书题九月时。
捧读从头亲切语，一天冰雪见须眉。

寒夜偶成

日短无妨独夜愁，毾毵布衲自蒙头。
白杨梦绕尚书冢，大石云封仙客楼。
霜气正浓心匪席，钟声不远月如钩。
更长任尔终须晓，能使沉沉万古不?

岁暮雪中

四十风光一抹收，故乡望断岁如流。
料因诃佛填冰狱，岂为修文上玉楼。

雪尽埋时偏得句，天当崩后更无忧。
当年六载行难满，殃及儿孙冷不休。

同诸子宿雪斋

冰天尽日麈纵横，秉烛还教续笑声。
今岁眼看片影过，几人身在一宵情。
枕边各自家乡近，笔下何妨星斗惊。
到晓定知饶别泪，土床如水听鸡鸣。

偶　　感

天地为圜山水囚，无弦一操亦拘幽。
罽宾尚自容狮子，石虎真同狎海鸥。
饱食更无思作佛，生还端不愿封侯。
请翻青史兼灯录，亦有痴顽似我不？

闻浪大师主法伞岭

马耳峰头食蜜甜，长干花瓣又重拈。
共经劫火三禅乐，分取曹源两地沾。
伞岭杖头风日朗，天山衲底雪霜严。
不禁钟尽怀方切，寒雁无声月一帘。

闻遁庵伞岭监院

何人寒夜苦相思，犹忆临歧赠一枝。

百丈再参惟马祖，慈明总院属杨岐。
出笼孤鹤搏风疾，穿市泥牛蹴月奇。
鸭绿江头频斫额，好将消息寄边陲。

寄茂之二首

（一）

髫年见尔早登坛，瓦钵藜羹每共飧。
两世交游情更切，七朝耆旧泪难干。
孤山未得林逋适，后学谁知范叔寒？
料得岁残吟倦后，铁函偷启避人看。

（二）

破屋残书虎豹邻，萧萧风雨独相亲。
一时群士推前辈，半世相交属古人。
几食神仙终不饱，屡看儿女始知贫。
冰天欲寄新诗卷，老眼应知泪又频。

寄与治二首

（一）

乱后投交白板门，梅花香饭每同论。
平生最苦人皆好，古道全凋尔尚存。
客到定留徒四壁，诗成不厌倒千樽，
世间那见清贫士，猿鹤沙虫尽感恩。

（二）

一卷诗书动甲兵，鸟飞鱼逝海天惊。

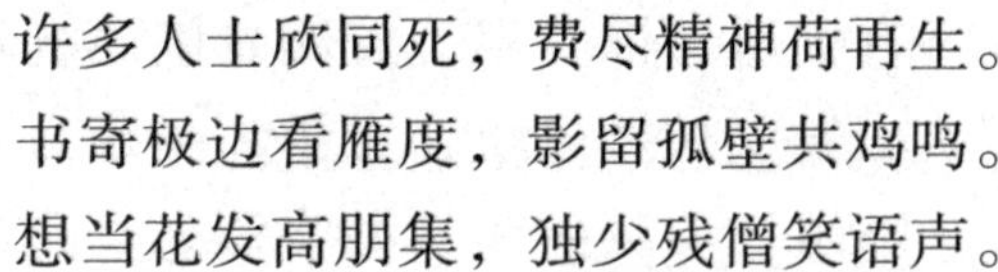

许多人士欣同死，费尽精神荷再生。
书寄极边看雁度，影留孤壁共鸡鸣。
想当花发高朋集，独少残僧笑语声。

寄与然师

半世风流薄幸名，蛮烟琴韵苦冰清。
后门开处如花散，大厦倾时集杖横。
一幅云山通性命，四围弓剑见交情。
年来何地堪行脚，绝塞思君草履轻。

寄　孟　贞

石子冈头共苦吟，交情老向水云深。
孤僧罪案横诗卷，伯氏遗词发道心。
婚嫁若完休卖赋，须眉白尽好投针。
连年何限悲酸句，曾否招魂到海浔。

寄　于　皇

大风吹梦渺无垠，白鹭洲前彩袖贫。
今古更教谁搦管，乾坤似未可容身。
钟声屡听寒僧饭，诗句时生山鬼瞋。
好拟招魂东海畔，沅湘不独没灵均。

寄　澹　心

木佛寒边尚未烧，黔王宅畔梦相招。

抬眸直可烁千界，挥藻真堪贱六朝。
碎却青衫天地裂，收回残魄日星昭。
铁函珍重休沉井，那见黄尘彻底飘。

寄州来

频年剥啄识相过，古寺寒泉笑语多。
剑影千寻依佛火，书声一半落江波。
每当静夜闻花雨，只恐雄心裂芰荷。
远碛有怀诗定苦，数篇莫遣雪儿歌。

寄今度

石头旧社羡耆英，数载周旋世外情。
绣佛放参贪米汁，素王遗训足藜羹。
中山华胄尊明道①，五岳灵祇笑向平。
为语诸郎抛纸笔，无灾更不用公卿。

寄一门、介立二法主

几年白拂各横纵，垂死相看道味浓。
人在石头江月冷，诗从天半岫云封。
座前花雨三春梦，谷里松风午夜钟。
二老有心原不系，医巫闾下想飞筇。

① 编者按：“华胄”原误作“华冑”。

寄秭经

是知不可奈民艰，吴楚声名苦未闲。
须达布金为续命，东坡解带欲留顽。
交情只在死生际，立德偏于云水间。
惭愧抱恩惟一杖，好寻猿鹤步青山。

寄尔止兼讯元白、彝仲

孤踪如鹤笔如泉，抖擞奚囊淡淡仙。
卖赋不酬兼卖卜，忧贫无计独忧天。
马融名下玄为首，荀淑筵中实最贤。
想得团圞风雪里，共斟白水奠寒边。

寄文寺昆仲兼讯令侄

安世威名海屿传，龙泉虽失笔如椽。
二难拮据寻灰烬，一代风流入品铨。
枝上鹊巢惊虎豹，枕边蠹简剩神仙。
东山屐齿须珍重，未了还须望阿玄。

寄徐氏昆仲

钟山王气散残霞，犹向乌衣识旧家。
义士肝肠才子韵，人间富贵梦中花。
已知麟阁三秋草，何处青门五色瓜。

珍重玉函天藻在，伫看溟渤又飞沙。

寄 无 伤

时游粤中。

瘴海南浮去杳然，相期犹在白云巅。
乡情翻为友朋动，古谊宁因岁月迁。
箕子里中魂欲断，越王台畔屐将穿。
罗浮村月应无恙，未必梅花似昔年。

除日大翁同新夷过集

如此年光去不辞，匝天阴雾约同支。
因君父子团圞话，添我家山割绝悲。
一树梅花成异想，半壶冰水共交知。
春风到底还来日，薄暮相看鬓已丝。

除夕别畈藏

明晓相逢隔岁期，只争一宿惜分离。
论交死地情加重，定罪寒边老不疑。
愁到尽头宁再换？顽深彻骨更难移。
眼看归路消残晷，眄眄春来未可知。

除 夜

又到边庭岁尽时，孤灯空照两茎眉。

三年尚未喂豺虎，一息还将报我师。
绕座诸山皆老宿，才言大法已支离。
归堂稳卧不须守，榾柮烧残冷自知。

辛卯元旦

鸡声云集礼金仙，一搭袈裟泪独涟。
六载雪山余业在，五家灯火极边传。
疏星落落天将曙，宿雾重重日渐圆。
自有瓣香人不识，万年逢祝海东偏。

元日有感二首

（一）

老眼未曾看历日，如何岁岁在龙蛇？
相逢知友休相问，不是贤人亦自嗟。
旧腊坚冰仍匝地，枯枝残雪尚开花。
新愁又是从头起，安得春风到海涯？

（二）

寥落家家惜晓春，朔风仍自觅孤身。
恒河流水还生灭，冷碛飞沙无故新。
西极龙颜心咫尺，南天马鬣梦悲辛。
眼看鲸海波涛细，犹可残生见世人。

遥哭秋涛

云淙一出人皆望，天宇频倾势莫收。

若水拊唇无二日，文龙指腹定千秋。
忍将礼乐随身去，尽把心肝报主休。
自有容台遗稿在，长偕正气世间留。

遥哭玄子

龙髯一坠恨身存，万里崎岖哭主恩。
邓禹未能追邺下，秀夫终合殉崖门。
词林尚吐文章气，沙碛频招忠义魂。
从此千秋沧海上，风涛怒卷血犹浑。

遥哭美周

一身许国气无前，贡水波漫热血溅。
菩萨道穷皈马革，孝廉船覆失龙泉。
家余老母西方泪，梦绕孤僧北塞烟。
节义文章浑泡影，莲须重结后生缘。

遥哭未央

飞云顶上忆同游，风雨相期苦不休。
自向虚空明节义，何妨平等别恩仇。
宰官忽现睢阳齿，祖道唯悬狮子头。
未了团圞他世事，白山黑水日悠悠。

遥哭巨源

方笻把赠大江滨，垂涕相看各怆神。

我窜异方生亦死，君从前代鬼成人。
西山雨过书堂寂，南浦云横古道堙。
叹惜旧游谁复在？独留双眼哭高旻。

遥哭千里

甘露曾闻饮郑平，肯教弱水隔蓬瀛。
云烟淡淡眉间见，佛祖明明指上生。
看尽桑田松阁冷，抛残丹灶笔床横。
三彭未绝身先死，点泪黄沙哭紫清。

薪夷暮过

日暮抛书叩我门，土床呼坐礼无烦。
士当缧绁非其罪，颀到袈裟不可言。
已讶新篇凌屈宋，更参妙义指风幡。
钵中抖擞余残粒，带雪连声且共吞。

与薪夷同榻不寐

薄被难将笑语温，枕头如水覆仍翻。
坚冰到骨两条铁，冷月来床一片魂。
梦趣屡从邻衲乞，夜深好共老天言。
鸡声忽听休惊舞，只恐轻狂动佛尊。

北里过访

出门大雪欲何之？童仆无言瘦卫知。

只在南郊三里外，定因昨日老僧期。
带围那得留荒寺，诗句还能慰我饥。
乘兴不妨明又到，肯因无酒便攒眉？

招高一、戴三同过北里，喜剌翁、春侯至，兼订后会

出门定向北郊行，半路招呼冷弟兄。
群雁嗷嗷添鹤唳，幽兰馥馥共藜羹。
嗟予岭海梅花梦，羡汝池塘春草生。
薄暮曰归重定约，无过隔日足离情。

再集雪斋竟日

如何先遣朔风迎，未到惊闻斗室轰。
三百年来剩一笑，几千里外共余生。
弟兄冰雪交情热，天地龙蛇老气横。
此日不须半点泪，且留佳话付边城。

寒日偶成

懒残猲獠一身兼，不合时宜我自嫌。
荷叶飘零衣又碎，菜根啮尽雪方甜。
道心岂为饥寒长？诗料偏于沙碛添。
满面灰尘双涕冻，展开书卷向风檐。

同诸子集雪斋

此是边城第一日，卢胡大笑即神仙。

半收闲论归灯录，全采寒冰当绮筵。
善谑支公偏堕落，能飞丁令忽飘翩。
茅斋西去无多路，明晓同过话冷毡。

再集高寒还舍

一日已离又一日，萧然斗室忽喧天。
笑开绝塞三年口，吞尽寒儒半块毡。
冷冷牧牛诸衲子，纷纷跨鹤几神仙？
何人袖里诗篇富，携得寒冰照骨鲜①。

闻北堡三子为戭主所逐

六朝遗藻属三贤，才得相逢又各天。
及到极边重被逐，纵贫彻骨不禁怜。
溪头漂母归春梦，岩下刑人望晓烟。
但愿速来吾钵在，一匙分取湿寒毡。

生　日

当年坠地即严冬，怪得边城霜气浓。
孺慕终身思墓草，君恩累代听山钟。
摽鞋独羡陈尊宿，飞锡真惭邓隐峰。
四十已过能几日？一生心事倚孤筇。

---

① 原注：“是日北里携诗卷至。”

诸子过集

几人清晓问幽栖，唤起孤僧意自迷。
到处宫墙皆牧马，极边瓶钵尚闻鸡。
空谈亦可闲消日，大笑何能数过溪。
正好团圞愁别去，土床依旧冷凄凄。

大翁再过

入门先索袖中诗，未出还疑句过奇。
几日梦思惊铁磬，两人心胆告毛锥。
斲空只恐伤天骨，霏屑时堪解佛颐。
白水一卮忘久坐，童饥任怨得归迟。

有　　怀

兽炭成灰冷铁猊，孤灯木佛各凄凄。
已闻岭海传烽火，翻怪边城静鼓鼙。
沙为雪铺寒更远，天因云幕晓尤低。
松枝岁岁皆东指，弟子于今却望西。

过昌黎故里

曾贬潮阳路八千，潮阳山水仗公传。
谁知一片蓝关雪，又伴孤踪辽海边。
佛骨偏能留世道，鳄鱼今已遍桑田。

当时空自三书重，此际应知识大癫。

踏冰过雪斋

寻风寻雪欲寻谁？北里先生睡起迟。
千片冻云沉地骨，一方清鉴照僧眉。
草鞋易滑肌羸后，柱杖忽停诗到时。
便使不禁死亦得，枯骸千古浸冰池。

读雪斋新诗

到门白尽两边篱，独拥羊裘一见疑。
半个孤僧连雪倒，数篇新句忍寒披。
鬼当哭处予偏妒，血到漓时佛更悲。
三日下来应冻死，早成一首哭冰诗。

久坐雪斋

早过疏雪挂双眉，坐到斜阳两不知。
撒尽风颠宁作我，留将气骨自教儿。
一匙每节僧方饿，半晌无言句又奇。
从此板扉无剥啄，便知托钵到来时。

从雪斋归

出门一步即相思，依旧崎岖冷独支。

只雁负霜沙上至①，野僧将月杖头随。
总来雪窖堪长迬②，那见龙津更不离。
归到柴扃闲未掩，啾嘈寒雀共论诗。

怀甦筑

相思只在海之崖，共是飘流垫雪沙。
到处谈经吾有钵，对天弹铗尔无家。
树寒夜绕徒三匝，腹饿空扪剩五车。
但愿上苍长雨粟，从今更不用天花。

得甦筑堡中信却寄

一纸新传趁晓风，又添寒泪洒虚空。
雪中一衲朋难共，饭后无钟我亦穷。
胥靡忍饥存海岸，武丁曾梦到关东。
他年纵有图形至，只恐愁多貌不同。

寄陈吴二子二首

（一）

天心边色总冥蒙，三子同来尔一翁。
白眼欲枯重著雪，青衫已破又吹风。
但将胸腹长留饿，未必文章好送穷。

---

① 原注：“沙上至”句：“时光公从堡中来。”
② 编者按：“迬”，当为“迋”之讹，即“往”字。

惭愧老僧余舌在，广长终不救囊空。

（二）

形容憔悴气犹雄，携得江涛过海东。
天网即能罗野鹤，边霜偏欲冷书虫。
已知笔竞湘沅富，见说针兼秦越工。
此地参苓原有禁，可怜文士术终穷。

再得甦筑堡中信

不见音书已浃旬，却疑孤骨付荒榛。
黄垆暂放文章鬼，白社还留饥饿民。
岂有信陵能醉客，只余甘赞未嫌贫。
菜根共咬消残岁，竹杖柴门候早春。

再寄北堡三子

相看白昼拥寒衾，饿极方知天意深。
但使常垂地主眼，安能更入野僧心。
老猿或可招新社，黑月应当罢苦吟。
此处尚留诸子在，何时煮雪一同斟。

闻何怀山延三子度岁

本是莲花国里人，黄沙此日暂羁身。
维摩有室能容傲，须达无钱为给贫。
地下三良魂可赎，山头二士骨犹邻。

何时雪底拈花话，方信穹庐别有春。

赠李炼师

偶尔相逢似旧知，匡床共坐啜山薇。
只因蝴蝶忘愁恨，莫向人民问是非。
多病自怜余鹤骨，爱闲无计掩云扉。
何时得遂芒鞋愿，白日从君踏翠微。

赠苗炼师

年少如君早息机，冰霜为骨羽为衣。
虎溪何可无修静，辽海依然见令威。
几看桑田添野梦，频炊白石疗僧饥。
他时许共骑黄鹄，好向浮山顶上飞。

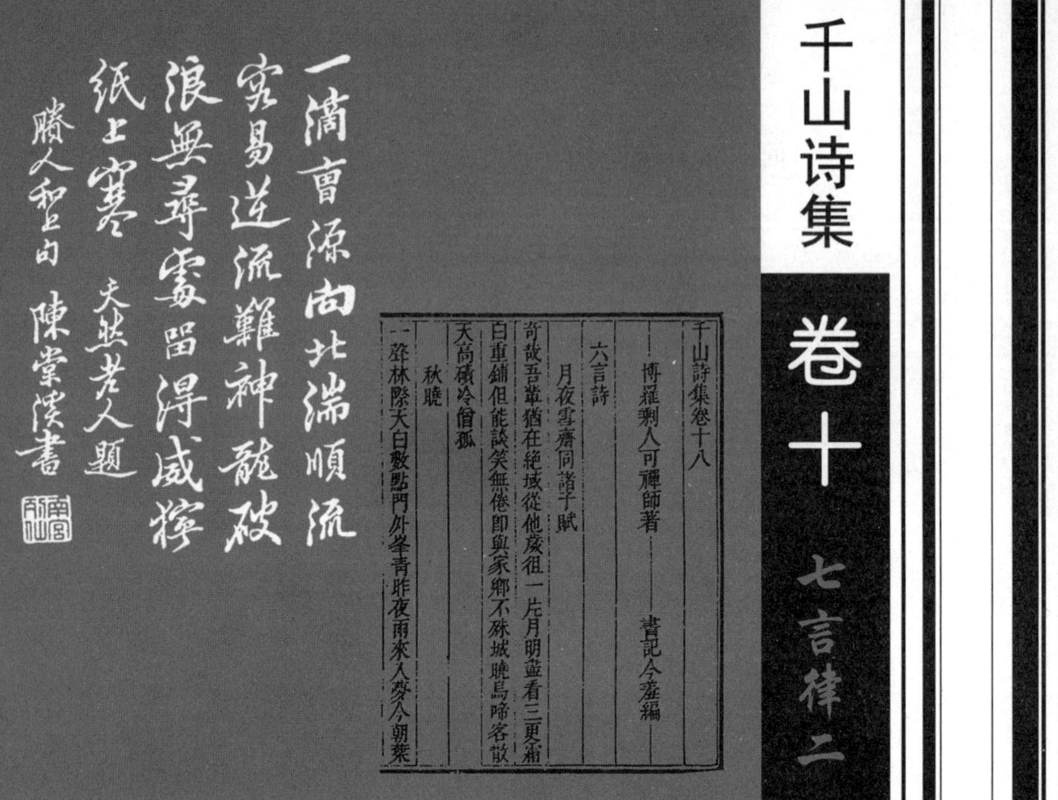

怀丁善甫

苦留短发近如何？无地堪容挂绿蓑。
山月楼台愁梦断，江花儿女悔情多。
幸存料自修文冢，愤死凭谁弃草坡。
天外故人心未改，西风斜雨念残荷。

怀梁渐子

岭海于今信有渠，寂寥杨子病相如。
国人已恐歌黄鸟，诗卷曾无寄白鱼。
马革纵能饶瘦骨，鹿门何处隐柴车。
他年得返皈龙洞，惟索穷愁旧著书。

怀梁非馨

廿年作客白门秋，辛苦还家短发留。
半壁又虚惟裂眦，匝天何处可埋头。
文章自合随身老，贫贱除非到死休。
绝塞忽思酬唱地，西湖有月大如瓯。

李耀寰移家入关

除却妻儿书一束，黄沙长揖去飘然。
资粮只在云山里[①]，肝胆全倾水月边。
回首几人成白骨，入关半步即青天。
愁心岂独伤离别，不得从君鸡犬仙。

佛欢喜日

恸哭慈悲古佛前，虫沙猿鹤总生怜。
由来欢喜无多日，别有闲愁已十年。
绝漠尚教留白昼，幽魂不独滞黄泉。
自除须发伤心极，只恐西方泪更涟。

怀关起皋

予旧筑庵于宅前湖上。

十亩池塘百尺松，长桥曲曲度疏钟。

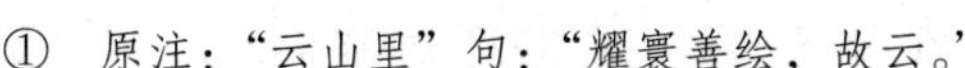

① 原注：“云山里”句：“耀寰善绘，故云。”

庵前月少孤僧影，堤畔苔侵野鹤踪。
佛手香残凋木笔，马牙烟冷坠荷蜂。
只愁第宅皆新主，燕子归来亦不容。

闻华首都寺真乘父子无恙

五百何年去不还，独留父子守青山。
洞云灶冷飞黄蝶，砌草碑横卧白鹇。
牛鬼已全倾世界，龙天依旧拥禅关。
团圞莫说无生话，纵解无生泪更潸。

闻近卢守黄华寺寄示

三把枯茅必不堪，林间安得未烧庵？
日斜尚自敲残磬，叶烂何人启旧函。
松桧劫余云冷淡，芰荷秋老衲氍毵。
城边白骨溪边月，一一从今好细参。

怀　陈　燮

长缨欲请恋荷衣，踯躅长途剑屡挥。
亲老有身难许国，天倾无地可扃扉。
乘槎瘴海空相吊，谪戍寒边苦未归。
朋好已稀须已白，不知何处奉慈帏？

贺大翁添丁

残经犹在伴空篝，艰苦还添舐犊情。

岂为膻乡留字种，又从戍籍注婴名。
数枝照雪阶前玉，一曲将雏塞上声。
堕地便随离乱过，长成应得见升平。

游南塔寺

满堂龙象肃威仪，绝漠仍存百丈规。
金铎自天开佛口，绿杨近水拂僧眉。
儒门淡泊留迁客，梵宇淋漓读旧碑。
瓦钵绳床吾欲老，他年应见出横枝。

雨中赠老翁

不知老翁有何好，大雨还令我到门。
匪独黄沙亲佛子，每因青草念王孙。
世人空自金银死，似尔偏生藜藿尊。
从此土床留一尺，频来礼数莫须烦。

怀梁弼臣

曾寻弥勒许同龛，分手人间便不堪。
一木自难支半壁，三征终不受华簪。
云山已破家何在？心胆还余面莫惭。
数亩荒塘天悔祸，尚期携竹共双柑。

九　日

阴云低压殿西头，僧老黄花对面愁。

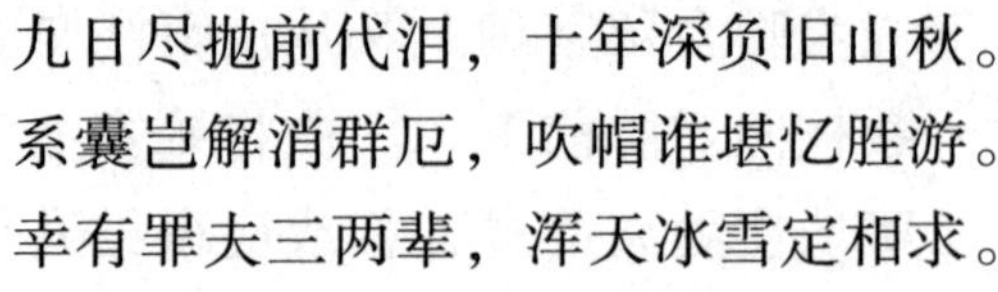

九日尽抛前代泪，十年深负旧山秋。
系囊岂解消群厄，吹帽谁堪忆胜游。
幸有罪夫三两辈，浑天冰雪定相求。

重阳集北里大雪

何须佳节亦招寻，此日团圞雪费吟。
天外乡关谁更远？篱边菊泪我弥深。
一床新句添秋色，数枕寒泉浸道心。
趁此晚晴归路白，栖乌未定响疏林。

喜藏主燕回

龙象天门蹴踏回，惊看屐齿遍莓苔。
陌尘抖向关山尽，秋水携将云水堆。
犬亦因人生气色，尘缘对客共喧豗。
长安半字休须论，满汲清泉且一杯。

与甦筑同卧叙昔

吹灯忽叙当年话，一卧长边苦不辞。
儒释道同应共逐，君亲恩重又谁知？
楼头钟鼓胸中事，梦里河山觉后疑。
抵背夜寒频坐起，探囊犹有旧毛锥。

闻诏不果

一面还留三面开，金鸡空度蓟门来。

遗黎未死终怀土，多士虽穷幸不才。
绝域半瓢仍雨雪，旧山万里长蒿莱。
无拘独有深春梦，夜夜离群自往回。

接与治书

平生相识满天地，此日何人片纸来?
数点泪弹浸墨迹，几年梦去绕梅开。
土田儿女终浮沫，文字心肝总祸胎。
世事一番君已见，莫将白发殉黄埃。

甦筑新斋成二首

(一)

天边仍旧一经传，南郭新看结数椽。
剩有白云来席上，随他绿草到窗前。
诗篇不数开元后，茶碗还书嘉靖年。
但使主人能爱客，何妨竟日共留连。

(二)

不离城郭亦孤村，白板青袍道自尊。
半扫泥床延水月，别从竹简得朝昏。
初心未遂天何问，孤骨惟怜我共存。
策杖相过刚咫尺，对君岂直为盘飧。

赠　陈　子

长斋无复酒为名，累月相依老弟兄。

每以笑谈当佛事，又从水月见交情。
朋当死地如山重，儒到寒边似叶轻。
南塔主人能爱客，暂将白日付棋枰。

五月十八日接本师和尚示札

五月天山鸿雁回，披衣三拜寸缄开。
一条榔栗欣犹健①，万里乡关嗟已灰。
座下半成忠义鬼，峰头空剩雨花台。
人间自是浮云过，檐雀风铃亦助哀。

忆丽中法兄

阔别何年思杳茫，一声孤雁泪淋浪。
想当乱极悲亲在，共爱恩深见国亡。
书信竟无通远塞，烽烟曾否到禅房？
旧时相识多新鬼，只恐身存已断肠。

即　　事

吴楚东南舞白题，庾关安得一丸泥？
三岔河畔羝难乳，五石城中马又嘶。
血浸花田新鬼闹，书传沙碛老猿啼。
何时重踏曹溪路？只恐禅宫草亦萋。

---

① 编者按："榔栗"，当作"楖栗"，木名，可做拐杖，因以称杖。

得博罗信三首

（一）

八年不见罗浮信，阖邑惊闻一聚尘。
共向故君辞世上，独留病弟哭江滨。
白山黑水愁孤衲，国破家亡老逐臣。
纵使生还心更苦，皇天何处问原因？

（二）

莫怨穹苍太不仁，万方此日总成尘。
恩深累代心何憾，命尽全家泪又新。
残日沉山犹望旦，落花辞树永无春。
寻思最苦身仍在，黯黯风沙愁杀人。

（三）

长边独立泪潸然，点点田衣溅血鲜。
半壁山河愁处尽，一家骨肉梦中圆。
古榕堤上生秋草，浮碇冈头断晓烟。
见说华台云片片，残枝犹有夜啼鹃。

忆耳叔弟二首

（一）

抱病多年苦未瘳，那堪茕独一身留。
黄沙万里休余念，白骨全家赖尔收。
旧阁遗编鱼腹饱，空天落月雁声愁。
相逢恐是他生事，极目鸰原泪自流。

（二）

黑雨屯风折紫荆，生离死别不胜情。
尚书冢上凭谁扫？逐客天边恨未烹。
先代箕裘应弃置，故园狐鼠任纵横。
从今好把袈裟搭，长礼无忧古佛名。

遣　愁

叹息人间劫尽灰，惠州天上亦荒莱。
只拚如此家声在，无可奈何笑口开。
是处总堪埋骨地，从今不上望乡台。
漫言出世除烦恼，悟到无生觉转哀。

皇　天

皇天何苦我犹存，碎却袈裟拭泪痕。
白鹤归来还有观，梅花斫尽不成村。
人间早识空中电，塞上难招岭外魂。
孤雁乍鸣心欲绝，西堂钟鼓又黄昏。

赠洁之

我亦头陀系远边，羡君来去自飘然。
众生投虎婆心切，只杖如龙侠骨坚。
鸭绿波横杯再泛，燕支雪尽履将穿。
故人白首诗篇足，趺坐还同啮旧毡。

接元白书物却寄

来书云从武人手购余小影。

天涯珍重数行余，问道何因到瞎驴？
得罪以来全丧我，一飧之外总由渠。
弓刀市上收残影，风雨楼头简旧书。
见说江南无所有，一枝犹得寄巫闾。

与治书来言为徐氏田累寄慰

今时谁复免忧虞？几度书来叹力痡。
画阁已空搜白屋，小民欲尽索穷儒。
多情自合为身累，彻骨惟应与道俱。
无食无儿非汝恨，残毡犹可学双趺。

怅　　望

苍狗白衣瞬息中，况闻五岭满刀弓。
亲明敢望今谁在？城郭应知到处空。
苏子堤边尸藉草，越王台上鸟呼风。
纵令万里余残魄，那得音书到海东。

寄　雪　肠

曾向江头见苦吟，隋堤风雨独相寻。
生来鹿豕山中性，死却鸳鸯水上心。

白发庭闱留彩袖，黄沙天地裂青衿。
如何问道长边戍，血满袈裟月满岑。

怀　薪　夷

长剑萧萧短后衣，平生一诺去如飞。
千人性命天何惜，壮士心肝泪亦挥。
狂态岂宜依辇毂，孤身无复访庭闱。
边风寂历添愁思，秋月圆时望尔归。

再题甦筑斋

案有干萤箧有鱼，风来恰受半窗虚。
一时差胜苏卿窖，千古应传杨子居。
禾黍已深妨远目，儿童屡进授新书。
生涯只此聊终岁，更有何门好曳裾。

偶　　成

中原无地可容身，塞外还生有道瞋。
世惟欲杀称知己，我亦自嫌真罪人。
半榻日光还是睡，一瓢诗句未全贫。
邻翁颇怪痴呆甚，饭熟时招喜过频。

咏　　蝇

白拂频挥去复回，炎蒸无计避凉台。

赦文不见青衣报，病骨先烦吊客来。
苦抱兔尖酣墨汁，愿随骥尾绝尘埃。
眼看七月秋声急，满塞霜飞为尔哀。

赠杨济明

共是孤身海上山，燕支一去不知还。
鸭江已作鸳鸯渚，翠幕仍同虎豹关。
桃李种成花更烂，诗书典尽粒方艰。
不禁更听琵琶怨，碎却青衫泪点班。

遥哭笔山

记得梅花各一篇，暗风吹骨泪如泉。
几年白下予同宿，万丈黄垆尔独先。
总为江山能短气，曾因病难学逃禅。
相逢一笑无难事，只恐阎罗亦有边。

遥哭群玉

客舍无人促膝时，传灯勒鼎总相期。
早知一世心归梦，恨不当年革裹尸。
残墨尚多留白下，孤魂应去到峨嵋。
还思患难君偏切，夜夜天山带雪悲。

头

一个头颅我自题，硬如岩石贱如泥。

藁街亦可悬皆见，漆器何妨饮便迷。
磕破人间佛祖小，伸将天外日星低。
只今暂把枯茅盖，休怨黄沙践马蹄。

答

积劫逢人莫肯低，最宜强项白犹栖。
几乎为尔成仁别，幸不同伊认影迷。
狮子已将偿宿债，严颜何惜掷淤泥。
从来羞比毗卢顶，除却朱衣任品题。

眼

湛如秋水大如箕，何事年来血乱披。
烁破三千尘数点，阅穷万卷电交驰。
几人世上休教白，片石山头尚可垂。
此日风沙吹满面，幸留冰鉴照双眉。

答

千个何曾羡大悲，通身皆是顶门奇。
勘残佛祖难留髓，看到人民便皱眉。
百劫春光宁转瞬，两行寒泪每交颐。
嵯峨石壁几穿破，笑杀西来碧眼儿。

鼻

端然岳立在中央，当面逢人绝覆藏。

世上共推能作祖，梦中元不羡为郎。
聪明久让安无事，定静唯闻戒有香。
莫为此时难尽掩，故教寒塞嗅清霜。

答

上天无臭却相忘，穿拽从人也不妨。
舌拄梵宫甘自下，眼澄巨海列于旁。
居亭最爱芝兰室，空洞终为蝼蚁乡。
一息不来天下事，任他蜗角逞豪强。

耳

此方惟汝选圆通，顺逆都忘信朔风。
不遇神尧休用洗，再参马祖却教聋。
繁声若逐同流转，本寂才趋又堕空。
谩说返闻闻自性，琵琶哀怨佩玲珑。

答

曾闻大吕与黄钟，莫厌巴歌调不同。
雪后木人深话月，墓前石马乱嘶风。
声从隔壁钗环坠，听到无弦山水空。
音响不来吾不往，十方击鼓自蓬蓬。

口

多言多败尔惟辜，舌在徒然吻欲枯。

吸尽西江波正淼，说穷大藏字元无。
三缄不受金人戒，午夜时同望帝呼。
啮雪吞毡知味后，肯将钟鼎易秋荼。

答

千家一钵亦良图，王膳虽逢味不殊。
只把笑言当大斧，虚传咳唾落明珠。
睢阳抉齿万年白，若水挝唇两片朱。
舌上纵饶莲十丈，于今用得半毫无？

手

万里空拳出塞时，一枝竹杖不相携。
翻云覆雨看人世，运水搬柴学祖师。
龙藏搜穷没可把，凤楼修就亦奚为？
只今两肘捉襟见，黄叶拈来诳小儿。

答

灵山会上拈花枝，金色头陀也不知。
指月几人能举首，捧天乏力自支颐。
空谈尽日犹扪虱，狂梦无端欲截螭。
岂有神方悬肘后，却思到处起疮痍。

腹

空洞曾无一物遗，君亲两字尚撑支。

陈公但指知难改，苏子时扪不合宜。
二酉装来宁剩滓，八弦收入只馀悲。
年来渐觉肝肠冷，浇尽长边雪几卮。

答

销尽精神独裹痴，只今犹自累人支。
松生久绝三公梦，薇采还留二士饥。
书卷抛残曾用曝，山云遇著便堪披。
最嫌一点惟明白，饮泪吞声只自知。

足

萧然两只草鞋轻，肯向如来行处行。
踏碎神州无剩土，踢翻灵鹫敢容情！
卞和不泣原非玉，孙子虽膑莫论兵。
多少名山存未得，又随风雪到边城。

答

与我周旋一世情，无烦剑履梦中荣。
刚锤乱下骨孤抵，好月能来屣倒迎。
列子御风嫌局蹐，云门跛脚发铿轰。
年来暂把冰霜践，歧路何时可荡平？

身

白云只合住青山，一出青山便不闲。

梦幻了知无大患，苦甘尝尽信多艰。
陋形岂羡麒麟阁，短策真轻虎豹关。
世上沧桑原瞬息，更因何事泪潸潸。

答

明知旅泊在人间，刀锯从他只有顽。
直到极边方彻骨，得逢好友便开颜。
百年怪事空中电，一片孤情海上山。
但使五灯能续焰，玉门何必愿生还。

心

吟到先生不可名，一钩新月挂三星。
破颜自此成多事，断臂徒然卒未宁。
魔佛拣开知梦幻，贤奸混合亦顽冥。
只今面目归何处，大雪绥绥下朔庭。

答

无可酬君君漫听，全超寂寂与惺惺。
黄头碧眼浑难见，白牯狸奴赖独醒。
代代宗传灯上焰，重重华藏水中萍。
未来过现何从得？云满峰头月满瓶。

自挽二首

（一）

肠付饥乌肉付泥，勿为厉鬼闹东鞮。

寒冰热铁家常饭，马腹驴胎尔稳栖。
心大不须皈净土，骨残幸免梦中闺。
纤毫锐气销难尽，只恐长天化作霓。

（二）

世界三千任所之，林林何处不生悲。
一枝竹杖知难带，万顷愁云依旧随。
定上鼎湖新鬼泣，旋归庾岭小儿嬉。
多年已是冰霜惯，莫畏寒边苦欲离。

读宗尉寄戴子书有感

只字翻令百感增，看君直欲上云层。
世间乃复见朋友，塞外只今余病僧。
孤骨抵穷千丈雪，北风吹老一枝藤。
不须重问长安日，收拾残魂卧佛灯。

寄赠宗尉

此道于今竟莫论，当年鲍叔幸犹存。
气倾渤海潮头水，手挽阴山雪底魂。
白草尚多缠野恨，黄沙无计借余暄。
人间岂必奇男子，肯惜春风散五原。

至前一日同诸子过雪斋因闻再举子

相携莫怯晓风吹，盼盼天回一线期。

田到荒年偏种玉，松于雪际更生枝。
因多男子嫌多累，不愿公卿但愿痴。
团坐竟忘寒彻骨，敲冰共和洗儿诗。

同诸子过寿大翁

逻娑残魄又重圆，霜散冰丸贮瓦盘。
春草有诗康乐老，白莲无酒远公寒。
世间应厌长生苦，坑底还余尽日欢。
却忆去年歌笑续，漫漫何处泪孤弹。

辛卯生日

冷山流递几经年，此日看身益惘然。
瓶钵无心随积雪，松楸有恨抱终天。
裂裾欲续西征记，破帽长歌正气篇。
自笑出家余习在，人间斯道只如线。

寿甦筑

不厌人间水半卮，独将枯杖问须眉。
鸡窗冷淡存余雪，鹿野荒沉出别枝。
歌满关河聊当哭，食残铁石好支饥。
旧时闲梦应频见，却恨残年叹未衰。

贺弘甫三首

（一）

燕支千丈赤云生，寒谷珊珊响佩琼。

彩笔翻将琴瑟谱，金笳吹作凤凰声。
香笼宝马星方烂，雪映长蛾山更明。
郑监图中添五色，春风连夜入边城。

（二）

玉面珠缨金作靰，桃花如阵锦城围。
堂前已见垂垂老，枕上休歌缓缓归。
钗钏全沾边雪冷，羹汤应进塞酥肥。
龙庭亦是神仙窟，烛影双双舞彩衣。

（三）

寒冰四面照芙蓉，貂氅新沾香雾浓。
黑水竟通星宿海，白山化作丈人峰。
鸾飞未觉三边险，莺语何妨九译重。
之子之来谁最望？解将杂佩御残冬。

怀区启图

三代论交有几人？十年不见转成尘。
肯将白眼看他世，无复青山置此身。
只字俱堪存梵箧，五灯终恨误儒绅。
诃林旧社知荒草，雪满关河泪满巾。

怀邝湛若

雨雪弥天却忆公，乡关无路问冥鸿。
行藏半在梅花里，事业空归楮叶中。

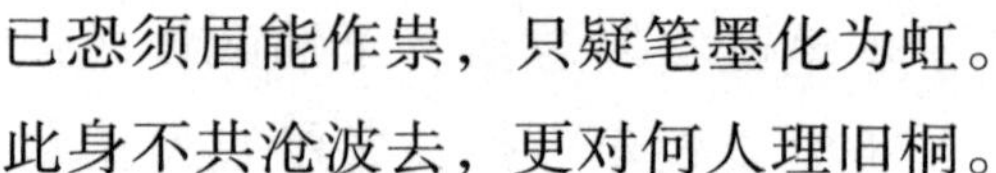

已恐须眉能作祟，只疑笔墨化为虹。
此身不共沧波去，更对何人理旧桐。

喜我存病间

病来方觉一身孤，未死翻令转郁纡。
被薄每劳风缱绻，道穷争怪鬼揶揄。
枕边残卷供馋鼠，壁上幽灯照腐儒。
但使昨宵馀喘尽，游魂应到旧山隅。

得姚雪庵书

暮钟破寺逢君处，瓦钵浮桥乞食归。
别久不知生与死，书来三读是耶非？
鹅城细雨怀孤衲，雁碛残魂忆下帏。
见说弟昆齐向道，何年同掩旧山扉？

得光半、雪盛二公书

曾随花雨即分裾，共效杨岐力有余。
一夜几深塞下雪，十年才接岭南书。
菩提坛下心难了，苛子林中月久疏。
闻道琼崖鞋踏破，不将沉水寄荒居。

读左公《徂东集》

秋风一见泪纷披，可奈重歌出塞词。

百济河山愁到处，三韩文献幸今兹。
屈平既放天何问，杜甫无家别有诗。
方信当年身不死，千秋斯道已如丝。

步左公赠韵二首

（一）

万里相逢水一杯，须眉霜积面生埃。
草鞋已破赵州老，布帽新成管子来。
漠漠寒云沉大野，纷纷荒雪落空台。
幸馀古道照颜色，狼藉床头书作堆。

（二）

坚冰堪嚼佛堪烧，久矣无心问市朝。
骨冷自应投大漠，月明犹故照今宵。
苏卿杖节宁终海，韩子留衣尚在潮。
沟洫未填吾与若，空荒天地可寥寥。

赠马居士

曾向山阴道上行，逢君兹夕泪俱盈。
吞毡应独怜苏子，涤器何人识长卿。
半局阅穷田海事，一壶消尽古今情。
还期禹穴同探去，乱石寒云拚此生。

赠李居士

余家东岳子西秦，沙碛论交亦旧因。

白雪啮穷方有味，黑貂敝尽不知贫。
虎溪屡过成三笑，麈柄频挥碎万人。
一卷南华堪卒岁，任他沧海几扬尘。

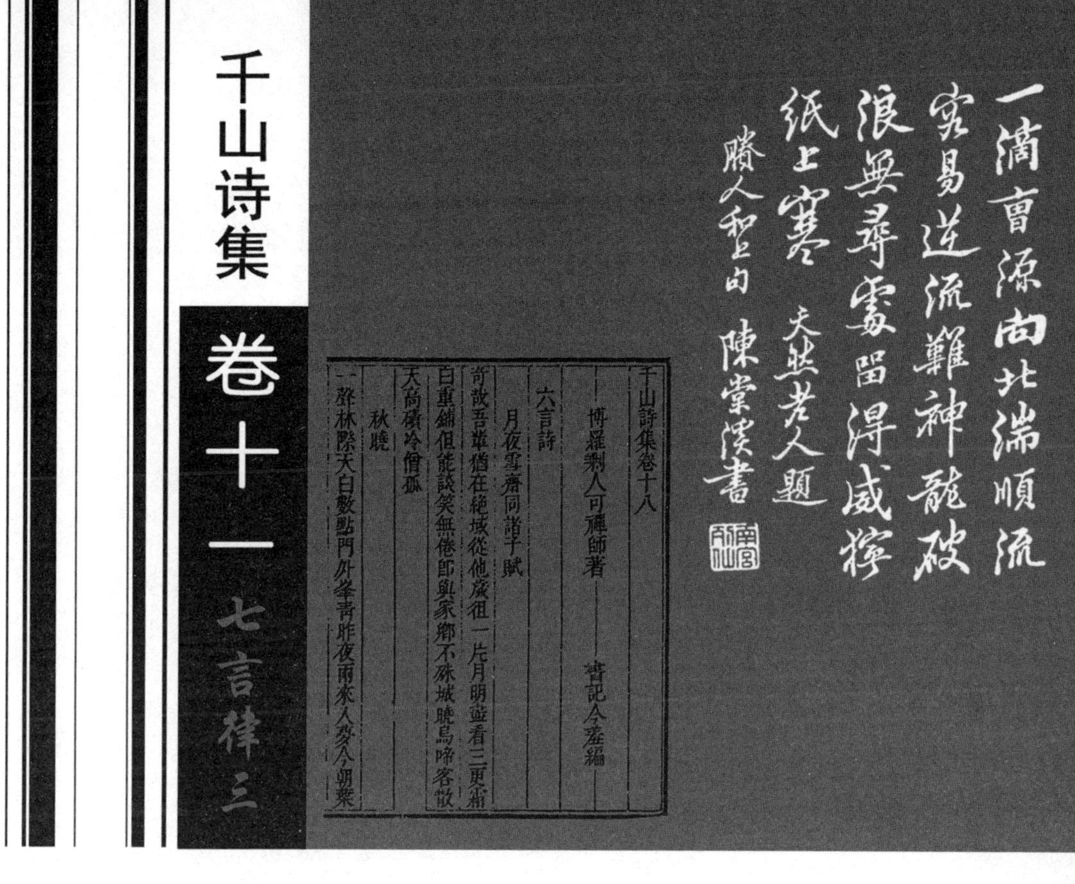

余与大来、■筑俱生残冬感而赋此

肯从斯世问穷通，千载应知吾道东。
延龄共向蠹鱼窟，立命全归磨蝎宫。
不堪死地论生日，何意今人见古风。
异姓篪埙原匪偶，胚胎冰雪本来同。

大雪宿白塔寺静公禅室

浮屠残铎旧朝遗，扶杖何须夙有期。
雪里敲门僧定后，松间振锡鹤归时。

一垆芋火三更话①，七个蒲团百丈规。
壁上灯微钟鼓寂，寒襟如水自应知。

再宿静公禅室

城边犹见未烧庵，重扣柴扃梦正酣。
畏客不除当路雪，采薇常带远山岚。
漫拈黄叶为清供，再剔残灯续夜谈。
半榻飕飕寒共被，枕头惟有旧经函。

三宿静公禅室

春前一夕。

一度相逢一度新，踏冰扪雪不嫌频。
暮烹野菌忘僧律，远插疏篱隔世尘。
白麈挥残寒塞月，黄鸡叫彻法堂春。
从今半席长虚待，到此应知无别人。

得寒还札

因闻薪夷归里。

敢向寒边叹索居，衰残难执化人裾。
曾同一窖终怜雪，已到中天却寄书。
生死既分情倍切，去留虽异罪仍俱。
竹林未便成荒棘，珍重逢人莫谩歔。

① 编者按："垆"，当作"炉"。

同诸老夜话

枯藤到处拨荒莱，谁遣刑余老殍来？
却怪少林空面壁，漫传北海亦浮杯。
谈深毡帐三声角，坐老寒垆一寸灰①。
窗外雪花飞片片，莫将消息问村梅。

辛卯岁除

辽东何以送残年？自汲寒泉奠昔贤。
子庆挂冠甘永遁，幼安坐榻久将穿。
幸余坑烬分僧钵，不少山癯问法筵。
谁道西来真有意，漫拈白拂竖空烟。

除夕怀诸子

亦是寻常朝复夕，何当兹夕倍愁予？
莫将爆竹惊穷鬼，只合烧桐煮白鱼。
朔雪自能填客梦，春风无望到吾庐。
可怜年尽寒难尽，土榻斜眠枕破书。

壬辰元旦

起起今年恰在辰，罪夫幸不是贤人。

① 编者按：垆，当作“炉”。

堂前钟鼓龙天会，被底冰霜骨肉亲。
两点尚余隔岁泪，五更曾梦度江春。
龙庭色色还依旧，犹有闲愁一片新。

元旦大雪同甦筑赋

昨暮行过已隔年，相将长揖谢高天。
似怜穷佛添花雨，肯为寒儒铺白毡。
权作江梅当折赠，漫敲石火任烹煎。
饥肠宛转浇应遍，又是赓酬第一篇。

南塔结制

坚冰渐解柳初黄，钝斧谁将劈巨荒？
但任疏狂留本色，不妨粗粝是家常。
千群龙象归华表，万里风沙建宝坊。
几向棒头明正眼，混同依旧浩茫茫。

闻大来为假仆所劫

残编犹可度朝昏，四顾应知天意存。
窖底未容留点雪，枕边依旧剩空樽。
寒当彻骨诗方富，穷到尽头道愈尊。
独有老僧愁更剧，从今托钵向何门？

闻同难民为虎所食

何须今日方怜若，一度边关即鬼门。

身死不烦蝇作吊，年凶惟见虎加飧。
只愁老瘦重遭斥，但免饥寒亦感恩。
白雪一杯魂未远，料应笑我骨犹存。

闻耳叔弟尽节

大旗吹折海风寒，未了孤心骨已残。
遗训在兹宁有憾，浮沤于汝久无干。
原鸰血尽生逾苦，池草根锄梦亦乾。
见说覆巢余卵在，呱呱何处夜漫漫？

答顺天师

梦里冠裳付劫灰，衲衣趺坐冷云堆。
悬崖有鸟衔花下，隔水何人问字来。
断碣远搜箕子墓，破鞋羞蹋李陵台。
相寻不为乡情重，白拂交横笑口开。

白蜡梅花

侍者以白蜡为梅花，作供，色韵酷肖。晨夕对之，不啻身在故乡，赋此志感。

十年负却旧山期，绝塞谁拈此一枝？
有骨莫愁冰雪沁，无香休惹蝶蜂疑。
魂飘万里村俱幻，梦到三更月共知。
最好不关开落事，楼头玉笛漫孤吹。

千山偶成

枕石欹眠覆短松，到来时有鹿麋踪。
边愁浣尽山山雪，乡梦敲残夜夜钟。
一钵野蔬消不了，半龛寒月幸能容。
故人相忆如相问，只恐携云过别峰。

李公初度集洪福庵为陈氏披剃，时重阳后一日

昨日登临笑语亲，今来又恰趁芳辰。
采将菊蕊犹堪献，赎得蛾眉始是贫。
满院钟催新佛子，一天霜罩旧词臣。
老僧不及笼中鸽，仍带寒云系海滨。

步韵和李公自寿诗

偶然一现宰官身，勋业从今问野人。
半局乾坤能共老，一樽贤圣欲偕春。
木天残梦风吹尽，白板深秋杖过频。
谑语狂歌俱可纪，世间除此即非真。

大翁招同觞李公

行过竹杖自忘疲，霜满袈裟酒满卮。
篱下又多一日乐，垆边何必十年期。

谈深不及人间世，禅喜时添袖里诗。
二老孤僧成底事，夜寒灯火漫敲棋。

李公赎陈氏为尼三首

（一）

学士行歌绩妇迎，惊回春梦起乡情。
解将腰带文犀重，添得空门水月清。
云鬓已随秋雾散，舞衣应逐雨花轻。
翻怜冢畔青青草，不及红莲碛上生。

（二）

净洗铅华迥不群，袈裟新换石榴裙。
几回卖镜凌寒雪，何意开笼见白云。
拨尽琵琶鸣晓磬，翻残贝叶惜回文。
十年抱志今方遂，多少须眉得似君？

（三）

不是流人泪亦横，夕阳荒草诉中情。
自抛家国甘心死，窃比冰霜彻底清。
玉麈柄边红粉净，孤鸾镜里白毫生。
从今唤醒梨花梦，收拾残魂礼佛名。

过李公寓同锡侯夜话

半间茅屋古皇前，石火烧泉话旧缘。
冷月高悬居士榻，暗风斜吹孝廉船。

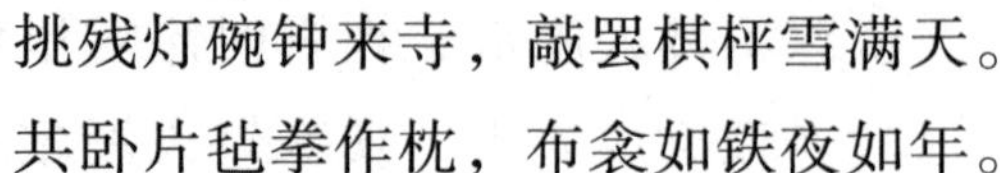

挑残灯碗钟来寺，敲罢棋枰雪满天。
共卧片毡拳作枕，布衾如铁夜如年。

雪夜怀李公

钟尽灯微拥破衾，长宵独雪伴枯吟。
泥床白满予方卧，疏壁寒飘尔莫禁。
都尉已明三老意，邺侯未了十年心。
何时日出消残窖，洒作人间遍地霖。

和谦受《始见塞雪》诗

寒天难曙角声催，被薄风停雪又来。
窖卧六年僧已老，窗飞数点客方猜。
乍如浪溅钱塘月，安得香飘庾岭梅。
赋罢不妨乘兴过，拨开粪火倒残杯。

闻钱君至尚阳堡死

相逢不禁泪淋漓，忽讶音来我自伤。
一片心肝还日月，五更风雪裹文章。
黄沙随梦归香阁，白水招魂入宝坊。
莫为中原难侧足，故将残骨掷龙荒。

播船坚辞大法招，相随乞戒喜示

不向天龙会里寻，空堂丈草漫沉吟。

田衣独耐长边冷，铁笛横吹太古音。
金色何妨三度舞，神光又见一腰深。
了知处处笙歌满，休悔从前错用心。

义虫、作么二子归海州有怀

橐笔经年意未穷，芒鞋紧峭任西东。
星文已见龙津合，电影终怜冀北空。
瓶贮天山山畔雪，锡飞辽海海门风。
何时拥毳团圞话，坐数寒更榾柮红。

病归承李公以诗见讯，用韵奉答

一从出塞骨先残，扶病归来怯路难。
寒雪有心依破衲，枯肠无力进朝飧。
呻吟亦可参清梵，诗句真同续命丹。
自是故人情独切，此间谁复问袁安？

步韵和丽大师《寄怀》诗

艰难百折两人同，旧话峰头愿不空。
佛似一家传世业，天教五国大门风。
此心肯共沧波去，片纸长留朔雪中。
万里遥遥情脉脉，岭云边月望何穷。

弜臣病阻白门，两次寄书并诗，因成二章，兼次其韵

惊传一纸到辽阳，旧国楼台种白杨。

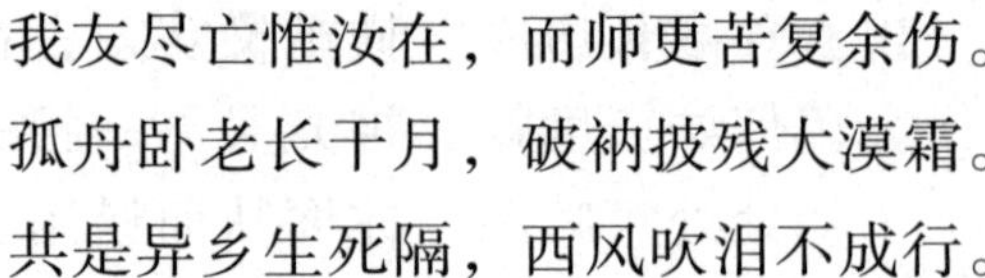

我友尽亡惟汝在，而师更苦复余伤。
孤舟卧老长干月，破衲披残大漠霜。
共是异乡生死隔，西风吹泪不成行。

两度书来僧正眠，石头仍系孝廉船。
交情尚拟还乡曲，病骨先残出塞前。
旧阁遗经难可问，覆巢余卵复谁怜？
幸留花雨沾新冢，始信雷峰别有天。

高含章出塞访友

拂袖离家出玉门，故人何处骨应存，
长边自尔无艰险，异姓于今有弟昆。
觅窖已扪千岭雪，招辞兼得一僧魂。
残毡欲尽难分供，春老荷锄掘草根。

游香岩寺

时诸老重建，谋迎空老人同丽大师。

千峰顶上香岩寺，积雪何年古道堙。
航海尚传元学士，登台空揖石仙人。
宝幢雨洗灯方续，禅榻云封草渐新。
伫望双飞天外锡，寒边早布十分春。

送明藏主同大茎、尸林二子南行

南询万里雪风干，拄杖如龙路不难。

欲向曹溪掬香水，好从长庆礼蒲团。
刺桐花底分麋影①，荔子枝头乞鸟残。
想得别峰相见处，定应先问塞儿寒。

因事似我存

金石由来未易论，多情翻怪别疏亲。
伤心此日弃如土，绝漠相看剩几人。
幸以艰难存道味，何妨怒骂烂天真，
胸怀但使同空水，始信天涯必有邻。

赠陈令公二首

（一）

凫飞出塞及春晴，望见前驱老鹤惊。
学道定知君子爱，受廛俱愿圣人氓。
锦囊尚带花香气，竹马还添水月情。
草昧经纶文事重，行看大窖起歌声。

（二）

本是双林大士家，来寻丁令问桑麻。
琴声冷递沙边月，雪瓣闲飘县里花。
虎豹挈儿初度水，人民连雨尽随车。
大荒到处应犁遍，一钵从今莫浪嗟。

① 编者按“刺桐”，原误作“刺桐”。

同甦筑、谦受夜坐

似我安能不极边，何堪二子亦如然。
路遥自爱亲邻尽，世难同伤祖父贤。
只恐冥冥僵雪底，故应数数话灯前。
乾坤刀斧予无恨，生死文章各勉旃。

寒食偕诸子访苗李二炼师，归见木斋留诗同赋

杖头安得纸为钱，漠漠风吹寒食天。
野哭又添沙上鬼，暮归因问洞中天。
骑驴人去空留句，坐客床馀未啮毡。
三辅遥传榆柳尽，何须待禁久无烟。

风雨怀我存

肯教一日不相闻？风雨萧萧咫尺分。
乡梦久残思转剧，砚田渐熟恨方殷。
抛书乍可寻黄鹄，陟屺无劳望白云。
桃李成蹊春已老，为君何事泪纷纭。

送高含章

故人一见即回程，万里风沙两屐轻。
袖里新诗惟独咏，匣中长剑莫教鸣。

翻怜野鹤无高举，谁信冥鸿有至情。
归去不须重记忆，天山积雪梦犹惊。

喜贵庵托钵回

镇日相寻屐齿频，经年始见意逾新。
一瓢尚带书生气，两袖新携上国春。
看尽空花曾可摘，探穷宝藏总成尘。
故乡田地从来稳，不到无锥未是贫。

浴佛日寿陈令君二首

（一）

萧萧匹马度龙荒，翘首真同白象王。
冰雪尚酬文佛债，旃檀新浴令公香。
尽销兵气为农具，好借僧瓢进鹤觞。
却笑河阳空满县，昙花一朵现辽阳。

（二）

现身仍是旧王宫，荒草颓垣不厌穷。
户口疑从兜率下，威仪尚与汉官同。
量晴较雨推新政，翻贝寻僧本素风。
云水满堂春满野，乐郊今在大关东。

唁

灯前雪底亦空言，寒泪无端湿五原。

大道翻嫌诸圣浅，奇情难与老僧论。
平生最苦肝肠热，今日方知裘马尊。
不是唁君惟自唁，悠悠终恐骨孤存。

即事似大翁、木斋、谦公诸同志二首

（一）

心比苍松化石坚，迷卢却被一丝牵。
蝇头尽是英雄冢，牛后须防牧竖鞭。
只此须眉何可卖，任他沟壑尽堪传。
几人绝塞身还在，忍使残僧泪独溅。

（二）

今古由来梦幻中，书生端合置鹅笼。
已闻越女兴勾践，难把铜山铸邓通。
虫死断编终不恶，门余积雪岂真穷。
人间何贵有朋友，到此怜予道未工。

同谦公谈

我亦流民尔似僧，半床明月半床冰。
既同患难聊相共，常恐肝肠未可凭。
天外幸能留破衲，世间岂尽丧良朋。
谈深舌冷书为枕，肯负中宵一碗灯。

偶　　成

寒灯一点暂相亲，除梦都应不是真。

开口后来皆作圣，盖棺前此莫论人。
鬼神未到须防独，涓滴虽微便溺身。
纵死定令天亦见，肯教风雨暗青磷。

冒雨访木斋不遇

草团风送雁归声，孤负春深雨未晴。
戴笠独行韩大伯，到门不见李先生。
若非策蹇寻花笑，定是携诗倩鹤评。
为语小童多汲水，明朝清晓待余烹。

赠赤公五首

（一）

几年辽海自依依，华表惊添一鹤飞。
瓶钵已非形更瘦，须眉犹在事多违。
长边无地容行脚，尽日微天幸掩扉。
袜鞈未裁磨衲破，梦中还著老莱衣。

（二）

愿遍三千麈任挥，到来况是旧王畿。
亦知冰雪皆恩泽，谁道云烟省是非。
阙下已闻钟鼓遍，海东犹待雨花飞。
天龙翘首余多病，从此焚香老翠微。

（三）

满碛寒风奈若何？逢人强自笑还歌。

杖挑百斛燕支雪，瓶注千寻鸭绿波。
高座不妨群部拥，穷途真恨一身多。
近来分卫逢时稔，敝绪泥床亦好过。

（四）

狮子曾闻住罽宾，如空何必问前因。
霜连白草开荒后，日射黄金布地新。
旧疏未焚藏衲角，长歌应悔杂京尘。
当时妙喜交游广，书到衡阳有几人？

（五）

而师亦是岭南人，共棹曹溪意自亲。
罪过弥天予作俑，饥寒到死汝为邻。
生成枯骨非关病，剩有空瓢不道贫。
何日玉门通一线，愿随高步抖边尘。

喜文玄、参方因请藏回

江北江南是旧游，狰狞如虎静如秋。
去携只杖同黄鹄，归拥三车尽白牛。
五位诸方俱已厌，千家一钵更何忧。
从今收拾西来意，屋里青山好白头。

寄　大　翁

几年何日不相见，相见应知各有诗。
公到苦吟予独赏，余当狂叫汝深悲。

寻常只道穷边事，隔别应生静夜思。
始觉寒冰良匪偶，千秋万古有人知。

寄昭公

莫怪崎岖出塞行，犹将贝叶伴馀生。
茅堂独喜留山野，枫陛能无忆老成。
浮世谩论千古重，苍生甚切一身轻。
关门不日牵雏去，会见联翩彩袖迎。

寄乾公

挈杖寻君君未归，君归余又掩山扉。
日斜未许长看剑，露冷何须短后衣。
叹息三良身莫赎，经营半亩事仍非。
低头且就衡门下，静卧西风待晓晖。

寄龙公

未曾相识即相思，咫尺寒云阻晤期。
青琐梦回霜正满，苍生感极泪俱垂。
敢言又见同人至，此念终当圣主知。
见说长安书一纸，浮沉莫使恐山麋。

寄雪公

惊骑羸马度荒峦，风冽衣残貙豸寒。

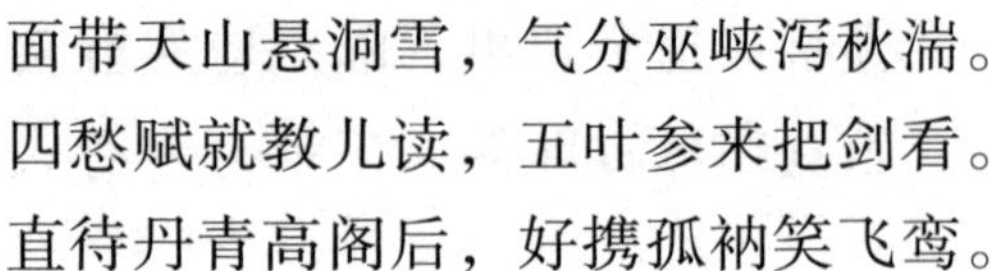
面带天山悬洞雪，气分巫峡泻秋湍。
四愁赋就教儿读，五叶参来把剑看。
直待丹青高阁后，好携孤衲笑飞鸾。

寄甦公

春风一别年将尽，相忆空传半截诗。
想尔独吟逢客到，及余来访又他之。
门前老仆担新雪，灶上寒灰覆旧磁。
见说我行君便返，人生离恨是今兹。

寄我公

布帽疏棂雪积须，砚田半熟谩长吁。
看君此意存三代，念我当年共一盂。
壁倒不妨麋鹿入，道穷终怯马牛呼。
残冬暂耐寒将尽，自有春风动破襦。

寄孝公

君到荒山云已出，我寻破壁砚仍余。
三更共卧吹残骨，几日重离恨索居。
采药已惊林有豹，弹琴何患食无鱼。
为君仔细谋生事，毕竟无过读父书。

寄谦公

岁岁年年愁雪下，年年岁岁望云飞。

风吹寸草心俱碎，手把残编腹又饥。
朋好几人予最老，乡关万里日还晖。
梦中频见应频问，果是人归是梦归？

赠 冯 公

静如秋月气如潮，未老惊看鬓渐凋。
挟策长歌来远碛，辞家短剑自前朝。
巫闾烟雨题千尺，沧海风沙见一毛。
但使旧乡看昼锦，急将双袖伴僧瓢。

赠 冠 公

当时劝我还山好，此日逢君出塞行。
两世论交余衲子，十年忆别尚书生。
彩衣暂换悲荒戍，谏草还留感圣明。
寄语雁行休怅望，金鸡早晚下龙城。

晤冠公寄呈其尊人

十年前话大江浔，手把绨袍泪渍襟。
自别以来知罪重，相思无奈感恩深。
藏身苍翠人三代，绕膝斓斑玉一林。
百尺长枝移远碛，梦中应见伴僧吟。

和木公来韵

闲来但借邺侯书，短发萧萧亦自如。

已识浮生皆客寓，得逢欢笑即吾庐。
乞飧粗饭心无事，补句残诗习未除。
偶欲寻山成隔别，尔音频寄莫教疏。

德公约分半榻兼许春来代营茅屋

见我孤贫此念深，把茅无计冷风侵。
夜长许共维摩榻，福薄难消长者金。
枵腹尚能留瓦钵，残躯只合撇空林。
未曾得罪从飘泊，况续馀生直到今。

秋尽锡公江南回相见

去时正逐飞鸿去，来日还逢是去鸿。
斯世几能怜范叔，有人犹自问洪公。
江涛秋色携双袖，贝叶新诗共一筒。
客梦最怜翻在碛，牛衣依旧耐寒风。

诸公送余出郊，心公诗先成，赋和

平生不作有情别，此日河桥泪欲垂。
共是异乡愁独往，非关绕树叹无枝。
因君马上临歧句，添我山中静夜思。
衰病况兼寒雪重，春来杖屦未须期。

闻与公与谦公同榻

文章岂莫奈贫何，佛火凄凉影薜萝。

下榻几人曾不顾，闭门惟雪喜同过。
冻毫呵后争先草，浊酒干来共和歌。
深夜漫言乡国梦，残毡较泪竟谁多？

哭晋中张子

群雁声摧影独依，文章啮尽腹终饥。
北堂自绕黄沙梦，东阁仍开白板扉。
剑铗不弹声欲绝，发肤既尽骨思归。
游魂无禁知先到，寒极还应索舞衣。

真乘予同门弟也。前腊辞师，欲出塞相访，以父在迟迟。其父呵之曰：“而兄不知死所，道谊之谓何？”遂含泪出门。不数月，其父已逝。讣音至塞，而杖屦杳然，引领西风，感而有怀

几年峰顶忆辽阳，三拜辞师哭雁行。
我骨尚能支大窖，而翁早已掷浮囊。
死生总为交情重，星月宁愁道路长。
锡影不飞冬又暮，西风翘首思茫茫。

哭　圆　实

即真乘父也。

扶子携孙入化城，闽天风雨草鞋轻。

此生已了人间事，到死还添塞外情。
万里冰寒含泪遣，一池花发撇衣行。
瓣香欲寄黄沙隔，孤雁无声月自横。

遥哭录用、道广两仆 有小引

录用执役先子几三十年，道广亦不下十余年，生性淳朴，以故郭内外遗产皆其管理。丁亥而后，诸弟相继尽节，当事执二人追其产。二人私相语曰："二三孤幼在，将何所存活？"因誓死不言，同毙于狱。呜呼！谁谓死真易耶。

此日谁能话感恩，相将含泪共酸辛。
但留尺寸还孤子，不向诗书学古人。
狱底沉埋双剑气，天涯凄断一僧身。
最怜大义归童仆，乱世交亲未敢论。

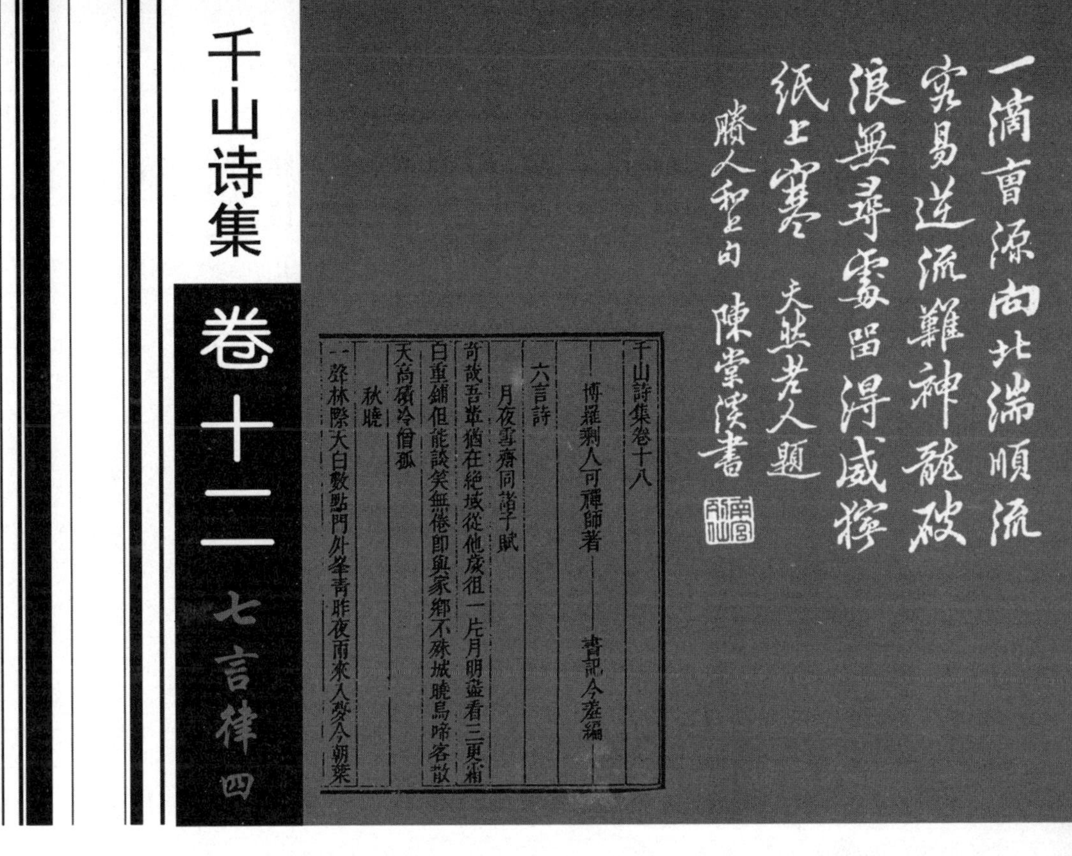

寄答金道人 有引

予未剃发时，金道人隐予止园，相得甚欢。及余结茅华首，道人又来相访，盘桓月余。从此世事波腾，云踪缥缈，十五年矣。去冬道人书来，并寄所篆小印，乃知道人左右空老人。且喜且叹，因而有赋。

故园花底忆同吟，结草峰头著屐寻。
独鹤一飞云路杳，双鱼重问海波深。
山川已烂余残石，城郭俱非只寸心。
翘首黄龙酬唱处，真人天际泪横襟。

寄答定者法侄

再拜榕溪不可知，我行颠险汝流离。

弓刀遍处还三匝，乡国残来剩一丝。
闽海惊涛亲问话，辽天深雪望题诗。
迩年神鼎衰逾甚，只愿汾州有此儿。

木公新斋成题寄

布帽荷锄自辟莱，把茅小筑近城隈。
木天分取遮遗卵，藜火还将爇死灰。
大雪齐腰仍蠹简，西风开口共残杯。
棋枰诗草留余隙，好待孤云出岫来。

寄题楚女尸 有引

江上渔人举网得尸，颜面如生，衣皆密缝，臂系白绫，上题绝句十余首，不言姓氏。盖楚女被获，恐为强暴所污而赴之江者。李太翁传其诗于塞上，予哀而赋之。

雪底挑灯续楚词，灵均何必是男儿。
恨留青冢黄沙污，拼掷红妆白水知。
半夜惊涛酬绝句，一江新月鉴双眉。
不传姓氏人间恧，母也如天自谅之。

题铁岭燕巢

雪公铁岭寓舍有燕巢，从者嫌其沾污，欲毁之，公止焉。燕呢喃若感，遂移巢舍旁。公为文以记其事，予感而有赋。

巷口荒芜旧路迷，移巢将鷇傍山溪。

未能仙峤同高翮，敢向穷檐恨落泥。
似惜衣冠惊避远，难忘恩谊故飞低。
门前便是鹰鹯集，纵有雕梁未可栖。

寄江士辉

详纪事。

惊看片纸到寒边，纳纳乾坤一少年。
独向覆巢收落羽，又从余烬授残编。
微言岂为怀孤钵，大义真堪起九渊。
和泪焚香开口笑，世间世出只如线。

读赵公受《偶尔吟》

一编偶尔寄穷荒，才读诗题泪已汪。
古道多年堙蔓草，人间此日见文章。
三山一诺千金尽，双袖长歌五岭香。
再拜雪天重阅竟，杖头瞬息到家乡。

题《江赵纪事》后

千金字字泪行行，三读谁能不断肠。
词客有心悲故旧，门人空手哭冠裳。
诸孤已见程婴谊，万里全倾陆贾装。
刻石镂肝非报德，人间万古亦荒荒。

题文空新室

即吾寓处也。

门里青山门外溪，杖头刚与白云齐。
不因老衲能偏好，那得长年此共栖。
抱病高眠随日暮，闲吟独步过峰西。
人生只此真堪老，况有松花共鸟啼。

重寓文空新室

岂有穷猿偏择木？到来此地便相宜。
云生榻底长听鸟，雪满峰头自赋诗。
难得主人终不厌，几多弟子尽如斯。
从今拗折乌藤杖，久病无能力已衰。

证西堂新创落成二首

（一）

插将茎草地逾幽，况有长松溪水流。
四面尽容千指绕，一劳便可百年休。
梧桐已种宁忧凤？江海无机自任鸥。
何日雨花峰顶上，愿随龙象一抬头。

（二）

敢负心期力已非，年来多病愿俱违。

门庭既立仍虚待，云水行看此地归。
横出一枝犹寂寂，曾经三棒自依依。
客床半尺须频扫，拄杖时来问翠微。

送宁古塔诸公

已到边庭苦不禁，崎岖重复度荒岑。
不因客梦今逾远，谁识君恩此独深。
匝地总应承露遍，长途终自怯风侵。
天心无外春将到，自有金鸡出上林。

赠魏李两公子

翩翩鲁国两书生，春日同生塞外情。
白马并驼黄卷重，黑貂新换彩衣轻。
暂将菽水心无恨，纵是晨昏涕愈横。
子舍未容难久恋，回头漠漠暮云平。

寄阿象侄

细想形容十载余，口呼伯伯手持书。
未知何日重看汝，已恐相逢不识予。
大难屡丁年正弱，奇恩略述泪盈裾。
好将两弟无穷话，到此难云只有歔。

寄陈公路若 有引

丙寅秋，予侍先子南都署中。木樨盛开，月峰伯率一时词人

赋诗其下。予虽学语未成，窃喜得一一遍诵。及剃发来南，与茂之相见，已不胜今昔之叹。今投荒又八年矣，赤公至，述长安护法，首举陈公为吾乡人，即木樨花下赋诗人也。乡国荒芜，亲朋凋谢，还思太平乐事，益增感怆。偶因便鸿，诗以代札。

三十年前一小儿，木樨花下共题诗。
于今老大投寒碛，独向冰霜忆旧时。
岭徼亲知无复在，石头宾客更谁遗。
闻人说道陈公好，洒泪空缄一问之。

大翁携来琴画砚帖俱典尽感赋

年来欲典已无衣，诸友相随愿尽违。
霹雳只从梦里听，云烟不向冷边飞。
田荒池涸端溪远，鸟死虫枯枣木稀。
独有老身无卖处，好携破卷共僧扉。

即事似冠公

君多意气跨虹霓，为忆趋庭话昔时。
满县桃花谁再种？前朝冰鉴又同持。
投荒后至推前辈，倾盖新欢胜旧知。
抖擞空囊分片雪，远公无酒恨攒眉。

重阳前一日予至沈，木公、雪公约游千山，不果

雪里刚回杖未休，又逢二老约同游。

为贪一日重阳酒，深负千峰万壑秋。
逐客尚添猿鹤怨，残躯宁抱虎狼忧。
莫因无妓抛双屐，松下还教片石留。

同赤公游千山，途中遇雨

未曾说法雨花新，一路云龙结胜因。
天意欲施七岭泽，山灵先洗八街尘。
骨寒竹瘦衣增湿，石滑溪深步更迍。
可惜岩峦无限景，会当日出见高旻。

接本师书并衣杖诸物

开缄百拜泪淋漓，万里叮咛塞上儿。
饮水几人顽最苦，烧香七处远应知。
寄衣只为冰霜冷，还杖须怜步履疲。
话到曹溪终不可，年来多病命悬丝。

寄答智师弟

闽天万里见题诗，喜极翻令暗自悲。
力大有人飞岳顶，罪深如我掷边陲。
座前花雨多飘散，乱后巾瓶仗护持。
世事未知师已老，报君三字莫轻离。

寄法纬、渊雷而思诸兄弟

万壑千峰共掩扉，华台一下愿多违。

旧时尚有几人在，远塞先分只雁飞。
师齿已衰兼久病，世途多难更谁依？
亦知不待殷勤嘱，大雪题诗泪湿衣。

明藏主奉老人小影归，同诸子瞻礼

面目分明锡不飞，十年想见见还非。
攒眉只为群生苦，瞪目仍期一子归。
冰雪未沾头已满，巾瓶虽远影长依。
诸公莫道无言好，泥首同瞻白日辉。

明藏主闽回

春晓辞家秋暮归，杖头偏与雁相违。
去携塞雪江声冷，归散闽天月色辉。
荔子乍尝思嫩蕨，麻鞋已破抖尘衣。
逢人莫话西来事，万里长风泪易挥。

哭 大 茎

同明吾藏主、尸林入闽，还至石头，卒于天界。

三人结伴两人归，一见西禅撒手飞。
莫为龙庭嫌雪重，却从天界恋花菲。
夕潮竟渡乡情淡，晓梦仍悬旧愿违。
一榻几年今已矣，他日何处更相依？

耻若、作么、定元刻新录回

联袂归来晓露寒，更掀剩语泪重弹。
三春血溅燕支冷，一吼声摧黑水干。
鹫岭已嫌成逗漏，曹溪又见起波澜。
年来三复金人戒，罪我无辞只任看。

与　尸　林

长携一笠逐枯藤，浮月匡云许共登。
既向石头悲断梗，又从海岸觅残灯。
几人患难知余病，万里弓刀羡汝能。
最惜宝山亲到后，仍将空手伴寒冰。

赠　祥　光

不向枯株学坐禅，生涯只在镬头边。
豆花香处云偏湿，瓜叶蛮时月更鲜。
叉路泥深休纵步，短窗风静好安眠。
何须更话西来事？雀上高枝噪暮天。

哭邢孟贞

未曾言病只言贫，书到秋残泪已频。
大窖尚留怀我句，中原又丧老诗人。
颜分主簿吟边瘦，道在襄阳厄处真。

有子最怜遗卷在，鬼神长护石湖滨。

乙未生日四首

（一）

清晓拈将一瓣香，低头欲祝意茫茫。
闽天片笠风涛恶，岭海丰碑草木荒。
出世既违千劫愿，生人空断九回肠。
却惭岁岁当兹日，犹把馀骸抵冷霜。

（二）

黄云稠叠日沉沉，剩水残山一点心。
编简零灰留种在，门墙片瓦感恩深。
梅花夜夜飘荒戍，雁羽年年向旧岑。
每到余生寒不尽，几回搔首一孤吟。

（三）

孤身自昔况于今，尘梦醒来更不禁。
骨化仅余歌啸习，劫灰难了友朋心。
百年金石归浮沫，四海龙蛇尚好音。
几个难飞寒雁影，夜深长与绕空林。

（四）

是我何妨白昼过，匝天花雨亦蹉跎。
江河易返春无脚，乌鹊难飞雉有罗。
努力烟云兼短褐，关心天地况长戈。
亦知自古林林恨，一一酬他泪点多。

寄顺天法主

多年石壁坐空寥，问法归来兴独饶。
砂碛声传金殿鼓，海门波涌浙江潮。
雨花忽向冰天下，鹿豕何烦玉麈招。
懒慢无心非退席，深山大雪亦齐腰。

哭左吏部大来八首

（一）

寻诗问道几绸缪，八载交情一夕休。
拚取须眉埋大壑，肯将肝膈付东流。
生前不异黄泉路，死去安同白玉楼。
欲拟大招何处好？归来依旧是穷愁。

（二）

曾期哭我必公诗，岂料公先我自悲。
共洒十年前代泪，独留数卷后人思。
于今白社无陶令，难把黄金铸子期。
纵使故交扪雪至，不知将剑挂何枝？

（三）

如此漂流死不辞，黑云如幕雨如丝。
世间无处堪容膝，地下何人共赋诗。
已并二难欣定论，未完一著哭残棋。
他生尚有投针约，独献龙江水半卮。

(四)

三更月黑漏迟迟，正是同君永别时。
残药已抛余宿火，孤灯还照旧题诗。
雁群入雾行应断，鹤子无阴和更悲。
我欲吞声吞不得，杜鹃啼彻海东涯。

(五)

归心客恨渐能删，寒梦依然未许闲。
病久已知身是幻，朋来方识道维艰。
欲空世界看儿女，得外形骸任往还。
此去黄垆无禁令，飘魂应已度劳山。

(六)

三月寒边不见春，西风落日暗飞尘。
青山自爱文章鬼，白马都来放逐臣。
新句定将寻杜甫，续骚只可问灵均。
不愁寂寞无知己，况有当年举案人。

(七)

劝君自昔犹嫌晚，道气如君本自馀。
白日幸同皈绣佛，黄沙何必泣红鱼。
不留积恨知浮沫，那得遗金只破书。
最好良朋相对死①，肯将点泪滴残裾。

① 原注：“公临死自言。”

（八）

吹埙直向首阳巅，一掷愁城亦卓然。
半世交游临死见，千秋诗句仗僧传。
尚平有托何须恨，属国无归不自怜。
独惜唱酬冰雪惯，知君还赋和予篇。

送登彻僧主香岩受具

千里崎岖问翠微，香岩重启旧云扉。
钵浮王气看龙起，锡度寒烟伴鹤归。
戒月高悬山寨冷，雨花长傍寝园飞。
从今天外尊惟独，白拂高悬任指挥。

雨中同诸老衲为左公持诵经咒

茅堂漠漠雨沉沉，破卷寒云一世心。
殓后还来沙际鹤，爨馀空挂壁间琴。
久知此日无堪恋，又丧斯人更不禁。
梵呗鱼声浑是泪，悲凉岂独自于今？

为左氏诸孤托钵

见说遗经那可凭，敝簏残帙恨层层。
修文独取多愁客，乞食还馀未死僧。
众口共餐朋友泪，游魂孤照法王灯。
明知一粒须弥重，坐视饥号自不能。

沈城即事

生杀由来总是恩，流离十载衲孤存。
雁飞成字频遭射，金铸为人自不言。
迁史有文观未达，巇公无命道弥尊。
殷勤拜嘱劳劳客，好向空花仔细论。

南塔即事

旧好新知总莫论，弥天风雨自孤骞。
大呼欲折将军树，只手能招楚客魂。
岂是艰难存古道，独将毫发透空门。
何当振袂春风起，一拂寒沙彻底暄。

买老马二首

（一）

历尽崎岖意不骄，崚嶒瘦骨自前朝。
悲嘶晓月连孤磬，徐踏山花过短桥。
齿长更无烦玉勒，囊空犹未撇诗瓢。
谁言志在仍千里？伏枥还堪伴寂寥。

（二）

骊山沙苑总荆榛，暮景翻怜塞草新。
梦怯吹笳明月夜，别思啼鸟绿杨津。
身羸似学支公病，价贱还因伯乐贫。

几载冰霜愁力尽，何时重踏岭头春？

同天中、清臣、赤岩过山寺看花

竹杖行过暗怆神，同来况尽异乡人。
日光独照黄金地，天意还留紫塞春。
岭徼十年花是梦，江南六代锦成尘。
可怜对此浑多泪，不道空门泪亦频。

天中同清臣、赤岩入山相访

笔如岳立气如潮，远戍间关兴更饶。
既挟金兰同绝漠，又扶云水问空寥。
东山不独将棋至，白社何须蓄酒招。
谷口久无双屐响，好烧松火话终宵。

偕天中、清臣、赤岩游千山，因老马不前独回

相期连辔陟崔嵬，岩雨初晴蕨正肥。
匹马似将人共瘦，片云不与鹤争飞。
遥看浓雾知题壁，独傍残阳欲掩扉。
有石有松收拾遍，并携空翠满囊归。

落　　花

昏花片片逗中情，流水溪头杖独行。

短笛叫残蝴蝶梦，疏钟飘堕杜鹃声。
冢边有草犹春色，树底无人空月明。
最苦一枝横出处，年年风雪自孤撑。

雪公寄书入山，偶成二律

（一）

何处堪逃乞食名？半龛残雪裹余生。
莫愁壑浅云难卧，无那溪流水有声。
飞矢漫追孤鹤影，遗弦不作老龙鸣。
只今最恨千层石，难隔庾关万里情。

（二）

休道寻山山未深，冰崖木佛共萧森。
寒钟不到疏林外，幽月空劳碧涧浔。
狱沉顽铁还余气，爨后枯桐欲绝音。
珍重故人相惜意，尺书真不数双金。

喜阿字至

毵毵双袖碧天遐，路滑霜寒日未斜。
荒冢觅穷闻鹤语，残毡啮尽摘松花。
匡山云月应无别，辽海风涛漫独嗟。
知子远来非有意，久拚吾骨掷龙沙。

和栖贤和尚见寄韵

锄斧东来话近因，寸缄未达共沾巾。

艰难菽水愁孤钵，潦倒风沙泣罪人。
入夜笳声传雁塞，何年斗气合龙津？
乡关逾远师颜老，橹断遥知梦又频。

丙申生日二首

（一）

何如四十六年前，莫遣双眸见大千。
随地不辞萦世难，到边犹自愧风烟。
衰颜畏入南天梦，冷骨无烦古佛怜。
拌擞尚余空布袋，逢人但乞一文钱。

（二）

每当此日雪风侵，罗岳匡庐泪又深。
瀑水倾残初夜梦，梅花撩乱十年心。
门庭淡薄空多愧，天地高寒只独吟。
安得石梁添屐齿，共拈一瓣礼孤岑？

真乘先入匡山谒栖贤，后出塞访余，相见次，始知其父圆实信

相思每恨到来迟，把手相看喜复疑。
万里髑髅常作伴，一瓢风雨自支饥。
伤心何限终难忍，开口仍留已尽知。
最好匡庐双剑合①，不禁回望白云悲。

① 原注：“匡庐有双剑峰。”

遥哭邹白衣

精绘事。

到死应知骨未摧，戴将白雪照泉台。
江山纸上还留影，富贵生前幸不才。
短札几回通远碛，长歌徒自委荒莱。
尘埋双管卮亭冷①，从此梅花不必开。

和掌邦弟二首 有小序

阿字出塞，简布袋破纸，有二诗，云是予族弟掌邦所寄也。掌邦，名宗礼。从楚江入匡谒栖贤，留十余日便辞。欲相访，业八阅月，竟不知飘泊何所？鸣呼！投荒以来，骨肉凋残殆尽，乃不意复有掌邦其人，又复能作是语。因和其韵，亦异地埙篪也。

（一）

袈裟一搭是吾忧，万井风烟况未收。
早是无家心已断，忽闻有弟泪重流。
洞庭波泛孤鸿影，华表霜寒老鹤愁。
两地月明遥共望，何时还照合江楼？

（二）

空囊墨化苍龙吼，野寺钟残黑雾屯。
数代弓裘归马革，十年心胆碎鸰原。

① 原注：“双管瓶卮亭，公所隐处也。”

急将短铗弹庾岭，莫遣长歌度蓟门。
荒垄遗编重拭目，离支树下好招魂。

附　掌邦原诗

（一）

碧山风雨长离忧，湖海烟尘恨未收。
有客扣镡歌六月，何人击楫渡中流？
数声鼓角斜阳暮，两地飞鸣鸿雁愁。
庾信江南哀不断，更堪王粲赋登楼。

（二）

经旬雷雨蛟龙起，入梦云生虎豹屯。
四海羽书飞白日，十年戎马跃中原。
但闻苏武辞金阙，不见斑生入玉门①。
紫塞黄榆千万里，沈阳花月欲消魂。

遥哭润季兄同二见、六在诸侄

润季父于予为诸伯，官融邑令。

黑雾黄旗白昼昏，哭携犹子问乾坤。
到死不知仁义尽，入江翻见发肤存。
竟使崖门多气色，始看融县有儿孙。
鸰原湿遍年年泪，那得馀声更好吞。

① 编者按：“斑生”，应作“班生”。

得柱江书并诗，因怀与治、伯玉、季纳诸昆季

曾看舞象大江秋，一礼袈裟意莫俦。
短铗那知湖海阔？空囊欲揽地天愁。
燕歌一夜悲沙漠，鹤梦千年返石头。
桃叶无情潮寂寞，何时花底共登楼？

闻柱江将至

笑指天山气独豪，先持尺素报吾曹。
长城雪压龙文动，野戍云开马首高。
歌发欲呼犹子梦，泪飞先湿老僧袍。
荒魂招尽情无尽，收拾岩烟并海涛。

遥哭丁善甫、梁渐子

几回三笑度溪风，话尽仙羊恨转蓬。
桂树折残天地老，花砖踏碎水云空。
幸将短发皈黄面，定有遗文化白虹。
狮子独怜头尚在，雁声愁断大关东。

遥哭梁同庵

栖贤哭诗有“半榻寒灯风雨旧”之句。

旧乡朋好委荒榛，两见书来尔是人。

已买草鞋参碛雪，旋将药裹别江春。
寒灯半榻愁尊宿，彩袖空堂泣老亲。
从此花田无鹤梦，游魂应度雁门津。

即　事

雪底纷纷望旧关，凤书先取一人还。
来时雾雨遮黄阁，去日风云起白山。
不筑沙堤皇道荡，重围玉带舞衣斑。
好图一幅流民苦，枫陛从容动圣颜。

喜戴三谒文庙

黄沙黑水亦衣冠，庙貌荒凉礼乐残。
夫子随时无不可，流民好学是为难。
已看彩笔能生气，莫道青衫足耐寒。
地下江西生死望，看花骑马踏长安。

送魏李二公灵榇回二首

（一）

金鸡昨夜到阴山，带雪锄冰泪莫潸。
无限生人妒死骨，极怜死后似生还。
童男幼女辞寒碛，素幔灵辆向旧关。
料得黄垆开口笑，一齐泥首拜龙颜。

（二）

白水吞声各一杯，游魂初下望乡台。

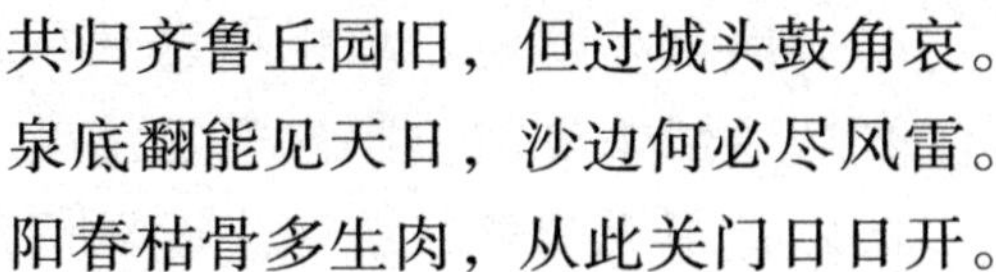

共归齐鲁丘园旧，但过城头鼓角哀。
泉底翻能见天日，沙边何必尽风雷。
阳春枯骨多生肉，从此关门日日开。

寄无坏师

掷却儒冠换衲衣，松门流水自栖迟。
曾寻郑子论心史，独向寒山问旧诗。
塞草蔓蔓应未铲，秋风飒飒易相思。
东来白马君知否？莫守孤岩日已欹。

贺贵庵水灾

深秋风雨苦连宵，瓶钵郎当一瞬漂。
庞老有船曾用载，丹霞无佛不须烧。
身家浮沫宁常聚？性海狂澜尚未消。
从此还山松月好，一支犹自足鷦鷯。

得浴予叔书

年过八十兵戈后，一纸蝇头手自书。
云外阿玄犹未死，眼前小隐已无余。
青衫裹骨归荒冢，黄口依人失故庐。
郭外遗田祠内主，几回洒血染残裾。

得九成弟书

双鱼夜到鸭江滨，先代弓裘不可论。

骨肉尽凋馀两弟，诗书能复让他人。
须知佛法无多子，那见儒冠定误身。
但自莫惭世出世，临风三嘱泪犹频。

遥哭安仲叔

一生半醉烂天真，到死依然未觉贫。
杯杓便当传后业，袈裟终不忆前身。
竟呼儿女都随我，肯把须眉更向人。
最苦一丝犹未断，年年挟卷哭江滨。

千山诗集 卷十三 七言律五

和谦公《雪中见怀》韵

居山偏不喜看山，雪尽披衣偶启关。
为有甚因千壑苦，如何顿老一朝颜？
忽思振策随云去，才欲过桥又独还。
书报故人无一好，道心客梦已全删。

大雪用栖贤《寄阿字九江》韵

任风飘泊不须忙，便使填沟也不伤。
入谷孤寒深自得，到天青白恨难藏。
红垆热焰心无近，荒岭残枝梦又长。
五老瀑飞辽海鹤，好携明月共升堂。

和心公《雪中见怀》韵

初飘数点著衣轻，冷入匡床梦不成。
想尔独吟支瘦骨，无人直下到深更。
忽疑近户看无迹，自起吹灯听有声。
只此朋情浑莫奈，乡心又逐晓钟生。

和栖贤《送阿字出塞》诗

千里同风远寄书，天山翘首独踌躇。
冰雪有缘兼累若，父兄何事苦怜余。
白骨此中还得见，黄沙之外更无馀。
何时生入卢龙塞，金井梅花是旧庐。

步栖贤和《阿字九日》韵

垂死经今又十秋，莫嫌齿落雪盈头。
三张纸寄长榆塞，万里云封大石楼。
父子枉劳沙畔冷，身名真愧世间浮。
团圞夜夜无穷泪，天上如今是惠州。

恭和栖贤法兄奉怀本师老人韵

双锡香岩望又虚，柏林回忆侍巾初。
雁翎各散予偏远，狮乳同餐尔自馀。
五石城边音寂寂，万松坪下步徐徐。

会须连袂依霜鬓，未必罗浮剩旧庐。

从驻跸峰移向阳二首

（一）

短发随身月一钩，拖鞋又过几峰头。
不关活水终难止，只任寒云到处浮。
松石何心分好丑，主宾无礼足深幽。
日午一瓢夜一宿，一生如此更何求？

（二）

自来不肯常安住，但有茅遮便暂栖。
鸟突寒烟寻别树，风吹残雪度前溪。
沙弥欢跃面多垢，耆旧威仪首尽低。
最爱近村好兄弟，松花和蜜贱如泥。

张太守入山

何事辽阳太守来？乱嘶五马向荒莱。
漫施草履筇扶出，竟把山门雪踏开。
闲话无过四五句，寒泉连递两三杯。
极怜庭树乌惊起，一直穿云去不回。

题且过庵二首

（一）

山边架屋偏留我，双袖龙钟岂有他。

道法也因长病减，闲情毕竟老年多。
自将破罐炊冰食，偶就新篇向佛歌。
昨日已过今且过，不知明日又如何。

（二）

二三弟子亦多事，执卷时同就薜萝。
不碍书声侵晓磬，莫教世事挂庭柯。
虎常问讯来空砌，人或寻诗上雪坡。
昨日已过今且过，不知明日又如何。

偶　　成

莫道僧闲闲不得，几多情事拨难开。
岕茶带梗敲冰煮，山药连皮拾粪煨。
夜听犬声知有虎，晴拈雪瓣恨无梅。
寻常日午门犹掩，只恐溪云撞入来。

同雪公游千顶纪事十首　有小序

余出塞五年，始游千顶。时大雪初晴，由大安过祖越，入龙泉，与山中耆宿团圞二十日，盖壬辰春二月也。十月复游甘泉，取道孤山，入龙泉，因有大宁之役，两宿而去。癸巳春，显律师邀入驻跸十余日，遂由向阳登山。过一月，大雪，如初游。甲午春，至香岩。缘诸老辟荒，欲迎吾师与天然兄藏锡于此，故特一至，诸未及也。八月与木公同游，霜叶满山如锦，前数游所不及。迨乙未七月，香岩新像成，送入山。然止香岩，诸未及也。八月赤公至，又偕入山。遇雨大安道上，殊草草，杖头各一点耳。丙申四月，显律师开戒香岩，予随入山，然止香岩，诸未及也。五月赤公偕天公入山，拉予同行，以马疲止向阳。计五年凡十登山，前后俱未有诗。去岁九月，雪公业与予约，以他阻。今岁八月，乃坚志入山，并不令家人知。以廿三日由沈出门，行百二十里，宿浉水。次过辽阳，宿驻跸。次向阳，过七岭，浣热泉，宿祖越，因登仙人台绝顶。予向以病不敢登高，然心甚壮。今得历尽诸险，非独前数游不及，即同木公游依然一丘一壑之见耳。仙人台直下即香岩，元大德雪庵大师所居塔现存。塔铭则学士陈元景所作，鄂国公史弼所书。其篆额则昭文馆学士李傅光也。千顶无旧碑，仅此可读。次过石桥，从别道入龙泉，两宿，雪公有诗，予不能和。次重游祖越，前后亦两宿。太守张公使至，雪公分袂还沈。余移寓且过庵，适阿字侄从匡来，话及千顶。阿字游兴、诗情俱勃勃，因触动习气，作纪事诗十律似阿字，兼寄雪公。然不过略纪一时情事，岩壑之趣、松石之奇，百未尽一，愿雪公作一游记，刻之仙人台畔，毋使山灵笑人。

（一）

去岁菊花曾有约，今年不待菊花开。
予先渡水凭鞍立，尔自冲风带帽来。
旷野逢人偏问姓，残阳投寺且擎杯。
此是山行第一日，钟声佛火共徘徊。

（二）

过桥即是辽阳郭，郭外行过泪已潸。
一郡嗷嗷鸿乍集，千年杳杳鹤无还。
才看老女孤坟草，又上前王驻跸山。
我倦欲眠依旧土，嶙峋石壁任孤攀。

（三）

望见叠峰刚八里，到来门径各鲜新。

不因此地禅居壮，那识长边古佛尊。
蓄瓜欲比蘋婆味，见树还生桃子津。
夜半犬声何足怪，山中魑魅亦亲人。

（四）

经过七里泉声热，欲洗袈裟未有尘。
前者何曾是山水，从兹无所不精神。
松阴短短露双塔，梵宇峨峨见一人。
却喜冻桃初摘下，石坪分啖不辞频。

（五）

夜来已饱深林气，晓起仍添远壑情。
暂撇龙泉邻衲意，爱寻唐代旧钟声。
龛云尚吐将军气，岩石还镌御史名。
百丈悬萝千折后，门前峰涌万波生。

（六）

几度登山不到顶，此回到顶畏登山。
九州细碎烟尘里，万里虚无指点间。
云在极低那可踏，天虽至近竟难攀。
急须携手下山去，纵对仙人无好颜。

（七）

半日不离松雾里，牵藤穿穴各忘疲。
才披破衲瞻新像，旋洗重苔读古碑。
几处茅堂闻蟋蟀，千年石瓮守熊罴。
僧头似雪心无事，手煮黄荞进白糜。

（八）

不借仙人九节杖，石桥几度又攀跻。
但随虎迹过岩畔，渐听龙吟隔涧西。
软枣必须亲手摘，老松不过与肩齐。
淹留两日非关主，坐爱屏风近鸟啼。

（九）

流溪认得曾游处，更欲搜寻到别峰。
山鬼似嫌黄叶响，洞门都遣黑云封。
龙芽颇觉僧怀苦，羊肚何妨野味浓。
惭愧下贤贤太守，难辞林壑一重重。

（十）

半日浮生闲不得，况连十日遍山扉。
解开药裹包黄栗，斫得藤条下翠薇。
入郭愈怜山水好，逢人多与性情违。
最嫌骢马黄金勒，依旧骑驴独自归。

立　春　日

不辞留滞大关东，未必长吹是朔风。
一世心归松雾里，十年春到雪花中。
罗浮消息应非远，粥饭因缘尚未穷。
从此匝天多雨露，晓听雀语动虚空。

元旦哭喇嘛二首 有引

余初出塞，乞食南塔，喇嘛见而惊曰：“师胡为乎来哉?”即解身上所披覆余，自此衣帽赠贻不辍。壬辰春，率诸耆旧强余开法南塔。南塔，畏地也，前此无挂搭者。自余至，云水奔流，龙象蹴踏。始三月朔，至七月望，凡百维护，外魔不侵，喇嘛之力也。喇嘛西域贵种，童真入道，年七十余，癯然鹤立。今岁五月，忽思还本国，诸老强留不可，含泪而别。七月音至，已于季夏之末示寂。寂时鼻垂玉箸，荼毗顶骨不坏，有梵书神咒数行，金色烂然。国王留建窣堵坡。其徒劳藏奉二齿归南塔。挥涕拈香，不特私感已也。

（一）

满头白雪眼双青，方丈时时见执经。
四海几回悲鹤梦，一枝今又丧龙庭。
顶门有骨留金字，南塔无人失典型。
见说国王齐下拜，浮图千古镇沧溟。

（二）

十年吾道塞风秋，葱岭传来恨又稠。
叶是归根看已落，杯当沉海更无浮。
大荒一夜霜俱白，毡帐千群泪并流。
赤县神州心碎尽，更堪洒血极西楼。

苗炼师雪中入山相访

煮穷塞石难充腹，几受刀圭不驻颜。

开到黄花辞绛阙，携将白发问青山。
渔舟尚可通源水，鹤羽何曾下世间。
最苦十洲多少事，寻闲一宿急须还。

季三公书来并寄茶

自来不作长安字，一纸惊看寄塞垣。
父子弟兄同友谊，冰霜雨露总君恩。
十年尚忆三山月，七碗还浇五岭魂。
大雁欲飞寒逾好，时时传语慰田园。

同阿字诸子夜坐

流光如矢命如尘，冰作生涯鬼作邻。
岁底又添门外雪，灯前几个岭南人。
大家共话俱含泪，各自伤心不为贫。
去去且将拳作枕，梦中同迓故园春。

和润季兄临死诗

赋罢金门泪未收，阵连珠海誓无休。
崖门一夜洪波接，柴市千年正气留。
已把发肤还父母，更将心胆寄春秋。
铁函闻说埋罗岳，何日敲开柱杖头？

闻赤公专侍在兹省亲回

尺书才去雪风愁，侍者重来泪更流。

京国银盘能早献，边庭金策可迟留。
但闻尊宿仍编履，不信头陀竟覆舟。
我亦是人添哽咽，夜寒垄草满心头。

丙申除夕和栖贤《辛卯除夕》韵

只因生长在辽东，谁是无乡老此中？
今夜尽勾积岁念，明朝须发向西风。
哭犹有泪情非至，吟到无题诗亦穷。
细看此来真寂寞，眼前还得几人同？

丁酉元旦

自信分明两道眉，瓣香拈起更何辞？
死经万后生方重，春到边来远不迟。
属国宁堪九岁待，衡阳无复五年移。
还家自是儿孙事，谁道今年未可知。

解嘲步谦公韵

北郊笑指峰头老，闹遍千峰两袖书。
但使倚闾无鹤发，何妨托钵向云墟。
食残自觉毾毵易，载酒犹闻剥啄徐。
珍重彩衣休惜我，十年甘作雪中蛆。

柱江至沈相见有诗和韵

黑裘未敝耻书生，匹马春风猎猎轻。

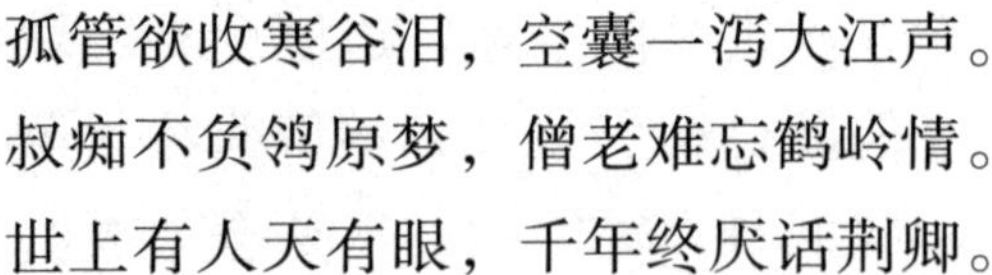

孤管欲收寒谷泪，空囊一泻大江声。
叔痴不负鸰原梦，僧老难忘鹤岭情。
世上有人天有眼，千年终厌话荆卿。

九日送阿字

经岁团圞泪未收，菊花重惹一番愁。
来将白纸寻黄土，去挟新篇返旧丘。
太乙峰头频怅望，姑苏台上莫淹留。
而师若问寒边事，休话寒边雨雪稠。

重送阿字

送送还牵老衲衣，故山终恨不同归。
好从瀑水投寒句，又向梅花觅破扉。
冰雪已多曾彻骨，蕨薇虽采未忘饥。
关门不禁南来雁，何日凌空锡更飞？

入山有感示诸子

海角虚舟聊欲寄，深藏大壑亦空劳。
松根盘石生难直，水势依崖声易高。
谩说一枝能自稳，便教三窟竟何逃。
残身久拼馀双眼，万古云霄看汝曹。

阅未央遗集，有初夏同予入循州访刘乃运兄弟诗。末云：“令威他日归华表，定在循州古树边。”似为予今日谶也。因和其韵

忆昔同乘访戴船，几人同病合相怜。
风流云散空予在，雪压尘埋又十年。
诗卷尚留前日月，梦魂难觅旧林泉。
何时华表重归去？唳遍累累古冢边。

读未央《与剪公宅师谈金轮旧事》诗有感，用原韵

人世难逢几弟兄，旧编重读不胜情。
忠臣遗庙清珠海[①]，古佛双林冷莞城[②]。
地下定知谈往昔，雪中难免恨孤茕。
只今惟有金轮月，偏向栖贤破寺明。

读《未央集》，有先文恪神道碑感赋

高冢前朝草木凄，灯前雪底泣孤儿。
良弓久没箕同尽，华表空留鹤尚羁。

① 原注：“未央殉义后，当事建祠于海滨祀之。”
② 原注：“剪公脱白后即示寂，今十九年矣。”

大节已昭悬日月，千秋不朽属文辞。
遥知定有人来过，系马松根读旧碑。

闻老人复归华首台，台上林木加茂，有终焉之志，恭纪

飞云峰下即华台，五百何年去复来。
田地荒芜应再辟，松杉苍郁旧亲栽。
灵山一会依然在，塞外孤儿尚未回。
三嘱龙天寒已彻，终期扑鼻岭头梅。

寄华首旧住诸僧

何人同守故山隅？云散天惊岁月徂。
豺虎几回经蹴踏，门庭犹喜未荒芜。
灵峰不逐桑田变，大厦终凭众木扶。
最苦杨岐旧监寺，泥床长洒雪真珠。

遥哭刘乃运

丱岁论文尔汝交，柴门雨雪每来敲。
朝云墓侧新鸳冢，白鹤峰头旧鹊巢。
留得眉须身后惜，肯将风月死前抛。
于今哭子全无泪，乡国都来水上泡。

闻谢伯子、赵裕子二老友在，喜赋

少小论交四十秋，惊闻二老足风流。

长安市上韩康伯，衡岳峰前李邺侯。
陵谷已移贫未改，亲朋欲尽咏难休。
白云旧社时来往，定话冰天老比丘。

寄陈三官

三官廿载前为予作幻相数十。

五色凭君写幻躯，流民一幅不堪摹。
回头细数平生事，屈指曾经念载徂。
气骨支撑仍是旧，皮肤脱落已全无。
只今颊上何须问？但写长天风雪图。

忆暮春同阿字诸子游千山

到处青山尽有名，大家抖却旧乡情。
溪边觅路花千树，驴背迎人鸟一声。
石顶松风凭管领，峰头诗句任交横。
于今竹杖萧萧去，又向何山踏雪行。

闻南塔易住持志喜

六年前此竖幡竿，万古荒芜手辟难。
一喝青天砂砾净，才挥白拂水云团。
象王行后狐踪集，良木摧时野棘攒。
从此崭新条令出，山门依旧海风寒。

题作么茅屋

手结枯茅傍古幢，篱边流水亦淙淙。

只愁云扰常关户，为爱山多尽著窗。
日午拾柴煨破罐，夜深把卷对残缸。
山中豺虎原无毒，长护烟霞不用降。

喜作么迎师入山

弟子如林汝不才，暮年犹得共徘徊。
酬恩莫过茅三把，尽孝惟须水一杯。
衰老久应拚谷底，是非曾不到云堆。
况兼咫尺予同病，晓夕还同笑口开。

予去冬依证寓，今冬依磬光，皆手无半文，喜赋

今年贫似去年贫，穷鬼相逢一倍亲。
衲底病肌寒有粟，窗前积雪白为银。
半瓢薄粥分饥雀，一碟盐齑借远邻。
处处尽忘宾与主，淡而不厌只因真。

即　　事

山中才拆此封书，忆别经今一岁余。
路到穷时天更远，力当尽后计偏疏。
青衫无分常披雪，白发何人独倚闾。
翘望章江云缥缈，春风何事更踌躇。

梅溪雪中相访

惊骑瘦卫入山来，为问山僧户始开。

万里往还君自得，十年先后事空哀。
囊余前代书三纸，话到深更水半杯。
两度鹡鸰原上泪，一时和雪洒山隈。

山中读萝石先生家书

柴市经过泪已潸，更挥余泪拜遗笺。
数行尚自如生见，一线仍存未死前。
耿耿丹心千古后，茫茫正气万山巅。
伯夷此日应相笑，重唱薇歌十二年。

闻李、苗两道友有唱酬篇什，虽未得读，知非凡响，遥有此和

兰沙如雾倩蓝丛，缥缈鸾歌下远空。
玉露只垂金掌内，仙飙常发御垣东。
人间兄弟何能及？塞外交游孰与同？
春到定寻源水入，埙篪坐听碧云中。

喜闻左三哥回

终岁呼天恨莫通，归来如旧破囊空。
交情已见心方歇，遗卷仍存道未穷。
日冷北堂乌渐老，雪深大漠雁谁同？
从今稳坐茅檐下，敝絮残毡耐朔风。

赠少年道者 楚人

少小蹁跹入紫宫，翻疑百岁貌如童。

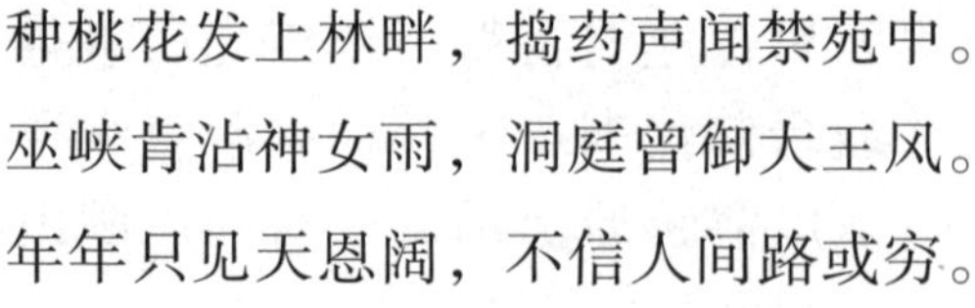

种桃花发上林畔，捣药声闻禁苑中。
巫峡肯沾神女雨，洞庭曾御大王风。
年年只见天恩阔，不信人间路或穷。

客有期予春初同入城者

一卧山中人事毕，重新细碎学威仪。
休将白眼看林鸟，屡系长衣接涧麋。
才话入城心便小，尝教伴雪礼何知？
由来分卫存深意，古佛遗模苦莫辞。

日　暮

方悲岁逼夕阳低，寒满空山雪满溪。
为忆旧居知客眼，偶怀好友得新诗。
身闲幸不随人转，心苦全然著雾迷。
抛却杖藜还独坐，壁灯未点暗凄凄。

遥哭与然师

弓剑丛中识面初，半床风雨共欷歔。
怜予不觉十年过，哭尔仍存万死余。
双履已传葱岭雪，空囊犹简白门书。
何如一副无情泪，岁岁峰头湿破裾。

牛庄问阿字诸子信，不得

秋风榔枥两肩横①，草履狰狞布袋轻。
沧海无踪鱼有腹，白云有路鹤无情。
行当野雪衣偏薄，吟向寒梅句亦清。
老梦独能追去处，依稀犹见弟和兄。

喜云堂禅人入山相访

未到岁除刚数日，何人骑马入山来？
欲从南越通消息，曾向东齐拨草莱。
屋里无过云片片，岩前依旧雪皑皑。
好归直为而兄道，不是宝山空自回。

戊戌元旦

一茎白发荷皇仁，况值年年帝里春。
千顶曙光云外出，二陵王气雪边新。
放流久已成乡土，老大无拘只病身。
是处有山容我住，桃花翻笑洞中人。

开经日遥祝檀那卢太翁太夫人双寿

火宅初离望转奢，何人等与白牛车？

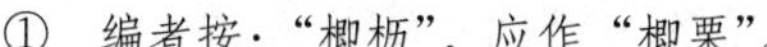

① 编者按：“榔枥”，应作“榔栗”。

卢公传法灯千焰，庞老齐眉佛一家。
曾嘱王臣山上会，新开龙藏海东涯。
人天百万欢同祝，遥献优昙一朵花。

赠汤官师

万里相依岂偶然，选官选佛似君贤。
薇羹屡为伯夷饿，草榻偏容普化颠。
膏泽诸山时沃若，清风四壁本萧然。
昼长客去无余事，一卷金刚自岁年。

赠藏主师

惊传白马度关来，大法东流亦快哉！
剖出微尘凭慧力，插将茎草仗雄才。
竿头但进看飞凤，麈尾时挥起怒雷。
沟壑余生吾自分，双眸何意独君开？

步沧兄见寄韵二首

（一）

知罪从他尔独亲，怜予万里一孤身。
平生本自无相识，世上于今有几人？
清泪屡凭沙塞雁，衲衣犹寄玉门春。
惊闻杖屦南中去，风雨萧萧入梦频。

（二）

故人何处思沧茫？幸有音书未久荒。

布帽残经情缱绻，黄沙白日泪淋浪。
归来几见千年鹤，梦去还寻五石羊。
门外孤松高百尺，寒霄犹得伴冰霜。

赠天鉴师，时将还孤竹省墓

共向高林借一枝，心期万古可谁知？
织鞋有恨陈尊宿，玩月今同王老师。
寒碛顿能忘患难，衰颜偏自惜分离。
公归无复薇堪采，雪满千山足疗饥。

正修书记录成，来呈

笑汝经年执管随，长言短句益支离。
丰干到死还饶舌，觉范投荒亦赋诗。
秋老野鸿书远碧，夜深山鬼哭空池。
如何录取声前话？风静高林月落时。

得张觐仲书

忽惊天上寄来书，火尽西园一木余。
苜蓿有根开绛帐，芙蓉无蒂碎香车①。
儒门淡泊思灵鹫，芸阁荒颓泣蠹鱼②。
垅草尚沾半子泪，雪中翘首几踌躇。

---

① 原注："觐仲元配为余第五妹，以救母死，故云。"
② 原注："西园公遗书数万卷，手著亦不下万卷，俱火烬。"

千山诗集 卷十四 五言绝

枝上雪二首

（一）

鸟宿寒枝动，晴天雪更飞。
既沾台石冷，复上老僧衣。

（二）

叶尽枝方满，时时飘素埃。
晚风吹未了，疑是野梅开。

残　　叶

已被晚风促，复受晓霜侵。

亦知终不久，珍重片时心。

题范宽真迹

岩壑层层古，全非近日山。
山中最深处，置我于其间。

同大翁看古帖

一笔笔模楷，一叶叶精神。
骤喜多酬接，徐思晋代人。

题大士像

赵孟頫笔。

终不得自在，即此苦何穷？
愿取杨枝水，一洒朔庭空。

残菊二首

（一）

残菊深秋里，无人雪一堆。
莫嫌憔悴甚，曾见十分开。

（二）

世情偏爱菊，吾意独怜残。
暂收无限泪，权作片时看。

题去雁送寒还二首

（一）

数载同樊系，秋来尔欲飞。
只疑天路阔，烟雨尚霏微。

（二）

孤飞尔自可，回首念同群。
欲向青冥诉，惟愁总不闻。

柬甦筑

一日不相见，新诗又几篇。
急携来共读，午后老僧眠。

雪十二首

（一）

岁岁易相思，五月六月时。
莫愁久离别，亦有霜飞飞。

（二）

古瓦疏不完，白雪飞满床。
抖擞一片衲，犹疑是月光。

（三）

半夜披衣起，宛在梅花村。

梅花开易落，白雪长到门。

(四)

昔日赵师雄，月明林下卧。
美人寒不来，花落空朵朵。

(五)

寒月照野雪，一片老僧魂。
夜深招不得，时来白板门。

(六)

天地正高寒，白月来相佐。
匪特肝肠如，渠今即是我。

(七)

销金帐不知，此中有至味。
俯仰天地间，飘飘吾与尔。

(八)

相对寂无言，怀人一万里。
只在庾岭头，欲折不堪寄。

(九)

尔从天上来，天上寒更多。
年年见飞下，欲上苦如何？

(十)

一啮齿牙清，再啮心髓化。

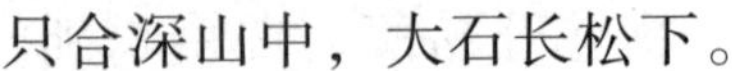
只合深山中，大石长松下。

（十一）

人世随方圆，净秽亦无别。
只有一点心，不肯因人热。

（十二）

人世一火宅，那堪作久居。
六载雪山中，苦业犹未除。

泪

泪非还魂香，空流亦何益？
只愁双眼枯，还留看天日。

寄　戴　三

农事今何若？秋风舞袖单。
新诗迟汝读，直可奈饥寒。

落叶二首

（一）

萧萧泪独零，落叶逐风轻。
秋草甘同死，真惭树上荣。

（二）

岂不恋本枝？秋霜不可耐。

明知春必来，摇落安能待？

秋　风　引

秋风满天地，塞上最悲凉。
树声和暮角，尽卷入离肠。

古　　歌

白日去不息，松风奈尔何？
为问市朝客，何如山上多？

同傅、陈二子送北里之堡中

只有两旬别，浑如送远心。
把持不忍去，直到日西沉。

答育侍者

松枝有东日，飘云无返期。
边霜寒彻骨，亲到始应知。

寄　淡　仙

我昔访君日，君来见我时。
一般真意味，不许别人知。

寄介子

风雨隋堤上，相逢泪尽弹。
只今桥畔柳，应念老僧寒。

寄仙裳

执斧一长揖，白门雨雪深。
十年曾有约，珍重昔时心。

寄痦明

贫极心无改，所欢惟友朋。
平生一片意，大半在孤僧。

寄与田

何人不相识？斗室傍城隈。
闻有不平事，轻身半夜来。

寄一轮

衲衣留侠气，不独是深慈。
中夜闻相忆，床头白月知。

寄一指

闭户见青山，松风尽日闲。

只愁三月梦，轻度蓟门关。

寄　黄　子

词赋髫年事，腰间三尺寒。
铁函无限泪，独许老僧看。

寄　杨　三

夜阁孤灯话，爱君此意真。
可怜三幅锦，盖却古今人。

月　二　首

（一）

月色本无私，水寺孤人得。
长安富贵家，烧蜡如白日。

（二）

月来静后多，况已刈禾黍。
一望西尽头，茫茫不知处。

北里暮归

归路不觉远，月出静林峦。
举头贪看月，误到别家门。

同甦筑看月

明月在江南，夜夜看逾好。
今夜照两人，各自伤怀抱。

卧　　月

塞上亦良夜，明月本无心。
照衾复照面，一一感人深。

秋吟二首

（一）

蝉声随落叶，飘堕枕头边。
我心与空际，胡为白昼眠？

（二）

秋风不相谅，吹我破衣裳。
独起向前阶，误踏草上霜。

月

我同明月来，一路照秋草。
月到朔庭荒，人到朔庭老。

夜

明月照梦中，荒荒万里白。
惊起揽衣裳，犹疑是乡国。

同傅、陈二子看喜哥

绝漠无芳草，王孙那得归。
最怜双眼泪，不识为谁挥。

春夜怀耳叔弟

梦去长不到，梦来应更难。
相逢愁愈惨，不为隔重关。

雪中访大翁

我从雪里去，君自雪中来。
又是今年起，相过第一回。

千山二首

（一）

忆山频得句，到此句全无。
扶杖沿山觅，时闻山鸟呼。

（二）

策倦疑无路，低松暂可凭。
老僧远招手，更上最高层。

同谦受枕上

枕边不计程，驿路如可记。
一样梦还乡，多君五千里。

即事十首

（一）

锋镝暂云免，潦旱乃相仍。
上天亦何意？厌此蚩蚩生。

（二）

峨峨七尺躯，不及薄铜钱。
塞外多霜雪，犹云得所天。

（三）

寻常重别离，此日不回顾。
脱手即生天，得钱差可度。

（四）

同生既不能，同死亦徒尔。
尔去未必生，且非眼前死。

（五）

汝留枯我腹，汝去剜我心。
相持不肯放，血渍破衣衾。

（六）

临行重嘱咐，人世贵自持。
愿汝得饱日，毋忘饥饿时。

（七）

所谋在升合，顿使骨肉分。
易险但相守，素心安可论？

（八）

微贱胜于鬼，妇子亦闲闲。
始知情与操，惟存一饱间。

（九）

自顾安足惜？顾彼良可悲。
安得天雨粟？毋令强别离。

（十）

身死固足悲，身辱亦足耻。
与其辱以生，毋宁饥以死。

吊昭君冢

莫作枝头花，宁作冢边草。

草色至今青，花开一朝好。

冯公雪阻再留一宿

何必春宵好？千金属冷边。
安能天上雪，直下到明年？

寒　　风

寒风一点泪，我自昧其由。
久厌丈夫气，何况女子愁？

送大来先生葬六首

（一）

全躯违夙心，无灰庶速朽。
山前萝石翁，相待亦已久。

（二）

覆土勿使厚，种树勿使密。
万古与千秋，长令见天日。

（三）

当年吏部公，四海多金石。
今日素车来，曾否旧相识？

（四）

悲风吹不歇，孤月近为邻。

世上亦寥落，何如山鬼亲？

（五）

生卧冰雪中，死埋冰雪下。
藉此省见闻，天地为长夜。

（六）

斩却坟前松，远山青历历。
毋令后世人，系马长太息。

接乡书二首

（一）

乡国久无望，仍存劫火余。
泪流双眼尽，得见故人书。

（二）

片纸来天外，封题自广州。
开函不敢读，一字一生愁。

还山忆旧十首

（一）

言笑不可觅，暗风吹庭隅。
开门见萝月，恍惚照髭须。

（二）

相见必破颜，来往永无期。

出塞将十年，始如初逐时。

（三）

挟卷出相寻，往往偕风雨。
从此得新题，但向松间语。

（四）

大音易销沉，天地终何有？
茫茫东海沙，斯人岂长久？

（五）

枕中百十篇，暗室生霹雳。
梦里长把持，只恐蛟龙攫。

（六）

雨尽禽声寂，空山似有闻。
十年稠叠恨，不是为思君。

（七）

常遣候君来，松枝挂月白。
君今逐浮云，犹扫松根石。

（八）

山中多虎豹，月黑恐魂惊。
君如来入梦，须随明月行。

（九）

约略梦中见，一半苦吟声。
此夜分明甚，犹恐非平生。

（十）

最怜同出塞，不得上千山。
屡咏山僧句，常思山鹿闲。

真乘师临行口占

君去何须恨？还如未到时。
相看无一语，那得送行诗？

同诸子煨山药守岁

岁去谁能守？山寒味独长。
旧乡虽有芋，未必胜他乡。

古别离二首

（一）

残月送君去，还复照妾归。
生憎日光夺，不得长辉辉。

（二）

男儿志四方，不信别离苦。
妾死化钢锄，锄断四方路。

怀旧有感八首

（一）

孤吟必忆君，一忆一回老。

泪滴王维句，劝君苦不早。

(二)

我生苦忆君，我死人必忆。
胡为眼前光，日日成虚掷？

(三)

死去悲已迟，生存欢未极。
悲欢共一时，速哉各努力。

(四)

从君百千能，从君百千识。
双眼倚云天，到底泪一滴。

(五)

口说遍河沙，毛发不得力。
人即任君欺，君欺君何益？

(六)

见人手自遮，千百幻何极？
人去手自扪，一点光历历。

(七)

无病有千春，病来在呼吸。
细碎简平生，收拾将何及。

(八)

好日信无多，良会诚难值。

切莫俟其时，始叹空相识。

首山律主过访

我居千山南，尔居千山北。
去来各自由，大都山路直。

木公寄衣

城中寄衣来，感激泪如湍。
琼玖安足报？愿勿忘饥寒。

山雪三首

（一）

青山面面同，浑如张素纸。
欲蘸万丈松，尽书太平字。

（二）

一片嵯峨石，中余小径通。
自从雪积后，那得世人踪？

（三）

山中清且闲，寒雪共朝夕。
除却自行踪，并无麋鹿迹。

对　　月

明月但照雪，不照世人心。

雪深惟一色，人心种种深。

题作么山居十首

（一）

筑室最高顶，山高云逾闲。
回看予住处，犹觉在人间。

（二）

天近龙长护，山空雪独飞。
只愁林鸟出，带得世尘归。

（三）

远山俯可拾，北斗近堪凭。
共在白云里，君居第一层。

（四）

仰卧星辰见，雪来白满床。
更添檐上溜，冰柱列成行。

（五）

无事扶筇出，远寻麋鹿游。
莫行松底路，松子打人头。

（六）

耕田余半亩，今岁称大熟。
小罐贮三升，大瓶贮一斛。

（七）

粗粝可充腹，生涯实有馀。
尽除今世事，留得古人书。

（八）

参叶聊当茗，无人自一杯。
门前屐齿响，定是老僧来。

（九）

日午尚高眠，问人雪霁未？
沙弥九岁余，不识人间事。

（十）

山巅如可上，更上一重重。
总断樵人路，低头谢旧峰。

山　　晓

山晓冷凄凄，开门雪覆溪。
偶随麋鹿迹，不觉过桥西。

山　　暮

薄暮一山风，钟声在半空。
云多遮不见，不出此山中。

接尔珍书

索笑堂中客，十年塞外居。

主人犹不忘，遥寄八行书。

夜坐偶成二首

（一）

责躬宜独厚，责人宜用宽。
成仁谁不愿，杀身良所难。

（二）

圣道非一端，只贵审其真。
杀身有时易，所难在成仁。

腊月一日大雪，病中口占

已近予生日，弥天大雪飞。
年年惟抱病，泪湿破僧衣。

侍者劝予病中罢吟，赋此示之

我死终无恨，我生良独艰。
不因频得句，何以破愁颜？

子夜歌二首

（一）

素丝绣荷花，杂丝绣荷叶。
荷叶将比君，荷花将比妾。

（二）

君行路非一，君心千百歧。
檐前垂蟢子，空费腹中丝。

山　梦

入夜魂无禁，皇恩亦已渥。
故山不时归，岁晚归逾数。

独　望

岁暮登高顶，心心眼瞑烟。
东南频极目，不见旧乡天。

梦

梦久厌城郭，为君时往还。
不知城郭梦，曾否到深山？

接诸公札

屡接城中札，长为野老忧。
一从入山后，半字未曾酬。

寒夜风

归梦不觉远，合眼海门潮。

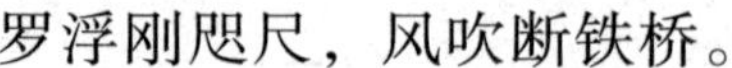
罗浮刚咫尺，风吹断铁桥。

披　裘

顽石冻不裂，雪多山更幽。
十年冰里过，此日披羊裘。

夜　雪

寒风夜萧飒，门外白皑皑。
窗破何须补，从他雪入来。

千山诗集

卷十五 七言绝一

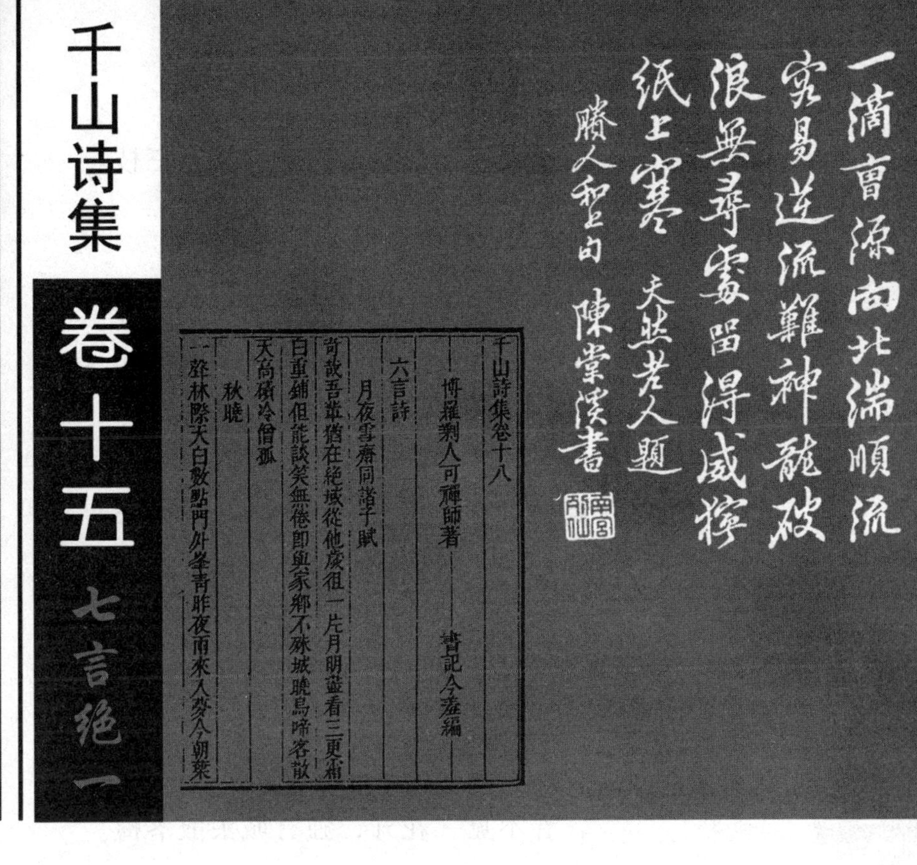

千山詩集卷十八

博羅剩人可禪師著　　書記今壼編

六言詩

月夜雪齋同諸子賦

奇哉吾輩猶在絶域從他歲徂一片月明誰看三更霜
白重鋪但能談笑無倦即與家鄉不殊城曉鳥啼客散
天高嶺冷僧孤

秋曉

一萃林際天白數點門外峯青昨夜雨來入夢今朝葉

怀 罗 浮

铁桥西畔即吾家，回首黄云万叠遮。
四百峰峰皆有梦，空从笛里见梅花。

秋月四首

（一）

碧天湛湛自孤身，淡寂何言一倍亲。
此是山楼旧相得，眼中无复岭南人。

（二）

秋光深浅我全知，正是无人独立时。

便欲关门情莫奈，惊乌啼在第三枝。

（三）

出户连天动远思，沙明如雪沁肝脾。
夜深一片苍茫色，不是流人绝不知。

（四）

高楼钟歇雁声沉，一叶随风到客心。
却忆素馨田畔住，美人何处独披襟？

塞上四时歌

（一）

三春不见一花开，独有城头散落梅。
却忆江南晴日好，屐声齐上凤凰台。

（二）

纷纷牧马问平原，望见炊烟尚有村。
白骨未埋青草遍，不知何处哭王孙？

（三）

未到中秋吹已寒，每因踏月怯衣单。
何须更听悲笳曲，白发丝丝叶叶丹。

（四）

牛车咿轧河上行，下有蛟龙冻不鸣。
直待冰销能几日？寒风吹尽暖风生。

寄与然师

破寺松风腊月时，君行泼墨我题诗。
天山无限巨然笔，不到边庭总不知。

接笑峰师己丑二月札

时辛卯五月也。

三年一纸到关东，江月边云万里同。
研泪题诗连夜寄，不知何日达南中？

暮过甦筑斋留题

原是道旁半间屋，自君到此足优游。
纵令野月长相接，不得僧来也不幽。

怀　陈　子

十日不来凉又到，预愁衣薄不禁秋。
风吹禾黍人行处，疑尔相随老比丘。

喜王三为陈子觅得馆地

朝夕随僧嚼冷齑，邻翁为觅一枝栖。
解开布裹残书卷，几个儿童胜牧羝。

怀大翁

诗满奚囊麦满篝，别才几日忽惊秋。
只疑弟劝兄酬处，白水山花一片愁。

赠戴三

一月城中走一回，路旁得句倩僧裁。
纵令黄叶如金贵，不得而翁笑口开①。

访陈子新馆二首

（一）

市肆开门讲学初，虽无儋石胜歌鱼。
日中欲效王充阅，只卖羊皮不卖书。

（二）

半岁三迁古佛家，云门胡饼赵州茶。
莫因旧结僧缘熟，仍借田衣作绛纱。

重阳前一日雪

自启柴扃望远峰，乡心落叶一重重。
似怜登陟添愁思，处处台先著雪封。

① 原注：“时来城卖烟叶，故云。”

九日冒雪访我存

定是寒僧独扣扉，书声犹共雪花飞。
市中来往空如织，就里无人是白衣。

独　望

独望寒山山欲颓，城头暮角一声催。
乡心片片随云去，只恐西风吹又回。

孤　灯

孤灯如鬼夜幽幽，白发频添照不休。
最是愁人风雨后，一生心事五更头。

残　菊

登高过后冷凄凄，独向平原望眼迷。
已是不禁愁又见，一枝残菊夕阳西。

小　春

九十春光寒梦里，小春敢望暖风回。
遥知故里无人处，又是梅花绕屋开。

甦筑得丽服

何以家园衣敝裘？寒边翻作五陵游。

即今风雪全无患，绣锦重重一裹愁。

题我存新斋二首

（一）

雪天谁复赠绨袍？残卷寒灯道自高。
日里市尘三万斛，梦中化作大江涛。

（二）

车马喧填户不开，身虽欲稿恨难灰①。
空斋最苦钟声近，夜夜还家半路回。

刺翁来城见访

到城先自问残僧，老大关情一片冰。
莫为空门能释恨，空门此日恨尤增。

重和堡中八咏

北　山

执斧归来泪未干，北山山下雪风寒。
当年恨不移文早，只恐移文也不看。

夹　河

夹岸遗黎意自凄，滔滔何处武陵溪？

① 编者按："稿"，当作"槁"。

河流亦厌寒冰苦，不向东头尽向西。

石　人

石丈岩岩孰可俦？苍天终古自悠悠。
我来说法无人会，只有山前暗点头。

永 兴 寺

野寺开门云乱飘，鱼声灯火各萧条。
凄凄木佛凭传语，只恐寒多我欲烧。

莲　渚

梦破荒天苦乐齐，情存净污便成迷。
东方亦是莲华国，何事迢迢愿更西？

耕　烟

秋雨连绵失所天，又闻鹿豕占余田。
可怜生计归黄叶，无奈飘零不值钱。

菜　蕨

半生勋业醉醒间，到此方知稼穑艰。
薇蕨幸留堪缓死，莫将饥饿怨西山。

观　鱼

谁道洋洋可乐饥？凄凉抱铗未弹时。
故乡自有鲈鱼脍，只恨秋风忆已迟。

喜陈子罢役

从此沙边好放吟，数茎白发抵黄金。

相逢仙客休言药，若教还童苦不禁。

怀李炼师

故乡到去想全非，恨不当年拔宅飞。
逢著相知棋莫看，西风华表待君归。

柬　焦　冥①

去岁怜君余一弟，予今一弟昧存亡。
囊中定有还生药，肯任龙沙白骨荒。

访陈子阻雨

大风大雨掩僧扉，拄杖闲抛咫尺违。
料得棋枰敲到晚，不堪抬首望云飞。

访陈子二首

（一）

山寺相寻尔尚存，强开颜笑暗声吞。
最怜缕发馀霜雪，犹有白头人倚门。

（二）

经年抱铗向空门，白水黄瓜老瓦盘。

① 编者按："焦冥"，前作"蟭冥"。按：焦冥，又作"蟭螟"、"谯明"，乃道士苗君稷之号。

不是阇黎钟忽断，何人真感孟尝恩？

寄界系师

少小参寻老大僧，云山历尽碧层层。
关东白日寒如水，欲寄清凉照古藤。

寄功檀行者

如何仍滞故人家？念汝辛勤泪点沙。
归语故园诸弟妹，孤僧未死海东涯。

夜雨怀傅陈二子二首

（一）

风雨同床定赋诗，诗中定话苦相思。
老僧恨不冲泥过，只恐天晴又别之。

（二）

无雨无风愁寂寂，大风大雨益凄其。
不知绝塞如何好，便使同床泪亦披。

同诸子访耀寰不遇

车马全无户半开，寻山应到日西回。
儿童不用询名姓，定是吾侪三五来。

题扇送耀寰

赠别惭无金匼匝，白团新墨共淋漓。
移家不少王侯贵，那得吾曹半句诗。

题铁岭花楼

貂锦何年去画楼，楼前荆棘满空秋。
行人立马一抬首，叠笏还疑在上头。

秋　燕

海水苍茫何处归？深秋犹自傍人飞。
旧时王谢皆泥土，只恐重来我又非。

闻宗尉为戴子直冤

耐尽冰寒鬓已霜，春风一点到穷荒。
委缣仅见方义尉，更有何人赎仲翔？

赠寿光三公子

炯炯双眸气食牛，最怜未解说边愁。
他时得返弦歌地，却望寒冰是旧丘。

怀　寒　还

数载交游一瞬休，计程应说到皇州。

乡关重雾难回首，何处霜风不是愁？

送 戴 三

半揖鞭梢雪载途，怀中一幅流民图。
金鸡计日传边海，肯逊缇萦却丈夫。

解 嘲

莫笑孤僧老更狂，平生奇遇一天霜。
不因李白重遭谪，那得题诗到夜郎。

问我存病

残躯何异委寒林，绛帐萧条夜雪深。
独有病魔无冷暖，长边万里亦相寻。

怀苗炼师

一度关门便是仙，才经两月已千年。
鹤飞纵有归来日，只恐人民未必然。

闻薪夷游豫章

最是一身无著处，随风直向大江西。
匡庐山下子曾住，应访茅堂过虎溪。

春前一日

腊尽依然处海滨，寒风破衲易相亲。
年来历日浑无据，未必明朝便是春。

祀　　灶

绝塞为神亦可怜，一瓢冰雪献樽前。
经年佳节同寒食，莫把清贫诉上天。

立　　春

清晓开门泪已披，梅花一别永无期。
寒冰到死为朋友，便是春来也不知。

枕上偶成

寒炉拨尽漏声微，独卧泥床揽褷衣①。
枕上岭梅三百树，一时化作雪花飞。

我存晓过

春来安得到柴扉？望断孤云更不飞。
寒泪满眶无地洒，却将数点湿僧衣。

① 编者按："褷衣"，当作"毳衣"。

雪中怀大翁[1]

开门三尺没空阶，欲问袁安愿又乖。
自是雪深堪葬骨，更无余地著吾侪。

元旦拈香

野臣负罪海东偏，羞搭袈裟见佛天。
一瓣心香和泪举，不知何处祝尧年。

闻我存得仲氏馈贻

抖擞曾无一寸毡，只将双眼看残年。
邻翁斗粟浑闲事，续得寒儒命一线。

偶　　成

今年更比去年穷，梦到梅花香亦空。
抖擞破衾残雪在，无人知道旧家风。

即　　事

食得冰甜岁又新，曾无好意别疏亲。

① 编者按：“大翁”，原作“太翁”，但后文与目录均作“大翁”，故据改。

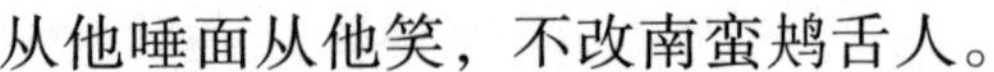

从他唾面从他笑，不改南蛮鴂舌人。

丽大师寄《梅花》诗

一枝谁折寄辽东？腊尽香残梦久空。
欲拟报君寒彻骨，祁连雪满月朦胧。

九日大风

年年九日怯登台，此日登台眼独开。
瞬息塞尘吹欲尽，无人知自大江来。

寄讯堡中吴子

莫为饥寒瘦不禁，三人惟尔绝来音。
孤僧有梦还应入，辜负寒灯夜夜心。

千山怀大来、甦筑诸公

几年相约入千山，万丈枯藤我独攀。
何日团圞最高处，峰峰收拾破囊还。

题净瓶峰

案头恰置此孤峰，峰顶何人插古松？
为问山灵如可借，杖挑随处得相从。

千山寄诸子五首

（一）

一到山中便不同，山翁只合住山中。
山中不尽凭题寄，才欲抒毫色色空。

（二）

寸寸都堪屐齿留，此中何处觅边愁？
饥来无限青松叶，更汲寒泉煮石头。

（三）

扫石焚香只待君，满溪流水共云云。
闲愁抖擞洞门外，莫带纤纤乱白云。

（四）

千峰残雪挂松杉，月下孤僧经一函。
何必浮山归便好，病躯今已委寒岩。

（五）

破衲萧萧自一峰，思君斜倚最高松。
为留一片松间月，间叠溪桥候短筇。

赠　红　鸦

雪里惊看花独开，燕支山上晓飞回。
莫怜幽谷寒无奈，为带春光一点来。

别　千　山

片云相伴出山扉，拄杖挑将破衲衣。
为语洞猿长守护，石床茶灶待僧归。

重入千山二绝

（一）

偶然飞去复飞还，几见云能离得山？
旧路依稀犹可认，石桥流水第三湾。

（二）

万壑千峰是旧知，此回相见异前时。
寒鸦亦似曾相识，两两飞来低树枝。

重留龙泉静室

岩边茅屋出林梢，乱石支床雪半消。
拗得松枝重洒扫，壁间犹挂旧时瓢。

入山遇雪

去岁到山曾有雪，今年踏雪复登山。
泉声滴沥还如旧，山共孤僧添老颜。

山中同诸老夜话

烧松共话到更深，衣薄钟残雪又侵。
住得此山非近世，不须重问祖师心。

访无心师

裂却青衫三十年，孤峰独自抱云眠。
相逢休问今何代，梦满双眉月满天。

千山二首

（一）

三月峰头春意微，昼晴时见一鸦飞。
东沟林外闻人语，野老提筐摘菜归。

（二）

天与空岩养病身，衲衣无复惹红尘。
故山久已荆榛遍，谁料桃源却在秦。

千山杂咏五首

（一）

石人招我上高台，极目中原一点灰。
半局未收云黯黯，只愁北海又生埃。

（二）

空传玉匣自神京，大石泉流骨亦清。
鸟篆残碑风雨后，依稀犹认雪庵名。

（三）

枯藤为幕月为阶，半卷莲经伴古崖。
甲子坐穷寒未了，扫将残雪葬枯骸。

（四）

谁把燕支染白云，桃花流水日纷纷。
只疑古寺颓垣下，犹压当年蛱蝶裙。

（五）

叹惜前朝五寺僧，云窝占尽一层层。
即今夜雨青磷遍，疑是琉璃古佛灯。

喜梅君磊从江南寄诗

天外何人赠一枝，未曾相识足相思。
翻怜苏李赓酬处，那得中原几首诗。

辽阳回访大翁

可堪隔别一年期，见面依然霜满髭。
窖底唱酬良不易，老僧去后更无诗。

喜遇沈谦受

孤身绝域守寒毡，尽日无言意悄然。
自悔罪深馀舌在，见君翻似对枯禅。

高寒还叔侄复至

何意重逢黑水滨？边愁又觉一番新。
冰霜已是经来惯，况复残僧是故人。

云间钱、钟二子至

相将微喘度龙荒，尚有寒冰苦未尝。
却怪老僧愁不死，殷勤先问耐愁方。

圣秋寄诗并双管

一缄珍重寄辽东，诗卷仍将双管同。
旧砚已焚无所用，只应新句伴寒风。

往辽阳二首

（一）

满头短发自离披，正好团圆又别之。
莫讶一挑霜雪重，袈裟还裹故人诗。

（二）

平生作戏几逢场，每笑河流尽日忙。

最是云闲闲不住，又随风雪过辽阳。

与诸子约三日春游，第三日阻雨二首

（一）

非关风雨能相妒，自是人间胜会难。
不为此番游屐阻，连朝终作等闲看。

（二）

昨宵有约东郊外，枕畔风拖急雨来。
自此得晴便相过，无花亦到日西回。

雨窗读诗娱

此日闭门惟伏枕，枕边一手把残编。
谁言绝塞无朋友，纸上相逢百十年。

大雪李苗二炼师同诸子过谈竟日

莫怨崎岖屐齿艰，但逢好友足开颜。
囊中谩说长生药，且得浮生一日闲。

寄江南诸同社四首

（一）

白日歌声满大荒，于今斯道属辽阳。
翻嫌李白归来早，不得长吟向夜郎。

（二）

谁言雪碛一僧孤？白拂交横沸海隅。
郑侠若令生此日，竹林莲社总应图。

（三）

饿到今称饱亦顽，墨台真乐在西山。
兄酬弟唱知多少，空使薇歌落世间。

（四）

无罪还应出塞来，石头旧社长蒿莱。
会稽禹穴饶探遍，不到天山眼不开。

慈航偶成二首

（一）

曲录偏容老罪夫，天山从此辟荒芜。
请看自古传灯者，问道曾来九译无？

（二）

百匝毡裘竞献酥，杖头指处朔风驱。
介夫若见绫千尺，会写长边说法图。

大翁出塞，亦既抱孙矣，复连举四子，戏赠二首

（一）

含饴亦自足欢娱，又见双双挽白须。

便使郑图添百子，可能代得老翁无？

（二）

三年四读洗儿诗，大漠维熊梦亦疲。
纸笔未穷从所好，只愁风雪夜啼饥。

柬我存

几人风雪共留连？才过清明便不然。
最苦枕戈人已老，未曾先著祖生鞭。

寄澹归

曾向瓶窑觅幻身，书来已是法中亲。
何时飞锡同辽鹤，来问垒垒冢底人。

寄阿谁

精绘事。

谁与天涯作比邻？题诗先问白头人。
燕支久已无颜色，好写青山置我身。

纪闻

闭门镇日雨声潺，忽听流民尽解颜。
纵使金鸡连夜发，只愁飞不到云山。

题王公六椽庵

却因罪废觉于于，茶碗残编足自娱。
室比维摩无一半，屡将香饭致文殊。

寄与公三首

（一）

水满春江书满车，单骑何苦问天涯。
眼前无限悲秋客，独有君心待折花。

（二）

闻君又已离孤寺，毕竟是谁割半毡？
珍重夜寒应早卧，不须秉烛续残编。

（三）

茅庵灯火旧来过，君自咿唔我自歌。
他日乘车休下揖，但逢破笠不须呵。

拈笔寄木公

去年相约莫题诗，收拾残生过好时。
白雪下来山又冷，不禁孤寺远相思。

寄慰大翁

相看白首恨如何？独卧牛衣泪又多。

瓶口几年知缺尽？不须重击瓦盘歌。

寄　潘　公

万里寒云共掩扉，如何朋好足相依。
情知乡井无穷泪，恐见伤心不敢挥。

桃源词二首

（一）

当年鬼哭便应焚，灰冷难招坑底魂。
先世为儒知不免，桃花那得到儿孙。

（二）

鸡犬寻常得自由，从来无喜亦无忧。
眼中若见秦时代，满洞花开也是愁。

入山杂咏二十首

（一）

曲曲溪流去复回，山花夹路石门开。
老僧望见频挥手，莫带红尘一点来。

（二）

竹杖随身任我移，袈裟搭在矮松枝。
青山处处容吾住，欲著茅檐便不宜。

（三）

居山元是此山人，似我山居日日新。
莫笑浮生无定止，但逢好石足乡邻。

（四）

莫问西来路不同，何妨麋鹿得相从。
山山到处看俱好，最爱溪南第四峰。

（五）

横路枯松挂古藤，几年踏雪到来曾？
偶看虎迹间人迹，知是长眉赤脚僧。

（六）

一饱欣欣乐有余，主人犹我我犹渠。
翻思二十年前事，翠幕华堂是客居。

（七）

老大无家亦有筇，寻山山顶有高松。
芒鞋常恐行来遍，一日排云到一峰。

（八）

杖头到处是吾家，瓶钵都将挂树桠。
趺坐偶然盘石上，不须山鸟更衔花。

（九）

已过溪云几十重，忽闻林外一声钟。

欲寻人处无人问，满地纵横是虎踪。

（十）

一宿僧堂即便行，主人留客客无情。
磬声只到山门止，一路猿啼共鸟鸣。

（十一）

山花历乱杂蒿莱，一度来寻一度开。
猿狖不曾离旧处，笑予频去又频回。

（十二）

一双草履一边瓢，一卷残书伴寂寥。
莫道无枝枝未稳，从今更不羡鹪鹩。

（十三）

何处非吾得志时？山麋野雀共嬉嬉。
独行率意还同阮，但到穷途泪不垂。

（十四）

半掩柴关一径苔，山梨几树落堆堆。
老僧定起开眸看，疑是山猿拾果来。

（十五）

垂垂白发坐凄凄，尽日空山听鸟啼。
笑指岩松高百尺，入山时节与肩齐。

（十六）

千峰寂寂待知音，人世纷纭那许寻。

不是我来频寄迹，孤他泉壑万年心。

（十七）

市迹才通便不清，深藏塞外不知名。
中原无限佳山水，杂沓人来亦世情。

（十八）

无如此地足幽栖，满眼苍青我亦迷。
何处老猿来觅得，又扶筇竹过桥西。

（十九）

闲踏荒莱见断碑，依稀篆迹似唐时。
此中或是唐朝寺，问著山人总不知。

（二十）

采将山菜山柴煮，更汲山泉彻底清。
野老自言年八十，年年食此不知名。

偶　　成

不因贫病不思乡，愁绪弥天恨夕阳。
自顾一身如此小，千峰犹恨莫能藏。

千山詩集卷十八

博羅剩人可禪師著　書記今𪋞編

六言詩

月夜雪齋同諸子賦

奇哉吾輩猶在絕域從他歲徂一片月明薤看三更霜白重鋪但能談笑無倦即與家鄉不殊城曉烏啼客散天高磧冷僧孤

秋曉

一聲林際天白數點門外峯青昨夜雨來人夢今朝葉

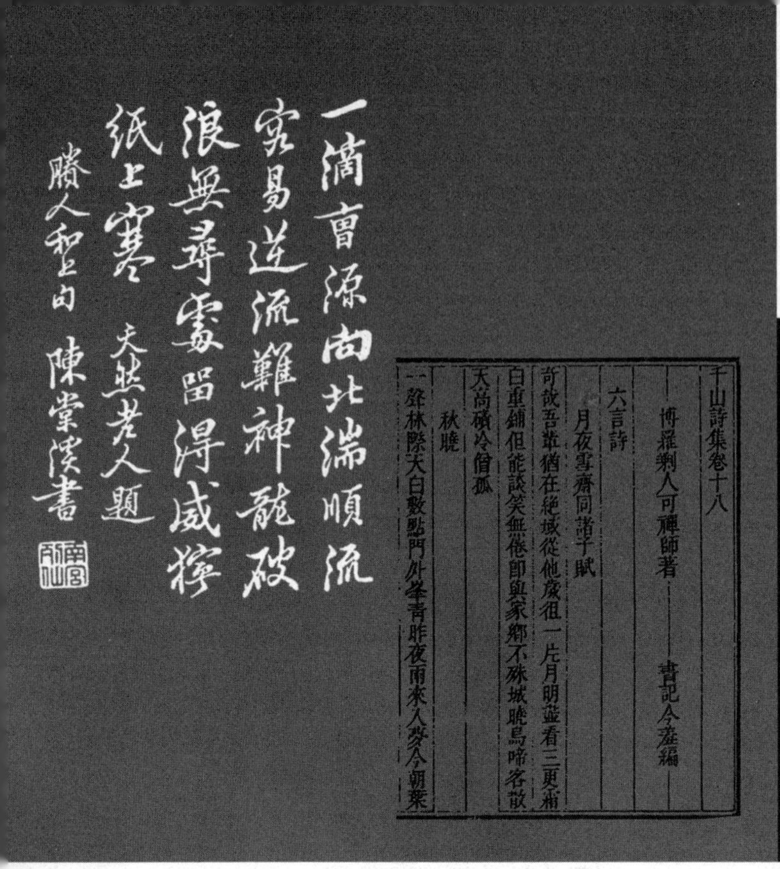

千山诗集
卷十六　七言绝二

赠友人十二首

（一）

愁生白日恨余晖，夜夜披霜舞彩衣。
莫道梦归全不当，一年一半近庭闱。

（二）

长读金刚一卷经，经声才罢暗叮咛。
生还菽水无他愿，双白看儿到百龄。

（三）

两世持衡淡有余，传家只有一楼书。
年来方识全无用，那得神仙到白鱼。

（四）

伯夷大笑入重泉，先代弓裘颈血溅。
自是吹篪相和切，又看一雁度寒边。

（五）

岁岁空看塞雁归，何曾一见寄来衣？
遥知香阁无穷泪，出到堂前不敢挥。

（六）

寥寥几字寄空笺，道是平安泪亦涟。
常恐未能痴且鲁，偷将纸笔续残篇。

（七）

一杯浊酒奈愁何？尽日看天自放歌。
衣上密缝还是旧，泪残风裂已无多。

（八）

含泪题诗不敢悲，春风应见雁参差。
山河异昔休轻问，梦里曾经汝自知。

（九）

独有声音不改初，想当细认泪盈裾。
呼儿开阁尘应满，简点当年旧著书。

（十）

几年灯火伴僧孤，香烬衾寒水一壶。

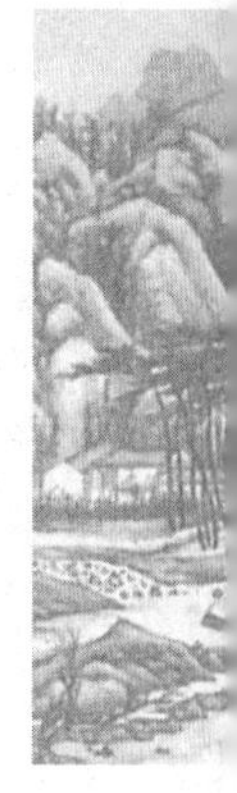

他日鹿门山上梦，又应夜夜到边隅。

（十一）

华表还将老鹤羁，先分一羽莫迟迟。
何时把臂山阴道，赠我前朝竹一枝。

（十二）

相知惟我泪难干，三嘱殷勤晓露寒。
便是羊裘容易识，十分珍重钓鱼竿。

九日左公招郭北登高

篱边不见菊花开，门外时闻慧远来。
万里风沙愁黯黯，相携莫上望乡台。

赠海城王令公五首

（一）

三年前此飘花雨，今日来看一县花。
旧户新氓俱乞遍，一瓢直入到公家。

（二）

衙斋如水小窗虚，一局残棋一卷书。
未见便知非俗吏，只疑丁令旧仙居。

（三）

天明野外劝农回，又向城头辟旧莱。

才欲关门看宋拓，忽闻吏报老僧来。

（四）

不嫌粗粝分僧钵，竹院过寻日日闲。
更欲论诗情未慊，几回骑马入深山。

（五）

鸣琴关镇晓风清，携得弦歌遍海城。
父老岂长看昼锦，中原最苦是苍生。

陈令公重招不往

重招野老了残棋，竹杖将行又故迟。
不是韬光莺燕怯，署寒如水病难支。

重入山寄木公二首

（一）

千丈秋岩锦十层，去年著屐忆同登。
只兹一点清闲事，除却先生便不能。

（二）

尘世青山隔几何？高人只可一来过。
不知老衲修何福，随意烟岚日夜多。

至　日　雪

见说阳回何处觅？山山惟有雪风狂。

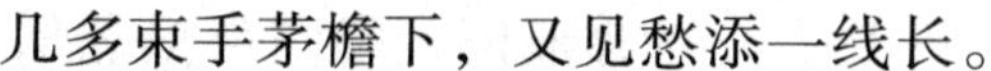
几多束手茅檐下，又见愁添一线长。

寄寿大公

山塞惟予在汝先，年年酌水献诗篇。
天心只爱文章老，那管长愁几百年。

龙牙寄大公

山中何事苦相思？共是寒风君最饥。
钵底分将山味苦，几年尝尽自应知。

山药寄木公

淡中滋味少人知，带雪锄来寄所思。
为语郧侯须领取，懒残斫额已多时。

大翁携来诸物俱典尽，各赋一绝

（一）琴

一曲拘幽心已悲，高山流水尚相随。
年来弦断桐俱爨，十指空留向子期。

（二）画

一幅长悬万壑秋，草堂闲卧共僧游。
巨源一去云山尽，雪满泥倾破壁留。

（三）砚

一片寒岩袖不离，云霞隐隐旧家遗。
马肝食尽愁鸲鹆，拾得残砖写旧诗。

（四）法帖

谩传槜李千金值，燕市相逢识者稀。
今日风流无晋代，更搜残墨换鹅归。

寄答曰庐诸子

书来知汝未曾离，竹杖麻鞋好护持。
我罪已深衰更甚，不须翘足看松枝。

寄丽和尚

人天翘首岭云空，又向匡庐觅旧丛。
杖底瀑飞三百丈，好携一滴洒辽东。

答浪杖人

怜儿不觉鬓毛残，几度音来泪未干。
怀里有香头有雪，灯花应照海波寒。

谢江南诸友寄笔墨

肯怯层冰骨已残，独愁破砚泪难干。

凭君寄我如椽管，写尽天山百丈寒。

笑峰兄受杖人付嘱以书来并寄诸刻

石头风雨共朝昏，万里音书度玉门。
云月是同溪不别，更惊一吼海澜翻。

冯兄来言，龙公入城，同木公、心公寓，时心公得子，口占

客言星聚塞烟微，青琐花砖共土围。
夜半呱呱惊梦醒，却疑白板旧黄扉。

心公移寓木公舍得子二首

（一）

旧宫深锁土墙低，书卷荒凉俎豆泥。
见说北郊夫子在，三迁直向雪边栖。

（二）

相依庑下朔风吹，更截牛衣为褁儿。
想得高堂寒夜梦，拨开深雪自含饴。

木公书来极言乾公近状，同难蒙福志喜

白昼轻裘度玉门，须眉耿耿暗声吞。
此行不为乡情重，携取春风散五原。

贺孝公被挞二首

（一）

狱吏何妨溺死灰，独将鸡肋抵轰雷。
翻嫌昔日王孙饿，宁受尊拳不受哀。

（二）

何人雪底缚袁安，不用攒眉且自看。
总为梅花消息近，又添彻骨一番寒。

冯公冒雪入山同卧

不负崎岖路几千，歌声哭语雪中眠。
自言到此今经岁，一夕真当胜十年。

生日碧师见访

萧萧匹马扣山扉，不用开言我自知。
空见雨花堆满迹，一瓢寒雪共支饥。

赠　梁　公

曾向苍梧恐百蛮，十年彳亍鬓毛删。
独支破灶炊残雪，双袖还留帝女斑。

呈　骡

怜我长将病骨驼，难随冀足度关河。
生刍一束兼孤钵，累子人呼乞食骡。

写诗寄同难

见说残冬望我来，老僧一见笑颜开。
寄君一卷新诗句，每到愁来读一回。

看　花

春色蒙头过去休，偶随山鹿树边留。
年年花发无心看，不似今年花更愁。

燕衔花

今年寒甚去年寒，春雪才干花事阑。
燕子似怜人不见，故衔一片到蒲团。

落花十首

（一）

片片何因再上枝，可怜摇落始应知。
老夫无限伤心泪，只在东风第一吹。

（二）

莫向枝头顷刻论，春光一等付郊园。
纷纷开落无穷恨，只有青松自感恩。

（三）

倚仗秾华最可怜，牡丹画就亦徒然。
燕支山有倾颓日，未必红颜保百年。

（四）

未曾衰谢断人肠，拗折何因委道旁。
却忆入时情漫切，镜台从此恨眉长。

（五）

何须洒泪向空枝，狼藉苍苔苦不辞。
细想芳园繁茂日，由来不是别风吹。

（六）

桃李春深自不言，肯教他树更承恩。
于今金谷多荒棘，不及梅花别有村。

（七）

琥珀才倾日已西，夜来风雨暗凄凄。
曾将歌舞承欢宴，敢惜春泥践马蹄。

（八）

乱点攲崖自不平，一番雨过一番情。

谁能把得春光住，莫怨楼头羌笛声。

（九）

莺啼渐急如愁别，剩蕊残枝日又昏。
野老不知春去尽，犹将杯水奠花魂。

（十）

翠袖红牙兴尚饶，蜂愁蝶散自今朝。
年年荣落寻常事，识得春风恨便消。

重哭左吏部八首

（一）

思君不见草萋萋，日落云黄望转迷。
未必冥途风景异，定知到处有新题。

（二）

历尽冰霜去不妨，从今无复歎冰霜。
多年亲友能相见，何异生还到旧乡。

（三）

兄弟团圞近若何？应知同和采薇歌。
不须更话寒边事，话到寒边恨更多。

（四）

生前有泪三千斛，一见流人一度挥。

地下若能开别路，好呼残魄尽将归。

（五）

飘零云水足深悲，最是无情泪独垂。
人世悠悠知不问，夜台何处访相知？

（六）

不须重拟问高天，写尽长空也枉然。
白日未曾听半句，于今又隔几重泉。

（七）

如君可是忘情者，屡问曾无答一言。
果尔不虚南面乐，招辞先拟到空门。

（八）

风沙漠漠竟何之？静想拈须不语时。
道大莫嫌泉路窄，山钟佛火好相依。

重过山寺看芍药

昨日来看朵朵新，今朝几片逐飞尘。
无情无恨还如此，休问花前坠泪人。

闻赤公扶病登山有怀二绝

（一）

自笑居山懒入山，山花山鸟任闲闲。

输君抱病仍扶杖，历尽溪流第几湾？

（二）

山高雾重更多风，到处崎岖路不同。
片石短松须歇足，莫于峰顶哭途穷。

赤公同诸公游千山，余不能从二绝

（一）

年少探奇逸兴增，杖头常欲上云层。
于今老病居人后，见说峰高便畏登。

（二）

险阻曾经百念轻，半瓢随地足平生。
不须重话尘中路，纵是名山也懒行。

示老马十首

（一）

日行三万犹嫌缓，便到瑶池路亦穷。
年老力衰甘处后，任他逐电与追风。

（二）

万仞崇岗还易上，人间最险是平康。
若能步步如初步，历尽羊肠也不妨。

（三）

城边有路荆榛满，山上无尘虎豹多。
健步纵留何可骋？不如随意选陂陀。

（四）

汝羸我病合相怜，山寺晨钟自在眠。
赤汗已干蹄已薄，长楸无复忆当年。

（五）

渥洼久已无消息，皮骨虽存志欲灰。
旧日骁腾如梦里，莫教错认作龙媒。

（六）

惠养虽勤非素愿，茭刍苜蓿总堪羞。
但能不受黄金络，雪碛荒阡亦自由。

（七）

幸无伯乐能垂顾，价重何曾老不才。
青草渐长溪渐溢，骐骥终欲羡驽骀。

（八）

却恨当年白马来，骅骝遍地转堪哀。
支公久已轻神骏，只合埋头向草莱。

（九）

不遇子方谁肯赎？虽然出塞不从军。

龙髻凤臆皆黄土，日暮临风哭旧群。

（十）

锦勒丝缠万骑奔，莘莘狉狉若云屯。
何时尽放华山去，丰草长林到处恩。

咏花六首

（一）

一接春光即便休，莫于花底更淹留。
从他烂漫从他落，只恐风来觌面收。

（二）

空枝相对惬清幽，谁把繁花缀上头？
为嘱狂风索吹尽，莫留残蕊向人愁。

（三）

岂有红颜能久驻？空庭应自长离忧。
无端老衲花前去，分取春风一半愁。

（四）

相看到得日斜无，只恐丛空眼亦枯。
蝶死不知花是梦，林莺何必苦招呼。

（五）

风光撇眼我明知，花信频来暗自悲。
二十四番肠寸寸，安能更见楝花吹？

（六）

嫩蕊终当委草莱，漫劳狂雨强相催。
空门不染犹生感，莫向朱楼绮阁开。

赠　采　郎

古锦为囊背不离，词臣疏草逐臣诗。
闲同觅句来山顶，逢著山僧一局棋。

闻鑫云师有诗相寄未到，先有此答

诗筒闻说寄寒边，忆别今经十六年。
窖底雪深埋未了，馀魂飞向玉帘泉。

和赤公韵

岁尽风吹事事无，闲拈榾柮自添炉。
山中松树枝枝雪，莫压城西那一株。

初　春

谁识山中别有春，梅花为梦草为茵。
更余布袋残书卷，不恨身贫恨道贫。

雪中同阿字读柱江《燕歌》

雪底燕歌不可听，千峰不见一峰青。

几年心著寒灰死，敲碎他家老瓦瓶。

忆故山梅

不如此地雪花多，月落村头可奈何。
翠羽无声魂已碎，梦中蝴蝶泪成河。

题心公寄画山水

笔纤料得全无意，短短枯枝淡淡山。
细想江南何所似？兰陵端不是云间。

题谦公寄画梅

美人赠我一枝梅，岭上曾过十七回。
骑马路边香不了，斜阳石压倚岩开。

题天公寄画山水

身在山中不识山，何人泼墨寄柴关。
雪深最好无蹊径，竟入长松大壑间。

栖贤先专普雨来，及闽而返，今冬阿字始至，戏成二绝

（一）

累累低冢路茫茫，普雨何曾及大荒。

怪杀羸躯兼善病，竟将草屦试冰霜。

（二）

雁足先传纸半张，十年窨底伴瓻羊。
栖贤门下多龙象，蹴踏都应白玉堂。

戏似阿字

只将匡岳纸三张，此外何曾半瓣香？
江月江烟兼塞雪，等闲收拾满空囊。

心公书来，寄干笋一斤不到，天公书来，寄干笋一斤半又不到，戏成

十载檀栾梦不成，此君虽死怯山行。
自怜福薄甘心饿，犹幸书来两见名。

阿字破袋中见澹归书有“行不得哥哥”语，戏成

曾于天外寄空音，忽听连啼烟水深。
碛雪果然行不得，瓶窑辜负十年心。

和栖贤《中秋无月》二绝

（一）

雪晴夜半冷云开，缺月疑从匡顶来。

招隐泉边应未卧，遥知两地各徘徊。

（二）

似此如何得好怀，夜寒泉石亦难谐。
却怜金井桥头影，定是吟诗忆海涯。

起西以长篇寄讯，答此短章

白门风雨读僧诗，夜半钟声动远思。
布袋装来千斛泪，报君欲语已无辞。

和归宗蠡云师寄韵

尺幅三年到远天，泉声和泪落风前。
何当剪烛松堂上，读尽离忧几百篇。

偶　　成

日日空山一卷书，行吟孤坐外无余。
清风寺里僧来到，说到明朝是岁除。

五更大风至旦晴明志喜

积露寒沙一霎收，天恩如水向东流。
愁心吹入关门尽，一片残云也不留。

元日山中寄同难诸老

不恨投荒我独先，春风应满塞城边。

相将半揖辞冰雪，莫忆寒云壑底眠。

送　尸　林

六载寒沙共耐饥，临行双泪尚依依。
片云莫道无归处，好向老人峰上飞。

寄答禅人二偈

（一）

西风吹送越江吟，百斛梅花散远林。
扑鼻是香无觅处，漫拈片雪报高岑。

（二）

暂将寸管侍晨昏，尚有招辞及远魂。
门下三千那不愧，几人真感信陵君。

送阿字游医巫闾二首

（一）

杖历千山意未舒，又将望海上巫闾。
只疑绝顶云封处，犹有东丹万卷书①。

（二）

嵯峨十载梦魂间，羡汝逍遥一笠闲。

① 原注："东丹王藏书绝顶望海堂。"

若到辽良读书处，秋游好续几篇还①。

闻阿字诸子改从海舶还

草鞋脱却任乾坤，日淡云黄海气昏。
纵遇神仙休眷恋，乘风直向虎头门。

遣诸子行后二首

（一）

几年无复听乡音，一听乡音泪更深。
收拾乡音担去尽，不教细碎动予心。

（二）

东林尚不展家书，况是流离万里余。
从今莫管南来雁，万壑千峰意自如。

夜　雪

夜寒无那自开扉，天地冥冥静有辉。
莫学当年梅子咏，恐他持去织弓衣。

雪中怀阿字

雪里题诗汝最多，汝行雪里奈予何。

① 原注："良读书此山，有《秋游赋》。"

只今乞食长安市，更向谁人慷慨歌？

怀　侍　者

从师出塞一年期，几度山前暗泪滋。
知尔旧乡情倍切，梦中白发两垂垂。

谭　家　庵

何处山门八字开？城西咫尺白云堆。
但逢榔栗横担者，定是谭家庵里来①。

耻若新居成

何曾离却一步地，泥灶柴门色色新。
四壁任教涂白雪，萧然仍是去年贫。

允中老僧入山过冬

岁暮不知何处宿？深山雪底共围炉。
不因满眼儿孙好，那得孤身伴老夫。

耻若闻十慧龙诸子入山

山前大路久荒芜，况复连绵雨雪铺。

---

① 编者按：“榔栗”，当为“楖栗”。

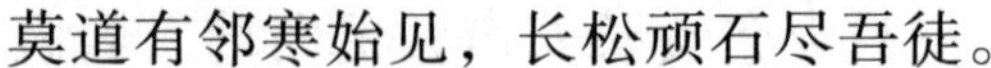
莫道有邻寒始见，长松顽石尽吾徒。

遥哭黄无咎

当年结束九江行，无奈当年舐犊情。
最是金多难赎命，何如孤迹任飘萍。

谢因翁寄夏衣

五月披裘自采薇，故人何处授轻衣？
无端惹得熏风动，拂尽黄沙白日晖。

与季心雪

闻寻冰雪出边陲，一局残棋一卷诗。
吟罢便愁田海换，何须更待烂柯时。

金塔山居杂咏二十首

（一）

长夜鸡声迥不闻，寂寥古塔与平分。
却嫌窗外晨钟动，犹带寒风闹白云。

（二）

月出开关昼掩扉，山上人间事事违。
最是欹崖连屋角，一番下雪一番飞。

（三）

端坐泥床何所为？雪晴日影上高枝。
山麋野鹿全无礼，来不参堂去不辞。

（四）

云散鹤飞何所止？殿台散木长横枝。
闲寻旧日经行处，荒草犹眠半截碑。

（五）

曲木为梁草作帘，我来又盖半间添。
蒲团以外惟茶灶，瓦罐烧泉味亦甜。

（六）

孤松如盖碧萋萋，流水还余未冻溪。
穷到生台无半粒，饥乌带雪向人啼。

（七）

耕田博饭不须贪，但看厨烟勿教断。
今年种麦本无多，野雀公然分一半。

（八）

莫言山里绝无朋，渐住云间几处僧。
八岁沙弥头带笠，驱牛一直上高层。

（九）

一个小狍相得甚，穿林度壑必相随。

自从老衲下山去，竟过西峰更不回。

（十）

山南父老扣柴扃，世利谁云远翠屏？
一斛细粮钱一串，请僧为转法华经。

（十一）

见说辽阳诸弟子，重重积雪尽冲开。
无非只畏山僧饿，个个怀将山药来。

（十二）

山菜青青莫辨名，暂时同遂隐山情。
驴蹄狗脚凭呼唤，不羡龙须得好称。

（十三）

雪里何人担布袋？沙弥望见笑声哗。
昨宵好梦频频见，定是新城道士家。

（十四）

铜垆岂必施家铸[1]？木几中央照眼辉。
沉水梦虚黄熟断，锄将高本一篮归。

（十五）

斫柴烧炭无多路，夜夜围垆尽意烘[2]。
更倾半碗山梨汁，九十老僧满面红。

①②编者按：“垆”，当作“炉”。

（十六）

九十老僧被破衣，独行镇日敞荆扉。
遥看扶杖从桥过，知是河东乞食归。

（十七）

何人系马崖边树？信意登临水一壶。
山鼠分余堪共饱，人间礼数本来无。

（十八）

要住只须瓢一半，要行只须竹一条。
山中迥占无宾主，自来自去亦萧萧。

（十九）

蔬水古来称大圣，栖栖卒岁亦何为？
深山一假孤寒乐，不到深山总不知。

（二十）

住山须带住山骨，山骨山情自合宜。
世间多少英雄汉，纵到深山也不知。

闻作么子坠冰河中戏似

不因吾子将身试，谁识沙河几尺深？
抖擞山中尘未了，更劳冰雪洗衣襟。

偶　　成

不知出塞年多少，眼见儿童尽长成。

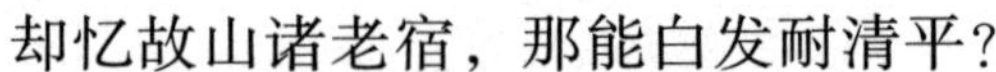
却忆故山诸老宿，那能白发耐清平？

独　立

直看前山仰看天，不知何故泪如泉。
若论生计真逾分，知足于今二十年。

山　月

夜寒寂寂照冰颜，岩壑无心户不关。
明月也知山上好，莫教清影落人间。

大　雪

去年雪大今年熟，今年大雪复漫漫。
老僧喜极情逾怯，一番来下一番寒。

寒

重裘仍旧怯衣单，行道何曾泣路难。
自是病夫禁不得，不关冰雪迫人寒。

冬前一日即事

忽闻城里有书来，三读书题不敢开。
但得寒冬无事过，何须翘足待阳回？

至　日

去年此日身栖雪，今日依然雪裹身。
岁岁尽传阳已复，何曾一线及流民。

千山诗集

卷十七

七言绝三

千山詩集卷十八

博羅剩人可禪師著　書記今羞編

六言詩

月夜雪齋同諸子賦

奇哉吾輩猶在絕域從他歲徂一片月明並看三更霜白重鋪但能談笑無倦即與家鄉不殊城曉烏啼客散天高磧冷僧孤

秋曉

一發林際天白數點門外峯青昨夜雨來入夢今朝乘

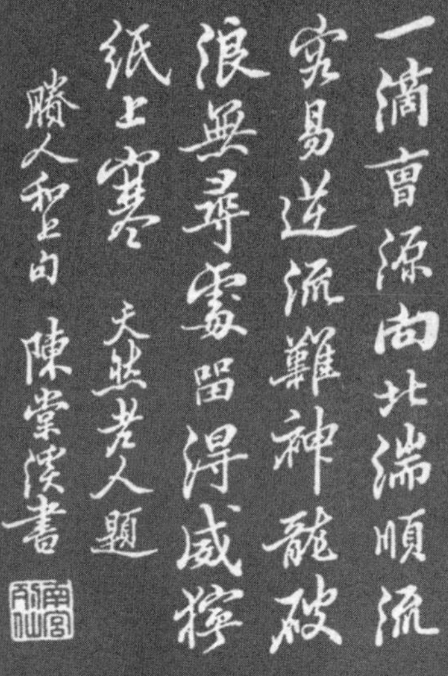

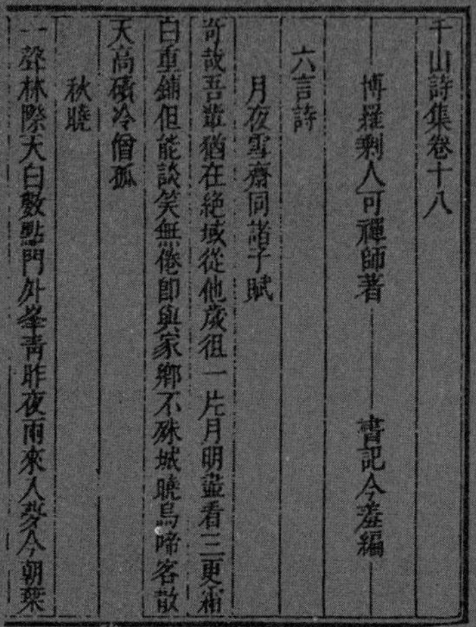

晓钟二首

（一）

夜寒愁思独纷纷，梦入浮山几片云。
清晓无端一百八，数声犹在旧乡闻。

（二）

晓钟敲动未开关，山鸟惊飞不出山。
一任穿林还度壑，莫流余响到人间。

暮钟二首

（一）

壁灯焰短冷飕飕，独坐无人未觉愁。

忽听山钟檐际落，一声声直到心头。

（二）

半窗如水夜魂清，总是山寒梦不成。
何似耳边声历历，烦君直响到天明。

即　事

云傍青山却避山，青山对面隔重关。
始知渔父良多幸，暂入桃源不等闲。

孤　吟

暮林鸣噪各纷纷，绝顶高歌和白云。
只恐数声漏崖谷，又随飞雪下方闻。

山　中

山中习静共忘机，人懒开门鸟懒飞。
纵过河东知不远，板桥常带夕阳归。

二十七日虎至厨门

湿尽枯柴雪满天，山厨昨日已无烟。
眼前病骨今如此，知尔难垂一点涎。

偶　成

卒岁山中一病夫，寂寥已拚此生孤。

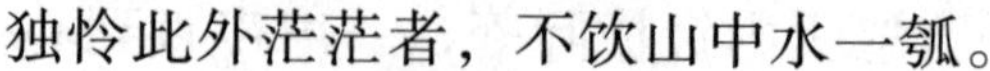
独怜此外茫茫者，不饮山中水一瓢。

寄讯僧住

少小孤寒实可怜，长成犹有蠹残编。
前身野衲应留誓，不睹人间作业钱。

道　旁　冢

旧冢低平杂草莱，可怜新冢又成堆。
他年化鹤归来日，不见累累那得知。

古　　怨

花飞到地枝难上，河流到海水难还。
莲子落泥心尚苦，湘竹成帘泪尚斑。

即　　景

山山树树何皎皎，四顾人天一色清。
只有乌鸦瞒不得，枝头数点最分明。

丁酉生日二首

（一）

重复生身一十年，岭梅江月总生前。
如何只说前生话，不分关河白雪天。

（二）

总是刑余更莫嫌，嚼穷冰雪味真甜。
每因生日知年近，又得浮生一岁添。

解　嘲

夙生原是此中人，岭海迁流四九春。
已幸还乡逾十载，黄沙点点旧姻亲。

腊　八

畏寒谁复睹明星？破寺柴门手自扃。
负屈以来经廿载，任教风雪夜冥冥。

怀华首台

台高容易动相思，岁暮应愁塞上儿。
想得东溪溪石畔，梅花须发斫残枝。

怀栖贤寺

破寺残年幸不孤，几人灯下共围垆①。
不知五老峰前雪，得及天山一半无？

① 编者按："垆"，当作"炉"。

怀还山诸子

去岁雪中谈岁暮，只今岁暮夜空长。
纵然未到家山去，一路梅花也自香。

怀 江 南

灵谷无松虚夜月，台城有草照青磷。
多情最是秦淮鼓，梦里声声到海滨。

忆 庾 岭

岭头一步他乡路，夹路梅花送马蹄。
却恨当年轻踏过，如何不信鹧鸪啼。

忆 钟 山

钟山野草恨茫茫，寝殿无人只有霜。
谷里长松三百万，枕边犹自郁苍苍。

忆 曹 溪

满界萤飞说是灯，溪河半滴饮何曾。
肉身纵在肠应断，既哭苍生又哭僧。

忆浮碇冈

浮碇冈头失敝庐，空传故里是尚书。

人民城郭全非旧，只好榕溪水自如。

忆双柏林

双柏林中古佛居，东官城外血成渠。
于今纵到无寻处，更有何人读旧书？

忆古松堂

门外鸾溪面面山，古松正对第三间。
只今纵到翻经处，松亦苍颜我老颜。

忆白鹤峰

东坡去后鹤峰寒，遗像空瞻庙又残。
见说合江楼尚在，何年重上泪漫漫。

忆黄花堂

三亩离支一亩塘，长松千尺列成行。
主人犹自不归去，野草空余薜荔墙。

山　　路

山下溪横截行路，半冰半水马不渡。
山人难见声难闻，日暮微钟出白云。

对　镜

波澜盈面雪盈须，问是何人道是予。
却喜此生应久没，尚从镜里见须臾。

闲　步

岁穷无奈得闲何，扶著孤笻尽著歌。
步到桥头霜有迹，无人应是鹿来过。

月下怀赤公

月光如水洗虚空，人在城西金碧丛。
一自龙天推出后，何曾只字到山中。

心公以桂花糖寄山中

十载桂林消息断，何缘花气满烟岚。
春来定借维摩榻，金粟如来许共参。

慰　病　客

身如浮沫命如烟，老少由来别后先。
莫怨他乡归不得，人间处处达黄泉。

谢别僧招

只杖无心过别峰，朝朝暮暮几声钟。

细思最得便宜处，长占崖西一树松。

又题一粟斋

珠阙琼宫也太区，十洲仙路枉驰驱。
只今一粟宽如许，翻笑当年挂一壶。

遥哭一门师

千群野鹿伴闲身，十里长松旧主人。
松已为薪鹿为腊，争教破衲不成尘。

重接亦非兄札

十年两度寄书来，脊骨犹存鬓已摧。
好水好山应历过，肯将孤杖指荒台。

早　　起

残星在户月盈阶，独起披衣踏草鞋。
料得城中人卧稳，蒙头敝絮掩空斋。

慰老僧病

眼看几日春将至，向道残年病可哀。
未到百龄何足虑，独怜彭祖已成灰。

送成空下山

谁道居山无限可？青松白雪总堪哀。
生生只愿檀那笑，且向城西第二台。

怀恰好禅人

年年约我来山住，我到山中尔又行。
想得医巫闾上雪，也将榾柮自烧铛。

寄耻若禅人

虽依城郭亦山林，塔影河流足好吟。
况有异方新弟子，何劳重话祖师心。

梦匡庐

惊回溪路一声钟，梦入匡庐第几峰。
似向开先桥上过，轻云半覆六朝松。

月

一半著雪半映书，月来偏向山中庐。
如何不照城中路？晓夕茫茫无缓步。

念旧

对影高歌又一篇，一篇歌罢一凄然。

子期死后琴声在，流水高山自岁年。

喜恰好禅人还山

未过溪桥笑语闻，纷纷惊起暮鸦群。
双眉已挂家山雪，犹带巫闾几片云。

暂入海城还山

入城半日便思归，归到山中日亦晖。
人世几时忙得了？幸然忙不到岩扉。

哭金居士

匆匆策马入山来，一宿山中便欲回。
早识黄垆无返路，何如煮雪共山隈。

偶　成

岁月尽从忙里去，幸因抱病得闲过。
灯前细检无余事，手自焚香对佛歌。

除　夕

灯影幢幢炭已灰，山头无月暗相催。
年光一向难留住，恰似老从今夜来。

寄呈本师和尚

稽首华台大法王，年来孤锡指何方？
不才弟子今犹在，却向关东雪瓣香。

闻浪大师信

曾把三缄戒鄙人，如何无妄及其身？
莫为相怜情较切，个中甘苦独尝亲。

赠妙法师

杖头曾入帝王家，合国同瞻又释迦。
岁岁谈经今几会，伫看舌本长莲华。

赠碧庵师

时方掩关。

一坐柴关已十春，衲衣曾不惹纤尘。
山空鸟寂无人到，独有予来不厌频。

赠了望师

双眼朦胧手一编，赵州虽老志弥坚。
直须会取声前句，不负人间八十年。

赠德悟师

一把枯茅百仞山，殷勤何意扣禅关。
须知十万西方路，只在寻常杖策间。

赠慧虚师

白发飘飘似鹤形，每因多病得身轻。
日长睡起无多事，一串菩提一卷经。

赠大茎师

如何万里亦孤身？历尽豪华不厌贫。
越水吴山无限好，却来塞外漫相亲。

赠印真师

闲窗飘雪共徘徊，羡尔英年出世埃。
尽道长安风月好，一瞻瑞像便归来。

赠心庵师

昔日牛头山上老，朝朝暮暮为谁疲？
人生七十寻常事，心行如君自古稀。

赠寂庵师

日高三丈各安眠，早起何人独灌园？

须信祖师真的意，元来只在镳铲边。

赠昆璞师

草鞋终日为人忙，瘦骨真同百炼刚。
处处现身为说法，须知别有好商量。

赠守心师

师有子显真，藏主高足也。

却因羸病息尘机，兀坐经年半掩扉。
赖有佳儿供菽水，舞斑仍是旧田衣。

赠澄心师

闭户长翻五部经，鱼声应有鬼神听。
几番剥啄知予到，自起烧茶话月明。

赠净如师

何须看教与参禅？运水搬柴仿昔贤。
万行尽从勤处满，西方曾有自生莲？

赠瑞宇师[①]

百草曾尝一老僧，殷勤长礼药师名。

① 编者按："宇"，原作"字"，此据目录改。

夜深七卷莲华后，重剔寒灯读内经。

赠一真师

瑜珈习后学毗尼，土榻蒲团日掩扉。
十诵从今须细讨，莫教辜负水田衣。

赠宁波师

海岸狂飙不暂停，十年波浪几曾宁？
安禅可把毒龙制，万里长空一色青。

赠 正 修

如何年少发先斑？问道时来扣竹关。
世上知恩谁得似？而师幸自慰衰颜。

赠 寿 绩

身在山中不见山，远随虎迹度松湾。
野桥断处岚烟尽，依旧泉流白石间。

赠 净 虚

闲云飘尽尔还留，万里长江一叶舟。
风静波停山月小，碧天如洗夜悠悠。

赠盛公

几向燕然勒石铭？龙泉犹带血痕腥。
只今放马桃林去，独对闲僧问佛经。

示纯徵

庭前柏树事如何？日日披衣听法螺。
选佛有心空未得，只因乡梦近来多。

示无味

胸藏大巧貌如愚，终日劳劳未觉痛。
收拾镬头闲一枕，只应蝴蝶共欢娱。

示蕴珠

年少如何学懒残？而师恩重似丘山。
但能尽孝名为戒，洒扫堂前慰老颜。

示密训

白发庭闱近佛图，彩衣舞罢学驱乌。
英英谩道年方少，出世居然大丈夫。

示非浴

一钵闲僧尔独依，殷勤莫负好春晖。

辽阳那得杨州鹤[1]？自向晴窗补衲衣。

谢易修师为染衣

氍毹双袖泪痕干，何意偏怜范叔寒。
一榻云烟分半席，长宵拥毳共团圞。

谢与乐兄赠药

只因贫病易相怜，清泪频挥白雪前。
犬马残生偷旦夕，何须药饵更延年。

喜耀宗受具还

羡君忙里自闲闲，双袖翩跹亦度关。
不识长安行乐地，三衣明月一肩还。

寄净玄师

如何一去更无音？皓月相期空有心。
为问田中禾熟未？西风索索漏沉沉。

为耀海师易号

金鳞不见自徘徊，几向洪波掷钓回。

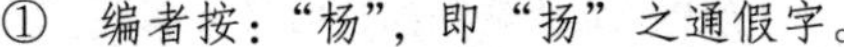

① 编者按："杨"，即"扬"之通假字。

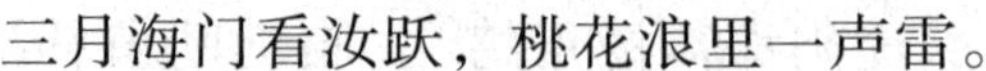

三月海门看汝跃，桃花浪里一声雷。

普　济　寺

到此都成选佛才，嵯峨高阁倚云开。
关东处处精蓝布，那得摩腾经卷来？

贺藏主师新筑

筑得幽居典却衣，土床茶灶敞荆扉①。
白云自许时来去，不放红尘一点飞。

谢诸檀越

龙藏多年始一开，菩提无种大家栽。
应知此会非今日，共向灵山付嘱来。

赠田居士

子道如君孝独全，逢僧便解杖头钱。
从来福报徒千劫，莫遣宫成第四天。

赠曹居士

一室萧然佛作邻，长斋惟与老僧亲。

① 编者按：“敞”字，原作“厰”，盖“厰”（即“厂”）同敞。

只因世事难开眼，一卷诗书付后人。

赠耿居士

世外情多见尔偏，红尘终日自仙仙。
家中时有闲茶饭，但见僧来不问钱。

赠毛居士

塞外逢君见所亲，壁间长挂一壶春。
莫嫌混迹尘埃里，相识全归世外人。

赠戈居士

六祖当年不识丁，《金刚》一句便回程。
而今一卷从头诵，犹自深更爱听经。

赠李居士

本来面目无文字，执卷何须问老僧。
爱汝清贫偏好学，寒窗风雪对孤灯。

慰桂居士

明知是幻复何忧？生灭从他海上沤。
竹院相过应不远，何妨竟日为淹留。

赠智轮道者

法华转罢读皇经，仙阙依然傍佛扃。
炼就丹砂堪作供，鹤衣长舞法王庭。

礼雪庵祖师塔

孤留石塔镇千山，想见当年冰雪颜。
身后能来天子诏，更无一语落人间。

送居士省母

望云几度泪沾衣，此日长边一雁归。
兄弟团圞欢共舞，莫将风雪诉庭闱。

怀堡中左氏诸兄弟二首

（一）

埙篪应向雪中吹，犹喜城边见左思。
料得鹡鸰原上泪，未曾秋到已先披。

（二）

弟兄何处采山薇？白雪空多岂疗饥。
颇恨年年沙上雁，秋来偏自向南飞。

怀 戴 公

共是冰霜一见难，新诗犹得寄禅关。
月明乘兴来相访，又恐途中兴尽还。

戴公以湖笔、松茗见寄赋谢

夜鬼年年哭未休，江郎五色漫相投。
思君此日情方渴，自煮新茶老赵州。

戴孝臣从堡中来访四首

（一）

忆昔相逢古佛家，今朝何意共天涯？
莫将辽海三冬雪，去比江南二月花。

（二）

只因舞彩换袈裟，曾见圆通老作家。
寒雪一瓢应羡我，何时重驭白牛车？

（三）

但将菽水慰而亲，自在尘中不惹尘。
不见当年卢行者，猎人队里易藏身。

（四）

倚闾双眼望边城，患难应添舐犊情。

归去穹庐风雪际，团圞正好话无生。

送藏主师游长安二首

（一）

去年匹马度重关，除却经书两袖单。
此去长途风雪际，殷勤为嘱好加飧。

（二）

长安箫鼓闹声喧，料得君游自晏然。
一见故人便回首，旧山明月待君圆。

寄山木师

不结人间一面缘，平安两字仗君传。
而师定有江南信，莫使寒烟望眼穿。

寄胡居士

旧疏重题识姓名，老僧何意重君平？
英雄定有无端泪，不是偏多世外情。

过　宁　远

此地曾开细柳营，荒台空见草青青。
只疑一片城边石，犹有当年旧勒铭。

望医巫闾

一片晴云万壑闲，行人立马自开颜。
风沙此际还留胜，岂必罗浮是故山。

怀　岭　南

双泪纷纷洒大荒，弟兄叔侄转难忘。
不知岭海风波后，若个犹存若个亡？

怀　华　首

山中兄弟几人留，料得堂前草已秋。
欲把尺书凭雁足，又愁飞不到罗浮。

怀　匡　庐

鸾溪溪畔归宗寺，松下何人尚掩扉？
闻道几峰云散尽，只应如旧瀑花飞。

怀　白　下

欲寄音书道路长，霜风惊梦思茫茫。
惠州此日真天上，却望江南是故乡。

怀顾家楼

几年挂锡石桥头，屋角梅花尽意留。

多少幽人尚翘首，可怜明月下前楼。

立　春　日

城郭依然古殿闲，人民去后剩青山。
山中有雪犹堪啮，何用春风度玉关！

燕　　子

春尽枝头始见花，风流何处委黄沙。
寻常百姓今犹少，飞入清寒古佛家。

开　　原

或云即五国城。

颓垣荒草乱云横，野老仍传五国城。
欲拟招魂愁漠漠，何人能听杜鹃声？

问　石　人

半揖低声问石人，何年风雨卧荒榛？
威仪恍惚犹前代，不识皇家制令新。

答

一卧荒丘不记年，眼看田海变朝烟。
老僧何事劳相问，未必君心似我坚。

又　问

见说当年此极边，芊芊白草已连天。
凭君莫话沧桑事，只恐愁多石也穿。

又　答

无情久矣学枯禅，话到伤心我亦怜。
骨劲冰霜虽已惯，不禁秋雨泪涟涟。

三　官　庙

张公旧住处。

宫阙崔嵬近大罗，云裾琼佩老仙多。
琅璈奏罢星辰隐，永夜如闻不二歌。

访　华　表

人民城郭尽皆非，鹤去千年更不归。
惟有只今辽海上，一年一度雁飞飞。

自题小影

衲衣一寸马蹄尘，多难还余未死身。
直看古来横看世，更将此事委何人？

接亦非书

雨片云飘各不知，忽闻万里话相思。
开缄看取行行泪，多少胸中不尽词。

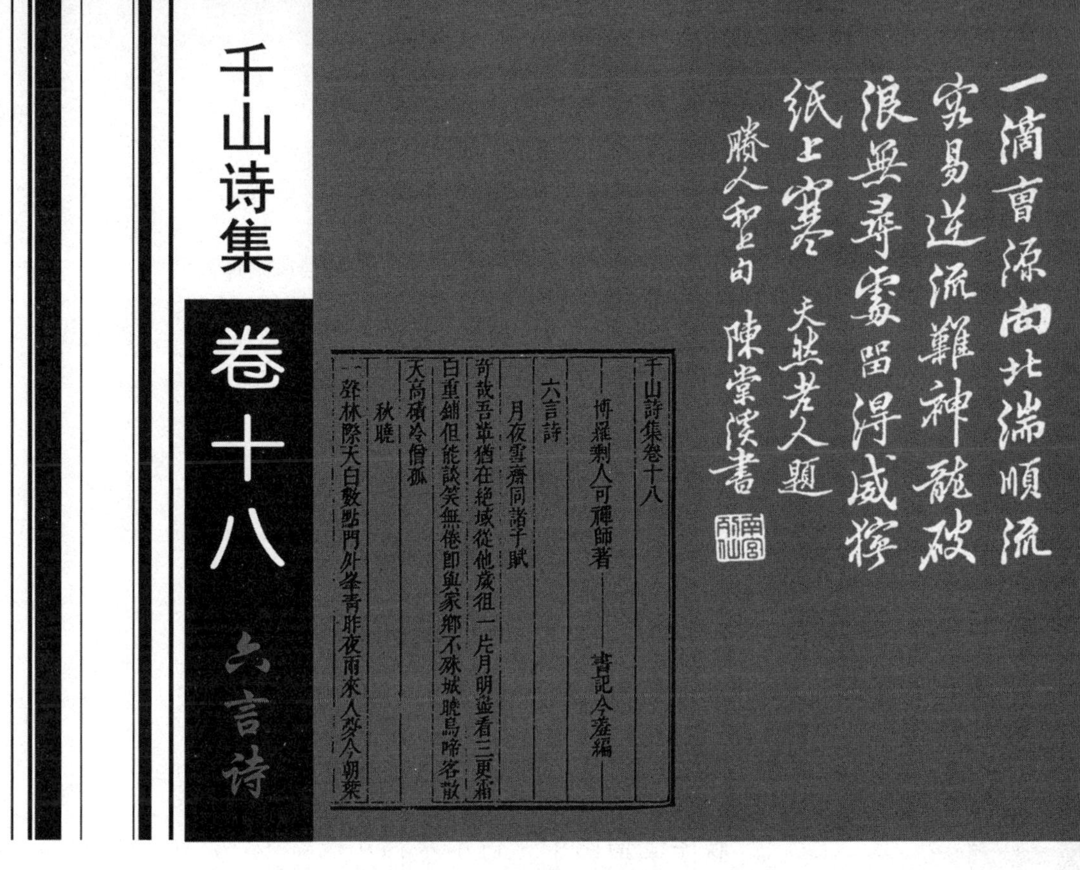

千山詩集卷十八

博羅剩人可禪師著　　書記今𪋻編

六言詩

月夜雪齋同諸子賦

奇哉吾輩猶在絶域從他歲徂一片月明盡看三更霜白重鋪但能談笑無倦即與家鄉不殊城曉烏啼客散天高磧冷僧孤

秋曉

一聲林際天白數點門外峯青昨夜雨來入夢今朝葉

月夜雪斋同诸子赋

奇哉吾辈犹在，绝域从他岁徂。
一片月明尽看，三更霜白重铺。
但能谈笑无倦，即与家乡不殊。
城晓乌啼客散，天高碛冷僧孤。

秋　　晓

一声林际天白，数点门外峰青。
昨夜雨来入梦，今朝叶落满庭。

秋　晚

月始出林尚小，钟来越涧渐微。
且留半户莫掩，少待片云未归。

山居十首

（一）

日日山岚绕户，夜夜山风透篱。
日夜风岚几许？问著山翁不知。

（二）

破屋老僧两个，古木寒鸦几枝。
前溪欲冻未冻，有人桥上行时。

（三）

仄径积雪扫去，枯桩拦户推开。
今早矮檐鹊报，前山古洞猿来。

（四）

闲歌白雪几句，静读南华半篇。
无人绕树数匝，有时欹枕孤眠。

（五）

干叶乱飘屋角，枯枝横柱篱边。
谁道山居闲暇？拗枝扫叶烧泉。

（六）

野鼠每投案下，小禽近诉窗前。
即此是亦为政，山中无党无偏。

（七）

云封八九十层，松盖百千万尺。
塔顶一双鹤栖，溪边两行虎迹。

（八）

溪长水去无归，户浅云来直入。
老僧手把镬头，口道明年九十。

（九）

剪藤缚木依崖，凿石引泉入屋。
结构不俟岁时，经纶已遍山谷。

（十）

出门不过数里，前村独自一家。
二老见人必笑，山梨山枣山茶。

千山诗集 卷十九 杂诗

译鸟言七章

（一）鹧鸪

行不得！哥哥，世无商王，谁开网罗？

（二）杜鹃

都恶，都恶，不如沙漠，沙漠有冰犹可啄。

（三）寒号

得过，且过，身无毛，夜无窠。谁能留白日？莫使下沧波。

（四）鹊

鹊，惜惜！多少新民不得食。

（五）鸦

呀，呀，呀，安得大日轮？照此海东涯。

（六）鸠

姑，姑，姑，一月三夫。
旧夫瘦小新夫粗。

（七）布谷

快耕快锄，瑚地霜多①！
今不努力奈饥何？

三五七言

塞草白，塞日黄。
埋沙无老骨，挂树有饥肠。
安得长风生此夕？尽吹残魄返其乡。

答邛了寄水晶蟾

九载不相闻，万里劳相寄。
分明一照见肝肠，中间恍惚相思字。

① “瑚”，实为“胡”，盖避清人之讳而改。

戏效读曲歌体六章

（一）

辛苦道旁井，辘轳无停时。
行路日千百，若个心相知？

（二）

捶碎檐前钟，十年刚把手，
此别更难逢。

（三）

揖谢檐前钟，幸渠话未终，
话终泣何穷？

（四）

盘中堆红炭，炭热人亦聚，
炭销人亦去。
人去留不住，住亦无意绪。

（五）

炭热盘不觉，炭销盘不知。
劝君且住不须去，盘当再热时。

（六）

大雪不得食，野雉马前飞。

少年惜泥弹，只用马鞭捶。
鞭捶死亦苦，其奈腹中饥？

偶　　成

斫却相思树，锄却金银花。
世间自有好男子，何必嘈嘈老释迦？

槿　　言

槿之言若曰：“尔松太不情！
孤直千年苦，何似一朝荣？”
松闻寂无声：“便使为薪灶下死，
不愿开花世上荣。”

俗　　讴

海舶来！海舶不来无剪裁。
海舶来！海舶不来饱难捱。

博里歌

予博罗人也，幼闻里中歌，偶忆其四。

奈何许？担水放白艚，到底充不去。

噫于戏！鱼鳔着水交不固。

休语语，休言言，扁柴烧火叹无缘。

苦瓜苦，有时锄。侬心苦，无时无。
黄柏苦，有时枯。侬心苦，无时无。
若得侬心无苦时，长河无曲路无巇。

千山诗集 卷二十 冰天诗社

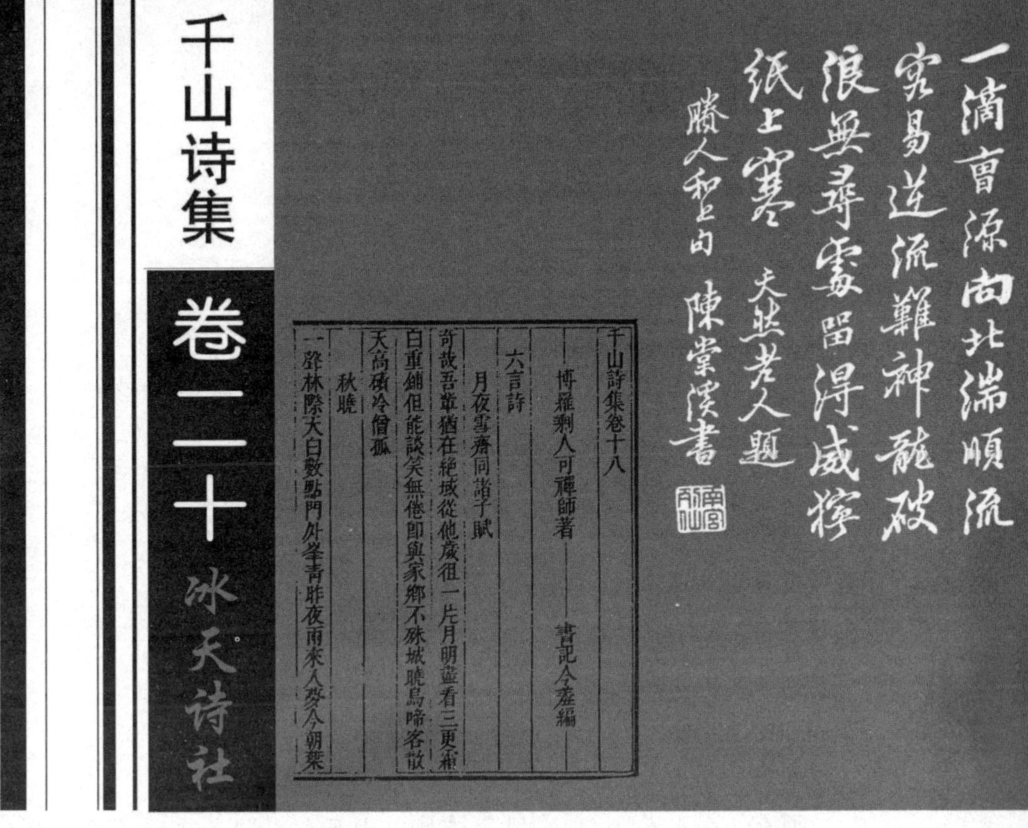

千山詩集卷十八

博羅剩人可禪師著　書記今𢈔編

六言詩

月夜雪齋同諸子賦

奇哉吾輩猶在絕域從他歲徂一片月明盡看三更霜白重鋪但能談笑無倦卽與家鄉不殊城曉烏啼客散天高磧冷僧孤

秋曉

一辟林際大白數點門外半青昨夜雨來入麥今朝棐

序曰：白莲久荒，坚冰既至，寒云幂幂，大地沉沉。嗟塞草之尽枯，幸山薇之尚在。布衲毵毵，匪独杲长，老之梅州，远逐孤臣，憔悴尤甚。韩吏部之潮阳夕迁，珍重三书，萧条只杖。每长歌以当泣，宁寡和而益高。兰移幽谷，非无人而自芳；松植千山，实经冬而弥茂。悲深猿鹤，痛溢人天。尽东西南北之冰魂，洒古往今来之热血。既不费远公蓄酒，亦岂容灵运杂心？聊借雪窖之余生，用续东林之胜事。诗逾半百，会未及三。搕𢶍①漫题。

① 搕𢶍，音 kē zá，垃圾。

同社名次

揸搔和尚　广东人，原住罗浮华首台

北里先生　山东人

涌狂　千山僧，辽东人

大铃　医巫闾僧，浙江人

正羞　塔寺僧，辽东人

希与道者　北直人

焦冥道者　北直人

寒还　陕西人

甦筑　南直人

叫寰　陕西人

东耳　南直人

天口　南直人

兀者　陕西人

锦魂　浙江人

刺翁　山东人

光公　山东人

春侯　山东人

薪夷　陕西人

孝滨　江西人

小阮　山东人

阿玄　山东人

大顽　山东人

二愚　山东人

雪蛆　辽东人

冰鬼

石人　尚阳堡十里

沙子　大汉人

青草　冢边人

狂封　朝鲜人

丁令　辽东人

子规　五国人

不二先生　陕西人

镇君　医巫闾人

社　集　诗

第一会　北里

庚寅至前二日，为北里先生悬弧之辰，余首倡为诗。和者僧三人、道二人、士十六人、堡中寄和及后至者八人，合二公子，共得诗三十二章。

搕　搚

塞外高松青百尺，凄风吹雨半天声。
共经万死知生重，却羡孤身似叶轻。
东海只今馀大老，西山不愧是难兄。
予生匪远寒逾甚，白雪同歌岁岁情。

涌　狂

短发投荒又一年，每逢山寺便留连。
远公自爱寻陶令，吏部曾无识大颠。
一片钟声和骨冷，半边月色可人怜。
文章节义浑闲事，何日还题到白莲？

大　铃

诗满龙庭雪满囊，我来初沸竹垆汤。
二刍将护人中凤，群雁时惊碛上霜。
岂为观澜亲海岸？每于觅句到僧堂。

萧条野外无供给，粪火煨芋好共尝。

正　羞

竹杖方袍久不疑，萧然茗碗雪来时。
枯桐未卖宁堪爨，古墨多残足疗饥。
已过虎溪难强笑，欲投鱼腹亦成痴。
但将泡影看身世，海角天涯月一池。

希　与

长携孤月论黄庭，知尔身从去国轻。
一片骨留支雪窖，半床书在即云城。
文章尽向青天问，肝胆偏于野鹤倾。
采得五芝浑不羡，寒冰端自怯长生。

焦　冥

何人清晓扣柴扉？不是闲僧定羽衣。
笑溢中庭斑共舞，谈倾四座麈频挥。
关门又见青牛度，辽海今看白鹤归。
未有丹砂堪作供，一觞聊取伴山薇。

寒　还

何人幽谷响丁丁？共琢坚冰欲举觥。
可见天心留不死，幸从雪际识先生。
谈深今古青松麈，阅尽沧桑楸玉枰。
多少野人无别祝，千秋莫负岁寒盟。

甦　筑

古来报国几身完？憔悴孤吟见泪溥。

未到投荒肝已烈，只今留息骨先寒。
鼎湖何处遗弓在，敝笥仍余旧彩单。
臣子有心刚一寸，西风淅淅雪漫漫。

叫　寰

一日相逢笑一回，世皆欲杀是真才。
长歌东海涛千顷，共进南山雪半杯。
万卷自堪延岁月，九州真可付尘埃。
当年纵尔开东阁，那得幽人踏踏来？

东　耳

天下文章羡大家，泰山今仰海东涯。
冰清本是人中鉴，雪满还疑县里花。
有子传经看舞凤，无枝绕树叹飞鸦。
春风尚洒伤心泪，又听寒吹日暮笳。

天　口

古今斯道足长吁，遗老流民共一图。
磊块时堪浇五斗，荒芜那复赋三都。
几回欲立程门雪，此地仍逢鲁国儒。
共是伤心愁日暮，茫茫何处哭苍梧。

兀　者

泰山千仞望嶙峋，几度从游得所亲。
足似申徒师忘我，家无原宪病兼贫。
居夷且喜依君子，学圃何妨是小人。
白雪霏霏天漠漠，一樽四座忽同春。

锦　魂

愁云紫气满关东，无数顽民献寿同。
眼底河山三盏内，世间日月一枰中。
悬弧岂必皆男子，啮雪今看有巨公。
愧我不才花笔在，追陪长共笑虚空。

刺　翁

小雁城边大雁村，村中尤觉雪霜繁。
饥来却忆周人粟，寒极难吹伯氏埙。
骨肉幸馀心已碎，诗书无用卷犹存。
一觥尽注鸰原泪，惭愧空空北海樽。

光　公

多难相依有弟昆，惊魂未定又离群。
岁寒尚喜留苍柏，梦去还疑到故园。
但觉冰坚沙泪结，俄惊诗纵海澜翻。
不堪读至伤心处，老雁无声只自吞。

春　侯

鱼网同罹雁一群，边城飞过雁群分。
辽阳尚有归来鹤，五国惟看就死麋。
忍饿吟倾三斗泪，相思望隔几重云。
清泉遥酌冰方结，寒雪和魂白到君。

薪　夷

高名久矣仰山东，何意流离一识公。

下里几能赓白雪，寒天犹得坐春风。
节旄既落心逾壮，诗卷犹存道未穷。
欲与斯文惭后死，一芹聊与野人同。

孝　滨

慷慨孤臣彼一时，馀生终日恋庭帏。
君亲欲报伦俱大，忠孝贪全事已非。
阿弟已随沧海变，大人又向玉京归。
应知夜雪穹庐梦，犹自联翩舞彩衣。

小　阮

大阮猖狂小阮痴，到边仍自共论诗。
每经雪压苍松干，常护霜摧玉树枝。
蜡日未能华氏燕，东山犹有谢公棋。
羊皮舞罢偷扪泪，只恐高堂见又悲。

阿　玄

出塞无殊聚故园，一家骨肉黑云屯。
叔痴不在山涛下，儿馁终凭郗鉴存。
偏爱覆巢犹有卵，却惊大漠亦开樽。
闻诗久欲偕诸弟，只恐风霜独倚门。

大　顽

朝来旭日起东溟，多难惊看两鬓星。
半菽尚堪供雪窖，敝貂时共舞龙庭。
驹随枥下惭千里，金尽籯中剩一经。
但愿椿萱寒更茂，冰霜长伴八千龄。

二　愚

知年何处问尧蓂？但觉年来鹤似形。
玉树阶前浑是雪，老人天上见为星。
参苓亦可延寒岁，诗礼时闻过朔庭。
欲效伯兄齐献祝，千年松柏似青青。

雪　蛆

当年亦自悔悬弧，欲射四方亦枉图。
半刻山河惟裂眦，千秋杀活在拈须。
只应兔管天心见，恨不龙泉颈血枯。
想得玉京时一笑，存亡生死总同途。

冰　鬼

岂特文章世所宗？寒天惟我论心胸。
不容然后见君子，请学何妨是老农。
大雪自应持汉节，高松宁肯受秦封。
最怜门下余穷鬼，此外仍多野鹤踪。

石　人

相寻两度忽相思，白社重开敢后期。
司马门前宁曳履，泰山顶上尚留碑。
补天可是终无术，柱国真怜独莫支。
剥尽赤脂元少肺，煮将肝胆佐寒卮。

沙　子

漠漠风生莫浪嗟，潮来曾共泛仙槎。
摛词欲夺清溪锦，学道真轻白马牙。

最爱一篇怀屈子，何烦千粒掷经家？
饶他鬼蜮能含射，影伴鸥闲到海涯。

青　草

一丛寂寂自埋香，愿上裴公绿野堂。
却喜疾风知劲草，肯因寒雪损孤芳？
垂条不学章台柳，妆点全宜苏子羊。
近日禁中无可视，暂随诗句入奚囊。

狂　封

黼哻曾将付子孙①，只今风俗未成髡。
采薇已见叔齐死，抱器何妨微子存！
三代礼仪求在野，一篇洪范道仍尊。
华山此日难归马，雨雪凄凄不可言。

丁　仙

衣白山人归故乡，只今洛邑是辽阳。
携将别岛峰头月，来佐前朝雪底觞。
淅淅西风千古泪，垒垒高冢一天霜。
世间甲子空三百，只恐重来社又荒。

子　规

今时人共昔时人，五国千年更不春。
流落殊方连骨肉，凄凉异代足君臣。
乾坤易换啼难尽，江汉空流血尚新。
不见只今愁更阔，西湖珠海总荒榛。

① 编者按：“黼哻”，当作“黼哻”，黼哻为殷代冠名。

不　二

泪作洪波气作潮，纵枯到底亦难消。
君来我后事逾烈，死比生前恨更饶。
自昔在心惟向北，只今无日问同朝。
湘沅魂散江流细，大海茫茫何处招？

镇　君

昨日今朝忆旧封，五臣瞬息走寒风。
云愁雾结攒眉顷，岳动山倾掷笔中。
正直难容吾幸在，聪明速祸尔方穷。
茫茫总是群生事，天地由来尚未穷。

北　里

答诸公见赠。

神农虞夏忽芜荒，五十五年事杳茫。
绛县春秋羞甲子，楚歌宋玉谱宫商。
腐儒不死蠹空在，窜客添龄罪愈彰。
松柏好存冬日色，任随沤沫注沧桑。

第二会　搕搔

戕辰承搕搔大师率诸公赋诗投赠。至后五日，即师一手指天之期。予作颂，诸公和者亦如前数。

北　里

去年已见西方曙，今岁仍亲大海澜。
片月人天随竹杖，慈云忠孝一蒲团。

既穷震旦三千里，又想尧蓂十二看。
劫火常留多佛塔，苍生灰烬共盘桓。

涌　　狂

土床闲坐啜黄齑，得句时翻经背题。
义胆久拌沙暴骨，禅心不学絮粘泥。
难期苏子看瓶乳，长伴支公听马嘶。
塞外无花拈雪示，何人微笑各凄凄。

大　　铃

终年长许傍孤筇，翘首云飞第一峰。
瓶汲几干湘水浪，鱼敲欲起鼎湖龙。
既收残骨埋花雨，又召游魂听雪钟。
五领三山当此日①，清泉共酌祝寒松。

正　　羞

拈将寒瀑问吾师，华首仍余未斫枝。
十丈青莲半橛矢，一腰白雪两茎眉。
已知佛碗灯为火，那见人间沙作糜？
得髓及皮予是石，不知瓦钵付阿谁？

希　　与

亭前柏树子青青，风雪当年恨独醒。
纵死两间留正气，才生四月睹明星。
谈经听去人为石，乞食归来月满扃。

---

① 编者按："五领"，当作"五岭"。

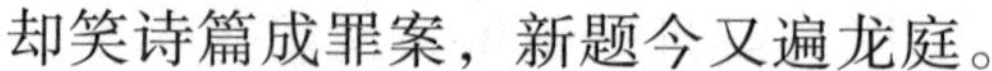
却笑诗篇成罪案，新题今又遍龙庭。

焦　冥

百炼曾经骨愈坚，孤身迢递出长边。
死生既了人伦系，忠义仍凭祖道传。
枯寂无心时咄咄，𣰽毵破衲亦翩翩。
丹砂欲作如来供，只恐如来不羡仙。

寒　还

采薇直上首阳巅，好供人间忍辱仙。
刀锯尚能余白足，冰霜依旧长青莲。
苦将杲日留方寸，笑把微尘掷大千。
安得我离烦恼早？朝昏长礼法王前。

甦　筑

罗岳飞云杖独登，天山积雪更崚嶒。
英雄古佛来寒碛，节义文章属老僧。
一寸丹心三寸舌，千家香饭五家灯。
猊烟缥缈天龙拥，如此投荒见未曾？

叫　寰

忽闻狮子吼空林，几度来参白雪深。
松麈顿令顽石起，蒲团长有野云侵。
仍余点点人天泪，未了纤纤侠烈心。
何日佛容为弟子，免令朝夕费相寻。

东　耳

掷却吴勾久不看，乌藤七尺斗牛寒。

心经雪窖何曾冷，泪到空门总未干。
妙喜多言五岭远，苏公好咏一生难。
灵山不及西山会，薇蕨优昙作是观。

天　口

先子遗文付弟昆，辞家久矣托空门。
杖头欲豁天人眼，笔底先招忠义魂。
身世肝肠伤半碎，乾坤风雨冷全吞。
田衣泪渍缘何事？到死知君不哭冤。

兀　者

飘然孤锡泪如麻，为悯寒边老作家。
漠漠黄沙成佛土，纷纷白雪散天花。
传灯尚欲留三代，说法时兼演五车。
天下众生余最苦，迷津凭指海东涯。

锦　魂

世间两字是君亲，明白输他世外人。
自是传家无二道，犹闻报主有孤身。
到边已作开荒主，先代曾为柱石臣。
见说佛慈原等视，巨航普度尽顽民。

刺　翁

大漠飞沙白昼昏，肝肠碎尽骨空存。
龙髯天上悲难挽，鱼腹江中冷欲蹲。
半缕发余思学佛，一林霜满叹穷猿。
禅宫亦自凄凄日，况是人间可复言。

光 公

投师无计托空门，短发萧萧泪独扪。
荷芰已残曾可制，木鱼虽大不堪飧。
频年无复知生乐，此日空余见佛尊。
但愿梵音清切处，晨昏或可召冰魂。

春 侯

惠州天上旧知君，救世才猷寿世文。
累代箕裘全与弟，千年钟鼎薄于云。
天倾不觉袈裟动，鬼哭唯馀柱杖闻。
此日此边相忆处，盘冰一觉泪纷纭。

薪 夷

不羡人间布地金，萧然破衲冷风侵。
家山应自添新梦，塞雪真堪助野吟。
何必尽留文字障，定知难解友朋心。
寒斋几度劳飞锡，目极千寻黑浪沉。

孝 滨

十年前现比丘身，旧习难忘下笔神。
心史未能藏古井，新诗直欲问高旻。
谁知浊世佳公子，便是湘江老逐臣。
海畔行吟时说法，人天八万尽沾巾。

小 阮

曹溪久矣羡南宗，何意今来北塞逢。

菽水难供思托钵，雪花初下忽闻钟。
重开白社吾将往，又恐黄尘佛未容。
翘首城南高座上，寒冰千丈冷芙蓉。

阿　玄

何缘此日得逢渠？竹院闲过饭一盂。
迁史腐刑孙子刖，沩山水牯赵州驴。
余情未剖贪成佛，大义难忘每读书。
却笑针锤终未恶，又容饶舌到荒墟。

大　顽

三尺穹庐僧作邻，不嫌托钵到门频。
狷狂普化重来世，憔悴灵均是化身。
却怪爱君偏野老，须知选佛亦文人。
趋庭每许闻新句，自觉寒边日日春。

二　愚

门前竹杖破莓苔，木佛烧残志不灰。
未丧斯文留子在，欲闻大道喜师来。
父兮每咏惊新和，伯也前驱愧后陪。
料得夜寒犹有梦，乡情端在岭头梅。

雪　蛆

野鹤何天不可飞？时同寒雪共栖迟。
火风劫尽身仍在，西北天倾杖欲支。
不愧先公真肖子，元来出世是男儿。
死生知罪浑无涉，却怪年年只有悲。

冰　鬼

乾坤纳纳一身孤，出世分明大丈夫。
松柏自堪凌塞雪，菩提终不怨秋荼。
从来罪案添洪杲，始信宗门有董狐。
青史传灯无二事，笑他枯衲与迂儒。

石　人

又见生公冰四围，顽心如我足相依。
痴犹研雪从添罪，妄拟炊沙为赈饥。
一世心肠频看雪，大千勋业在披衣。
才拈白骨天龙惨，花雨纷纷带血飞。

沙　子

昔年西度到神州，此日漂流伴海沤。
久掷紫金成粪土①，肯随黄石傍山丘。
江河可是终难塞，鸟篆从兹正好留。
请看只今堤上筑，何如撒手大潮头。

青　草

一寸芳心自不同，几偕松菊傲霜风。
窗前自许依周子，溪畔长宜揭远公。
已爱社中莲瓣白，肯随马上石榴红。
当年错恨丹青画，今日方知色是空。

---

① “粪土”，原误作“粪上”，据词义改。

狂　封

何须八百与亡商？沧海由来好变桑。
天运欲穷无大雪，野人先自学徉狂①。
幸将斯道留孤杖，犹喜拈花到外方。
白马若能先汉至，袈裟定作老僧装。

丁　仙

山前华表雪风寒，纵有千年泪不干。
卫国乘轩看若梦，青城飞矢避应难。
翎输莲瓣三分白，顶共君心一寸丹。
城郭已非人尚是，可能骑我海天宽。

子　规

日暮凄凄向北鸣，如何天事总难明？
最怜枝上三更月，照见人间五国城。
十二金牌恨未了，一条竹杖泪方盈。
血流满地君休听，古佛由来亦有情。

不　二

不二歌残天地沉，感君霜夜一孤吟。
几年但食僧堂饭，到死空余故国心。
曾学双趺惟一面，每听清梵亦盈襟。
只今沧海愁云里，除却莲花总不禁。

① “徉狂”，应作“佯狂”。

镇　君

老僧本是山中住，一出山中事便多。
鱼鹿纵应劳短策，蜗牛何必用长歌。
骨头欲比岩岩石，意气仍留浩浩波。
从此极巅供陟降，青天咫尺手堪摩。

搕　搔

答诸公见赠。

刀俎遗余生久残，漫劳诸子摘琅玕。
春风沙碛惊新至，腊月盘冰好共餐。
万里乡关三岁梦，七斤布衲五更寒。
淹留竟日归须晚，只恐重来事又难。

招诸公入社诗

诸公答诗附。

招不二先生

三扣先生知不知？残僧亦有胆堪披。
莲花一瓣归来好，上帝年来只掩扉。

不　二　答

何意相寻到海涯？袈裟微动我先知。
帝阍纵扣原无益，只恐空门亦有悲。

招　雪　蛆

冰作肝肠我作邻，爱君清冷绝纤尘。

死生欲了三冬事，只恐寒消不耐春。

雪 蛆 答

天地高寒一世人，对君如水话应频。
死生总是须臾事，犹幸长边不见春。

招 青 草

一寸青青自耐霜，茂陵骊岳总茫茫。
黄尘不独埋红粉，社里莲花比尔香。

青 草 答

红粉消沉恨独长，千年曾许伴寒霜。
远公一去君今到，那见莲花日日香。

招 子 规

乾坤千古总糊涂，何事年年带血呼？
只有莲花归处好，凤凰山上亦荒芜。

子 规 答

千年痴恨在西湖，无奈啼多血亦枯。
木佛已烧山寺冷，不知莲社久长无？

招 狂 封

三韩总是尔封疆，鳚嗕能留只一方。
洪范遗编存布袋，归来别有好商量。

狂 封 答

国家抛尽话伦常，只道余狂尔更狂。

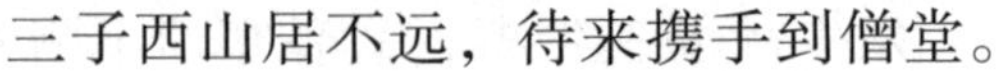
三子西山居不远，待来携手到僧堂。

招冰鬼

白水青波是旧身，夜深惟许尔相亲。
衲衣一片寒侵髓，不久当为若辈人。

冰鬼答

雪是家乡月是邻，闲来偏与老僧亲。
即今便是吾侪辈，谈到当来一点尘。

招丁仙

归来莫羡海天宽，眼见天倾海亦干。
从此社开时可到，千年那得一人存。

丁仙答

到处孤云共一间，弥天风雪骨毛寒。
杖头已了无生话，一日千年作是观。

招石人

松麈招来好论心，怜君独自立高岑。
攒眉欲去非关酒，只恐愁多抱尔沉。

石人答

共尔沉江我亦欣，相从终不了顽心。
笛声未听肝先烈，惆怅当年直到今。

招沙子

大地茫茫一聚尘，我来扑面尔先迎。

他时片骨知堪托，莫使沉埋见月明。

沙　子　答

聚散由来不可论，大千佛土总成尘。
黄泉亦是安身地，何事偏于白月亲？

招　镇　君

聪明正直亦前因，五戒曾闻授岳神。
我到冀营君是主，净除庭雪待风轮。

镇　君　答

古庙禅房近作邻，灯光长与法王亲。
麈挥每逐天龙后，白社偏劳问主人。

和澹心《因圃阻雪思归》

又见千山绝鸟飞，闲拈玉麈对君挥。
绥绥白昼荒城路，淰淰寒生破衲衣。
粪火芋香聊共剥，梅村梦断未言归。
年年风雪栖庑下，惆怅残更忆翠微。

同澹心咏介子庭中蜡梅

处士庭前续旧欢，数枝开遍共团圞。
瓣当白雪偏能见，名托浮山亦耐寒。
金色头陀花底笑，黄衣舞女梦中看。
瑚雏何处吹横笛？拥毳踌躇到夜阑。

哭绳海先生

素车犹忆十年前，生死交情更不迁。
曾记邮筒传岭月，独赍镜老破江烟。
何人报国身能在，赖汝孤臣节已全。
一瓣香消寒泪溅，乱鸦啼上古城边。

广陵感赋

旧堤杨柳不成裁，劫火经今五十回。
瓦碎尚余香粉腻，市喧疑是野魂哀。
高飞独羡扬州鹤，倚杖难寻月观梅。
只为繁华易消落，遍将清泪点寒灰。

朱溪臣临行再被价窃，作此奉慰，并以言别

两年飘泊石城东，垂死怜君病复同。
穷鬼憎人寒不彻，黑貂诲盗数仍空。
家乡路远心逾苦，海角天倾恨未终。
旧社梅花看欲发，一枝惆怅老西风。

对与治怀莞羊诸同志

论交兹夕复何疑？屋角参横动远思。
今世几人堪久别，他乡惟子许相知。

但看绿涨流桃叶，已是朱明负荔枝。
去住总来成系念，一生憔悴此情痴。

路　　中

石头曾共典寒衣，五月光分几雁飞。
前路烽烟愁正剧，一春花鸟愿多违。
还家莫话沧桑事，迟我常开夜月扉。
江水茫茫悲倦翮，何时同采故山薇？

台　　中

无聊长寄一枝筇，悔不同君四百峰。
旧榻尽容狞虎待，半铛常煮野云供。
到家应共怜穷子，博饭无如学老农。
从此入山惟稳睡，只愁僧打五更钟。

博　　中

数别何曾见泪痕，长干落日自吹埙。
故园一任荒丛菊，急难方知忆弟昆。
小雨滴生春草梦，西风飘送老梅魂。
为怀正好愁冬际，芦叶芦花江上村。

莞　　中

蓬转长空迹未孤，柏林能不念吾徒？

回何敢死还多畏，柴也其来幸是愚。
强把笑歌酬木石，空令涕泪满江湖。
浪游愧我恒终岁，白首曾成一事无？

广　　中

出门又过半年期，独夜心情黯自悲。
乡梦似随风雨入，归程仍为甲兵迟。
一生未了嵩间泪，万里长萦涧畔思。
想得生还重见面，几人欢动藕花池。

秋　　梦

荒原寂寂落花钿，锦瑟闲抛五十弦。
蝉咽未离芳树里，马嘶偏系画堂前。
甄山道士传兵解，阳羡书生合醉眠。
尽向湖船载西子，城头空见草芊芊。

蜚　　声

驱驰镇日自空餐，剩有逢迎好结欢。
流涕可堪容贾谊，无鱼终欲笑冯驩。
共夸金穴千年满，闲倚冰山半夜寒。
一著未施全局尽，弈棋曾不似长安。

闻黄石斋至

惊传一骑到江干，绕遍梅花泪未干。

邓禹几能扶汉室，钟仪终不改南冠。
空余短剑龙文暗，好付残躯马革寒。
岂为绨袍今哭汝，瀰天风雨正漫漫。

寒夜偶成

木佛寒灯共一堂，漫思往事浩茫茫。
何曾辱我非能忍，无奈恩多未易忘。
门掩疏钟人自古，更残薄被月如霜。
吾生犹及梅花发，岂必罗浮是旧乡。

初闻警，友人约同入岭，作此答之

长安花事独相关，荔子丹时尚未还。
无可藏身惟酒肆，何须埋骨向青山。
一瓢以外无余物，荷插相从便不闲①。
到处饱餐到处死，故人多泪自潺潺。

寿界系师，兼约同游罗浮

身形似鹤古来稀，深谷梅花冷共支。
坐破蒲团千顷月，阅穷沧海两茎眉。
闲知岁月终堪惜，老爱云山亦是痴。
为嘱赵州行脚处，麻姑峰畔荔支期。

① 编者按："荷插"，当作"荷锸"。

次韵答邢孟贞并以道别

高楼春尽恨难删，每见君来一破颜。
客梦荒烟迷去道，平生知己重名山。
却怜远别逢梅雨，早愿余年入玉关。
几处草庵烧不尽，秋来犹得扫苔斑。

留别王子京

毾㲪破衲挂枯藤，敢道无情泪又增。
不为金钱思长者，每从处士揖孤僧。
甘贫但酌空江水，受树仍留异代陵。
长想政闲无一事，一轩明月话高朋。

留别顾与治

岭海无家亦有忧，归心那复恋狂游。
频年独寄杨雄宅，此后谁登谢朓楼。
永夜月来僧不管，一春花落鸟空愁。
茫茫正溯长江水，何日重过问石头？

留别余澹心二首 次韵

（一）

春风犹滞秣陵关，晓梦先飞黄木湾。

弟妹可能存世上，笑啼徒自向人间。
三年不见云中信，一钵终归何处山？
最是与君情不薄，悠悠去住两难删。

（二）

敷天处处谷为陵，剩水残山见老僧。
乞得一餐常自足，饶他百事总无能。
关心独有池生草，白首何堪鼠啮藤。
归去把茅诗卷在，思君常剔佛前灯。

留别白门诸公

不因行乐亦蹉跎，几度柴门石易过。
岂有文章逢运使，屡将香饭乞维摩。
三山花落催行棹，五岭云飞返旧柯。
莫叹江流千万里，莺啼无限夕阳多。

次郑元白韵

烟缕城头日未斜，曾来乞食到君家。
于今年代非当日，始信人间有落花。
雨后每寻黄叶寺，春残惟听白门笳。
临歧无住悲鸿渐，为数庭前树上鸦。

次余澹心韵二首

（一）

家本飞云白石龛，偶言来去亦优昙。
遗篇青简千年事，山月蒲团一杖担。
此日晓风歌柳岸，他时高阁坐江南。
摩腾翻译浑多故，身外垒垒贝叶函。

（二）

摘叶烧泉处士斋，几翻相向写幽怀。
看残今古无天眼，踏破青山有草鞋。
雁去休教虚只字，猿归应已共层崖。
世间定乱非裴度，雪夜何人更度淮？

次林茂之韵二首

（一）

数间茅屋水东涯，四海为家不当家。
钵底已无兼宿食，篱边犹忆隔年花。
典型独喜先生在，风雅徒令异代夸。
自笑僧贫远行脚，担头犹有旧袈裟。

（二）

忆昔相逢未是僧，青山处处总堪登。
斑斓子舍终天恨，花草吴宫百感兴。

周粟价高思义士，羊裘典尽笑严陵。
莫言我去知心少，但过墙东有好朋。

陈伯玑和余《留别与治》诗见赠，复次原韵答之

曰归曰归我心忧，野草荒烟失旧游。
幸是天涯逢有道，相投杖策上高楼。
西山遗老留云卧，赣水新魂带月愁。
话至伤心窗又雨，何年重约虎溪头？

系中生日二首

（一）

稽首牟尼古佛图，今朝犹剩旧头颅。
纵经万死知何恨，欲尽馀生亦是虚。
破寺独松撑日月，短床闲梦到江湖。
从他知罪浑无涉，纳纳乾坤一病夫。

（二）

三十七年事事非，两行新泪点田衣。
世间白日还容我，海上青山未许归。
天意每于穷极见，故人不为病多稀。
明朝好恶休须论，且共团圞话日晖。

编者按：《补遗》一卷原附在《千山诗集》卷八“五言排律”

卷末，因《补遗》所收诗俱为“七律”，故移出单列一卷。《补遗》卷末另有附记一段：“右七言近体诗三十一首，皆禅师丙丁间寓金陵所作者，稿存黄华寺，沈阳原集未之载也。梓事将竣，黄华主人始出相示，不及依次编入，附诸卷末，另为补遗一卷云。”

附录一

重刊长庆语录瞎堂千山诗集捐资列

华首台常住肆员

丽泉贰员　月印贰员　拙峰贰员　展文贰员
灵鹫贰员　服膺贰员　静基贰员　谦受壹员
允受壹员　宝池壹员　宏灿壹员　秉受壹员
证禅壹员　乾庥壹员　淡缘壹员　翼成壹员
慧通壹员　平矩壹员　守常壹员

海云常住陆员

自航贰员　祖印陆员　展祥贰员　同真贰员
奇观贰员　省来伍员　莹彻壹两　承至壹员
积良贰员　卓悟陆员　玉光贰员　仁端贰员
原今壹员　福迟肆员　知方贰员　沾润贰员
俊章壹员　湜池贰员　湛愉壹员　畅闲壹员
鹫阶壹员　怀贞壹员　弥深壹员　沛毓壹员
宇量贰员　培芳壹员　巨量壹员　荫慈壹员
志安壹员　汉登壹员　喻镜壹员　洁舟壹员
禀让壹员　蹈通壹员　礼空壹员　立权壹员
晃昭壹员　果乘壹员　肇林壹员

海幢常住贰拾两

瑜山肆员　恒信贰员　照中贰员　纯谦肆员
奕中贰员　渡津贰员　元珠贰员　尔勤肆员
二严陆员　戒珠贰员　迪昌贰员　接航壹员

宜章贰员　灵苗肆员　敏学贰员　丛灵叁员
顺航壹员　序经肆员　悦仁壹员　昆石壹员
逊怡壹员　俊舒壹员　昙树贰员　倬揄贰员
铨诚贰员　石根贰员　颖勤肆员　亲洁陆员
泽念壹员　喜成贰员　培之壹员　瑾莹壹员
彦之贰员　惺勤贰员　悟非壹员　荣芳壹员
务闲壹员　允存壹员　良欣壹员　茂刍壹员
守初壹员　汇渠壹员　宽行贰员

捐修藏经余银壹拾壹两叁钱五分

大佛常住拾大员

慧鉴肆员　若莲拾两　纯宽贰员　逸龙贰员
忍微肆员　建庸贰员　奋进壹员　勉之肆员
明初壹员　容与壹员　圣传贰员　兆昌壹员
远龄壹员　曙临壹员　景蕃壹员　恂龄贰员
超岸壹员　衍琮壹员　湛莹贰员　坚逊贰员
英霖壹员　祺秋贰员　□□壹员

重梓《千山和尚语录》序

剩人和尚说法医巫闾，七坐道场，全提直指，绝塞罕闻，一时缁白称佛出世，有《普济录》刊行，已三十余载。缘道里迢遥，边关间阻，齐鲁燕赵亦鲜觏止，矧大江以南。于是粤东得度弟子僧显，又公谋于同社，集诸因缘，重梓于穗城黄华寺，用广流通。其仰体普度之怀，足称真切，属辩序于篇首，以谊忝犹子，其何容辞？惜未亲承提命，乌足以管窥蠡测。

向侍先师天老人时，得闻师天姿英迈，悟门超越，而血性淋漓，不拘小节，与客雄谈快论，则目无古今，时或慷慨高歌，又心悲物类。凡情圣见，脱落无余，等闲提唱，大煞婆心，随地随人，不辞明破。惟偈颂高古，乃畅达本怀。当时徒默识之。及今披阅，追忆先语，始悉悯物弘慈，恩大难酬也。有谓宗门提唱，剿绝情识，不落筌蹄，应如赵州纯以本分事接人。此说未尽然也。佛道普摄，号无缘慈，巨细浅深，均应嘉与。犹泰山不轻毫末，始成其高；河海不择细流，方成其大。故曰如来即慈，慈即如来。何则？一切众生已成佛，竟已说法，竟已度生，竟已涅槃，竟其妙蔑以加矣，还堪以本分事接引否？若有接引，不名本分，不假接引，本分谁名？三乘十二分，说权说实，说半说满，无非曲为今时。即最后拈花头陀微笑以及一千七百，亦早带水拖泥。古德常云：我若一向举扬宗乘，法堂前草深一丈，倩人看院始得。旨哉言乎。虽然，亦未尽然也。治生产业与实相不违，细语粗言，皆归第一义，放行把住，权在当人，世上良医随拈一草，皆可疗病，奚必愁术参芪。若徒尚诸剿绝，灭迹潜踪以为极，则翻成顸颟，醍醐毒药，赚误尤多，是知随宜说法，为三世如来法施之式。非师识度恢弘，慈悯深挚，何足以与于斯。

至若生平行实，详于二《塔铭》中。初则天老人撰于粤之雷峰，时庚子夏杪。次为大中丞雪海郝公所撰，犹古之第二碑也。然辩更闻于其徒尸林曰：师示寂后，某捧碑铭再出关，阅三载，启龛入塔，挺然端坐，举体赤色，忽两泪交流，四众惊疑，皆以生不得入关门为恨。岂知师之悲天愍人，满腔热泪，海涌湫倾，穷未来际，无有尽极。悲夫！悲夫！

时康熙庚午岁，僧自恣日法侄今辩稽首谨述。

（据释函可《剩人和尚语录》迻录）

附录三

《剩人和尚语录》序

山海而东，延袤一线，斗绝千里，流人错趾，庐旅语言，四方之风在焉。然于佛事特胜。剩公先来，逾岁余亦放至，得城阴数椽屋，沙气为岚，雪云如墨，或晨或夕，时一相过。频死之余，尚载敝簏书一车，意为僵卧遣奠之具。剩公方弢光铲采，每来辄抓搔典籍，独提宗教，栩栩相视也。间煮蔔粥，调盐齑，或击(稿)〔当作槁〕木，佐以瓦缶，唱酬吟咏，一室之外，遂无知者。阅二年，而剩公之教大行，住普济，成《语录》，缁宿辈已西传长安。既而三韩远近及门愈众，指授开演，复成兹编。

夫佛理显密圆通，不可涯涘。公尝言，佛教人伦也。余与公同遭原鸰之痛，而一在事前，一在事后，公唯以忠孝激烈之性，沉涵于性海，故冲融浩荡，澄湛无际，班史氏所谓五星日月，其根在地，而形见于天者也。

尝演法于接引、永安诸刹，令海州屠人咸释刀去，辽阳斗者至相戒勿令公知。此亦大道感应之验矣。昔韩昌黎与大颠虽三书珍重，留衣作别，记其相见，寥寥数语。余被谴出塞，甚于潮澥，而独得与剩公永其朝夕，白麈交横，海风漂泊，一灯炯然，后之览者亦可以读其书而论其世也夫。

顺治甲午季春十日，北里樵人谨书。

（据释函可《剩人和尚语录》迻录）

附录四

《剩人和尚语录》序

予幼而顽劣，长不知学，随俗汩没章句而已。被谪以来，惶惑失志，文字之外无可凭者，从絷维中得普济《剩和尚语录》一函，读而恍有醒焉。及见如故，师亦以予为若可与语者，而朝夕训诲之。予实愧不能行也。

兹者座下缁俗，复刻师法语广示学人，较之前录尤为详备，弘深高远，予乌能测然。予尝见师之为人，而知师不徒言也。师持身高峻，壁立万仞，而与物甚亲，谈笑蔼如，冥心象始，寂尔忘言，而风云月露，刻画殆尽。早年离俗，尘缘悉捐，而语及罔极之恩，兄弟友朋之谊，未尝不感激流涕，凄恻缠绵而不能自已也。闻人一善，终身不忘，急人之难，痛若肤剥，岂非其实有诸已，故言之亲切而不厌，而人之信从者愈久而愈著耶！将见师斯录一出，当与古之尊宿如慈明、大慧者并垂天壤，庶几有特立超诣之士闻风兴起，以传持斯道于无穷。予之窾陋，又安能窥其所至哉。

大清顺治甲午仲春上浣，木斋谨序。

（据释函可《剩人和尚语录》逐录）

剩人可禅师著述与弟子

编者按：此文原附在《剩人可禅师塔碑铭》后，未有题目，此题系编者所拟。

有《语录》十卷及《剩诗》三卷。嗜老《易》有《坎困二卦说》，与左大来、李吉津、季天中、陈心简《论格物劝学书》，与希与、焦冥《论南华书》行于世。高足有今方、今羞、今何、今衍、今希、今子、今仿、今狮、今育，法付方、书付羞何以下闻修各有差。(损)〔当为捐〕资王衮州全忠为多。守塔有古下，剩公字之为不离步。

(据释函可《剩人和尚语录》迻录)

附录六

僧祖心诗

祖心（韩宗騋，博罗人，有《千山诗集》、《剩诗》），博罗人，宗伯韩文恪公长子。少为名诸生，才高气盛，有康济天下之志。年二十六，忽弃家为僧，禅寂于罗浮、匡庐者久之。乙酉至南京，会国再变，亲见诸士大夫死事状，记为私史。城逻发焉，被拷治惨甚，所与游者忍死不一言。傅律殊死，既得减，充戍沈阳。痛定而哦，或歌或哭，为诗数十百篇，命曰《剩诗》。其痛伤人伦之变，感慨家国之亡，至性绝人，有士大夫之所不能及者，读其诗而君父之爱油然以生焉。盖其人虽居世外，而自丧乱以来，每以淟涊苟全，不得死于家国，以见诸公于地下为憾。而其弟骥、騄、骊以抗节；叔父日钦，从兄如琰，从子子见、子亢以战败；寡姊以城陷；妹以救母；騄妇以不食；骊妇以饮刃，皆死。即仆从婢媵，亦多有视死如归者。一家忠义，皆有以慰夫师之心。嗟夫！圣人不作，大道失而求诸禅；忠臣孝子无多，大义失而求诸僧；《春秋》已亡，褒贬失而求诸诗。以禅为道，道之不幸也；以僧为忠臣孝子，士大夫之不幸也；以诗为《春秋》，史之不幸也。《剩诗》有曰："人鬼不容发，安能复迟迟？努力事前路，勿为儿女悲。"又曰："地上反淹淹，地下多生气。"呜呼！亦可以见其志也矣。

（据屈大均《广东新语》卷十二诗语迻录）

附录七

洪承畴传（节录）

（顺治）二年闰六月……上命承畴往驻江宁，铸给“招抚南方总督军务大学士”印……（三年）十月（驻防江宁总管）巴山等以察获游僧函可、金腊等五人，携有谋叛踪迹，牒承畴鞫讯。洪畴疏言：“函可乃故明尚书韩日缵之子，出家多年。乙酉春，自广东来江宁，印刷藏经。值大兵平江南，久住未回。今以广东路远，向臣请牌回里。臣因韩日缵是臣会试房师，遂给印牌。及城门盘验，经笥中有福王答阮大铖书稿，字失避忌，又有《变纪》一书，干预时事。其不行焚毁，自取愆尤，与随从之僧徒金腊等四人无涉。臣与函可世谊，应避嫌，不敢定拟，谨将书帖、牌文，封送内院。”得旨，下部察议。以承畴徇情私给印牌，应革职。上以承畴奉使江南，劳绩可嘉，宥之……

（据清国史馆《贰臣传》迻录）

释函可之偈三首

藏主刻《普济录》成见寄

故人天上已经年，忽见牛车突塞烟。
罪过太多增旧案，语言欲断出新编。
长江皓月应先寄，瘴海惊涛孰与传？
惭愧无端余六万，又随洪范落朝鲜。

十二时歌之九

黄昏戌，泠泠寻思事非一。
前年夹棍去年牢，万种欺凌凭狱卒。
皮已穿，骨也出，放汝残生来念佛。
谁知到此一年余，依然忘却波罗蜜。

十二时歌之十一

半夜子，忽忆家乡万余里。
华首堂头久不闻，兄弟叔侄何栖止。
细思量，今已矣，千古罪人身便是。
当初只道修行好，谁料修行到如此。

（以上之偈系据释函可《剩人和尚语录》迻录）

《顾与治诗》选

和祖心师雨中见访

（一）

乾坤逢此日，野老独吞声。
不道西方学，能同故国情。
墟烟何寂寞，行潦漫纵横。
连夕伤心话，寒灯剔未明。

（二）

乐莫新知乐，相看只是愁。
余生犹未卜，于世复何求。
兵甲连蒿径，豺狼阻岳游。
未须思坎止，沧海一浮沤。

——《顾与治诗》卷三

九月七日祖心、孟贞、于皇共坐，得孝章书

九月伤心会，星霜忽再周。
书开数行泪，叶满一庭秋。

树近陵原少，山当僧户幽。
隔朝晴可卜，惆怅欲何游。

——《顾与治诗》卷三

金孝章至自吴门，同祖心师、次涛兄弟小集

此回花下见，一拜各伤神。
且喜身同在，还疑梦未真。
即时呼浊酒，向夜集高人。
醉觉乾坤好，深悲莫细陈。

——《顾与治诗》卷三

寄祖心师

忽触崩雷散，同为死别哀。
生存三载后，涕泪一缄开。
消息传仍误，形容梦亦猜。
江鱼不可去，敢望北鸿来。

——《顾与治诗》卷四

别雁寄怀祖心师

空江为逆旅，归去塞云深。
不减惊秋思，还同送远心。

字留烟灭没，声寄雨浮沉。
逐客居辽海，烦传万里音。

——《顾与治诗》卷四

送一灵师之辽阳兼柬剩和尚

（一）

岭路双缁下，开门一杖孤。
吟随芳草去，饭藉落花趺。
辇道怀章奏，天山入画图。
江船宜看渡，予病未能扶。

灵公粤人，从雪公来金陵，欲北上，共疏请自戍而求放剩和尚入关。

（二）

无物可为寄，持书泪满襟。
一生千古恨，万里十年心。
及见悲何语，重逢乐岂任。
别来空老去，法乳负恩深。

——《顾与治诗》卷五

送祖心师还岭南

一春风雨愁中去，春去还添送客愁。

心事两年同下泪，莺声明日独凭楼。
舟车已断寻前路，城郭重归失旧游。
只恐经台也荒草，吾庐何不且淹留。

——《顾与治诗》卷六

不二歌集

(明)张春　著

序　一

李元春

《不二歌》者，同州张泰宇先生被虏于沈阳守死不屈歌以见志者也。先生死后，本朝定鼎，康熙三十年，先生丧始归，事之本末乃详，或取其《歌》与先后飏先生诗文裒而为集，久且湮矣。向予亦未尝见，选两朝诗文仅取其《歌》入之。今戊申春老病，念且死，事未毕，目将不瞑。既愈，复补《道脉书》及《两朝文》。张生铭，泰宇先生十一世从孙也，奉其父照翼命，乱抄先生集，介门人赵生俊秀乞予点订，将刻之。阅十余日夜始就绪，亦不知其集初何名，即以己意名之曰《不二歌集》，置《歌》于前，先生在任及在沈阳文两篇文附焉，余传志与纪德政暨祭诔诗文等附焉。即《歌》与诸文，先生志事毕见，百世之上，百世之下相感，诚不知其何心。窃谓读此集，不奋然兴起其忠义之忱者，无是情无是理也。因语铭曰："是不可不刻。"铭遂请为序，予跼蹐不敢任，无已，当还就集中言先生者取再论之。

诸家多以文山比先生，古今似文山者，先生外更无人，似先生者，文山外亦更无人。然两人心同道同，而事亦略有不同。文山为童子时，见学宫所祀乡先生欧阳修等像，曰："没不俎豆其间，非夫也?"先生自为秀才，便有范文正任天下意，喜兵事，留心厄塞。此其立志之大同也。文山始不拘小节，声妓不绝，先生砥廉隅，不妄交游，里中宴会有声妓，闻先生来，皆避匿。此其律身之微异也。文山大魁天下，终历钧衡，先生以乡荐宰堂邑，调聊城，逮至兵备永平，北行不屈，加副宪，此其名位之定于天者异也。文山使考官于文见其古谊忠肝；先生自为诸生，富平孙少宰即许以忠孝著名。此其蕴蓄之信于人者同也。文山知赣州，江上报急，天下无勤王者，文山慨然发诸郡豪杰，结溪峒蛮起师召入卫；先生以削籍家居，滦永四镇失守，再起永平参议，招旧义勇复四镇，自此两人以身许国一而已矣。当元兵盛时，宋亡势已成，文山艰难万状，多败少胜，子母妻妾俱亡，志不少挫，见执五坡岭，入厓山，护送如京，在道八日不死，乃复贪心犹冀幸万一也，蓑城之疑见杀，年四十七耳，视死真如归矣，何愧天日哉。先生以祖大寿师溃，败于大凌见执，求死不得，说谕百端，较（宋）〔当作元〕之劝文山者犹勤，而卒不一动其心，僧寺十年，坐不东北向，朔望必西南拜，衣不更旧，食必西来粟，祭书明年月，见文皇称督领不拜，想文山待死之日亦当如此。然临安之降，文山受使如元请和，虽见伯颜抗论皋亭，旋逃亡，几见杀于制置李庭芝，予以为如《宋史》说，文山此时犹出年少，不如先生之不受文皇命，暂归以救一时，致失国体，为老成见远也。天下事不得以成败论人，自古国亡实有不可救药之故，而死节者乃皆其素所不肯信用之人，如文山与先生，天盖生之为万世维纲常，自不能为一时息祸乱也。特文山少豪华不羁，勤王师出，始折节深自贬损，尽散家资犒军士。先生初贫，爇火读书，不敢一毫违礼，既捷秋闱，以讲濂洛学且笃孝，冯少墟等皆敬之，故为当道者所知，而不轻入官府。或关民利病，必殷殷言之，所以为令于利民事无不为，病民事无不除，则文山生而旷达，固有寻常所不易学者，而先生乃可常可变可生可死，而终不渝其初志，事事可学，而惜乎人不知学，遂使先生与文山均为古今仅见之人。此予所以多张生铭之能刻是集而欲广其传也。

人以《不二歌》比文山之《正气》，予谓此一诗也，当自居沈阳时已成之，而即书为绝命之词，则文山成仁取义一首与《过零丁洋》诗皆可以此概焉。抑先生之死多云寿终，予观左懋泰传先生云以不食死，系居沈阳时作此，为得其实。又以《不二歌》得于死后衣带中，断之益信。

道光戊申夏五，朝邑后学李元春时斋撰，门人雷尔卿书。

序　二

贾　震

张泰宇先生，予邑洛北人，世传《不二歌》，闻其风，未尝不想见其为人，而初未得悉其事行之本末。张生铭，先生从裔孙也，从予学。其祖讳继志者，皓首穷经，卒于教读，此《歌》暨文传一卷，属纩之时，殷殷嘱其子祐刻以行世，祐又以嘱其子照翼。翼子即铭也，能读书，家亦渐裕，戊申四月奉其父命持《歌》抄本，备述其事于予，始知先生忠孝节义萃于一门，窃以为此万世风教所关，今不刻久且散佚矣，但篇帙淆乱，必更点次序列，命铭往质于朝坂李时斋先生。先生以意厘定，又为之序，且俾予原其付梓之由，故敢不揣固陋以志景仰，而又缀予读兹集之末论于后，以质于时斋先生。

论曰：从古革命之际，慷慨赴死者多，从容就义者寡。兹集评先生者不一，始或方诸范文正、赵靖献，既居东时，或方诸苏子卿、文文山，各有当矣，未尽者，予专取居东一事论之。

窃以先生为依稀乎有箕子之风，实孔子所谓仁人，未可以一忠概之，而亦不必尽同也。箕子殷之贵戚也，为纣奴，殷亡，武王释囚访道，不敢以臣礼待，固无求死之事，而要不渝其罔为臣仆之志，内难而能正其志，箕子以之《易象》，与《论语》同能正其志，是即无私之仁人矣。先生兵败见执，本决意一死，及文皇亲释缚礼遇，求死不得，命旗下从学，先生不辞，教以道义。文皇与武王访《范》之意何异，先生与陈畸之意亦何异。然僧寺十年，而坐必东北向，朔望必西南拜，衣不更旧，食必西来粟，祭书明年月，见文皇称督领不拜，不但不为臣仆，亦不敢若箕子受朝鲜之封，死之心固未忘也。其不遽死者，以明未亡耳，而始终一心不二，无一毫私意，不可对天对人，此则可与箕子质之数千年之后者，自号明夷子，作《不二歌》，不较然甚明哉。卒之两朝信而且服，当时人人信而且服，后之闻其事者莫不感且奋也，死之先后复何论焉。予不欲袭诸家之说，第就先生之意论先生，未知有当否也？

戊申六月同里后学贾震撰。

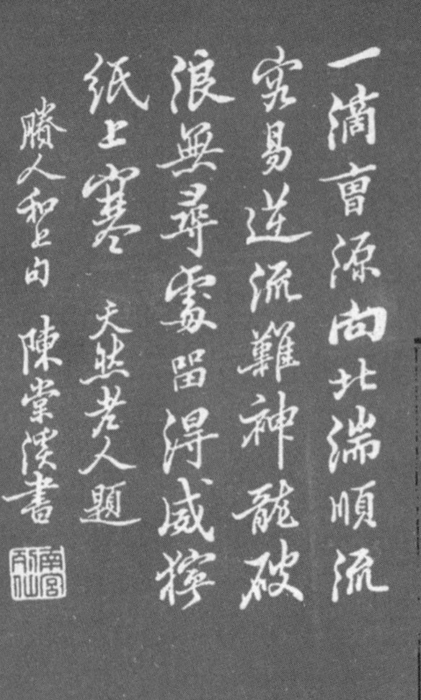

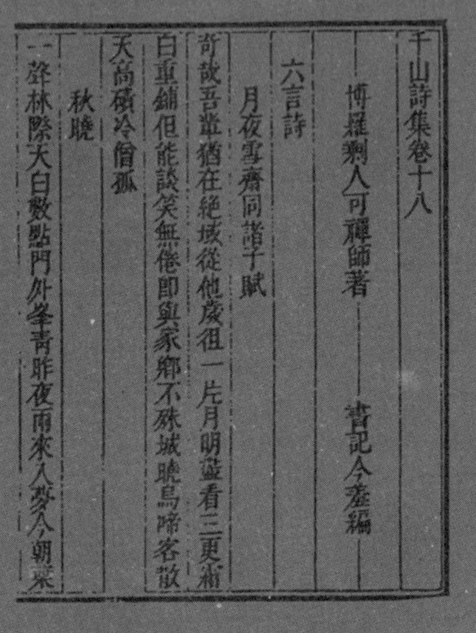
千山詩集卷十八
博羅剩人可禪師著　書記今羞編
六言詩
月夜雪齋同諸子賦
奇哉吾輩猶在絕域從他虎狙一片月明盡看三更霜白重鋪但能談笑無倦即與家鄉不殊城曉鳥啼客散天高磧冷僧孤
秋曉
一簇林際天白數點門外峰青昨夜雨來人夢今朝

不二歌集

卷一

明夷子不二歌

公居东自号明夷子，取遇难艰贞之意。

一真枢变化，乾坤立主张。
幻形畴不没，问谁无尽藏。
静极还复动，一阴而一阳。
源同流乃异，邪曲与忠良。
如此日在天，光明照万方。
心在人之内，丹诚那可忘。
天地惟得一，清宁终久长。
王侯惟得一，首出乎万邦。
卓彼待字女，从一无褰裳。
之死矢靡他，苦节傲冰霜。

风疾草自劲，岁寒松愈苍。
委质许致身，临敌无回肠。
电火焚大槐，有忙有不忙。
求死不得死，身命轻秕糠。
生匪是偷生，苦衷质上苍。
始终筹划者，深愧郭汾阳。
万或得一当，不愧文天祥。
君父之所在，焚叩西南方。
富贵不可淫，威武甘锯汤。
既名丈夫子，讵肯沦三纲。
千秋有定案，遗臭与传芳。
刚巡为激烈，幽武缘不降。
援古以证今，读兹书一场。
忠孝字不识，万卷总荒唐。
俯仰能不愧，至大而至刚。
谁谓马无角，安得羝生羊。
我作不二歌，小常有大常。

庭训迩言

要　孝　顺

孝顺父母，是人生一件大事。不顺乎亲，不可以为子，即不可以为人，故百行以孝为先。父母生育之恩如同天高地厚一般，试看父母生个儿子，十月怀胎，三年乳哺，不知受了多少艰难，即痧麻、痘疹、风寒饥饱，百般调养，又不知用尽了多少精神，才得长大成人。常言道：“养儿防老，积谷防饥。”父母受了千辛万苦，指望儿子孝顺，以为后靠。凡人在世，就是平常外人有一恩一德于我，尚且想报答他，若父母莫大恩勤，为子的五夜思量，怎么报答得尽。

偏有一种不孝不顺的人，自己成人之后，有妻子只图妻子受用，不顾父母供养，甚且结亲交友，反费许多周旋，把父母丢在一边。不知不孝的人，那怕千伶万巧，天亦未必佑他。常言道："孝顺常招孝顺子，忤逆偏生忤逆儿。"可见近报则在自己，远报则在儿孙，断断不爽之理。

至若丧葬一事，更是为子要紧的事。往往见有钱人家，父母已死，停柩在堂，总不想随时安葬的道理，一味讲究做斋，做七百日期年，及至葬时，不在穴圹安厝上用心，一味讲究屏幛、戏酒、祭玩、冥器等类无益虚文，所以有因家道本薄必候发财才得安埋，遂至久停在家。又有为选择好地，迟滞不葬，不知谋地。原想地内无风无水，使父母葬下去，不至侵坏尸骸，此心才安，乃反借父母尸骸，图子孙的富贵，东谋不成，西谋不就，以至棺柩暴露，终无安葬日期。那晓得阴地不如心地，父母一日不安，为子的心能一日安乎？更有因父母前后死亡不齐，将先死者停柩在家，立心等后死者一起发送，两做一件，又为体面，又为省费。试问这种心肠，若要生者长存，自难顾死者早安，若要死者早安，不几愿生者早死乎？此真不孝人极矣。盖人于父母在时，常常思想生育大恩及时报答于父母。死后只求死者安身，称家之有无急早归葬，莫务无益虚文，此即能尽孝顺之道。孝可格天，异日发达，根源不外乎此。

要和睦

兄弟和睦，乃家庭兴旺之兆。若系有馀之家，彼此公共毫无私隙，钱财人丁有聚无散，渐渐增长，更觉有丰亨豫大气象。俗语说得好："分见少，共见多。"即或寒素人家，彼此同心协力，(想)〔当作相〕帮相助，亦不至落魄于人。俗语又说得好："朋柴火焰高。”况兄弟聚首，天伦乐事。何苦弄得分门别户，你东我西，有甚益处？总之，人家弟兄不和不睦的，岂其天性皆然。试看幼年时节，弟兄们一起嬉戏顽耍，行不离伴，坐不离身，何等和睦。及至长大娶妻生子，各怀异心，或听了妻子语言，或信了亲友挑弄，因而骨肉乖离，你猜我忌，你拗我别，随将家业分散。更有一种管理家事的人，平日一应公众使用，已不无假公济私入己肥囊。及至分家时候，犹起贪图之心，往往指空摊账，折算田房，因而彼此恶视，断绝往来，甚至争竞不已，殴讼交加，经年不休。这等行径，若系叔侄等辈犹为隔膜，若在兄弟分中，是将一点和睦良心丧尽。独不思和睦二字，即在邻里乡党也少不得的，何况在同胞兄弟。常言道：“酒肉朋友，患难兄弟。”是患难相救只有兄弟，岂有安乐之时，反不如友朋，真不可解也。常言又道：“打虎还是亲兄弟，上阵还是父子兵。”总要人思想天性中自然带来的恩爱，切莫只图自己便宜，伤了手足之谊，把一点本有的良心，尽为货财妻子蒙蔽了。试看弟兄分散的，一家的人七零八落，就算一己能得支持，总觉独立少助，那怕有知心相好，终是外人，怎及得至亲骨肉。倘若时衰运迁，跌落下来，即亲戚好友亦不能相顾，其一切帮闲门客冷眼相看，那时想起弟兄手足谊气，悔之晚矣。自古家不和，邻里欺，必然之理也。人只把处弟兄分上和睦的受用，与不和睦的下场头细细穿看，自然不私货财，不私妻子，兄友弟恭，一家大和，即或弟兄中有傲慢不顺的，亦须忍耐调停，久之自然感化，同心同德。所以古人九世同居，子孙昌大，无非和睦之所致也。

要 勤 劳

勤劳者，不是两头奔波的说法，是要士农工商各守其业，各尽其职，而不任情懒惰，终日荒废的意思。常言道：“一勤天下无难事。”言凡人于自己职业所当做的事，无分男女贵贱，各用其心，各竭其力，自有个结果成就，既可以成人，又可以成家，断未有自行荒惰，而能有济者。往往见有年力精壮，游手好闲，不理本业的人，只贪顽耍，或终日酒肆，或终日赌场，游荡无归，以为这样何等快活。殊不知日混一日，总无成局，不惟荒了正务，不能成家立计，一到年纪颓迈，筋力既衰，设使有些病痛，家中诸事丛集，这个时候东既无成，西又莫就，事不前定，自受困穷之累，悔之晚矣。常言道："一生之计在于勤。"你只顾安逸，怕受劳苦，独不想一生之计乎？又道："勤谨勤谨，衣食有准。懒惰懒惰，忍饥受饿。"你只贪懒惰，不肯勤谨，独不怕忍饥受饿乎？况且人若闲居无事，苟无定见者，妄想邪思，相率而生，自己按拿不住，为非作歹，无所不至矣。若是读书的人，朝夕诵课，莫荒了举业，上天自不负苦心。务农的人，春耕夏耘，莫荒了田地，禾麦自有个收成。工匠的人，精于手艺，工食愈赚得多。商贾的人，精于生意，利息更见其盛。总是自在不得的。

曾忆前辈人作《自在歌》劝人，有云："自在好，好自在，世上的自在谁不爱。书生自在文不在，农夫自在谷成稗。商贾自在误买卖，工匠自在手段坏。富人自在田园败，穷人自在添借贷。男子自在妻孥害，女子自在丈夫怪。图自在，不自在，老来积下冤家债。不早回头无聊赖，请自在，请自在。"此歌语语切中懒人的弊病。可见人生在世，若想顾身顾家的，切勿自在，须要勤劳，自然大有成就。

要 俭 朴

俭朴者，是人之本分。盖俭朴之法，不是专在鄙吝，先要总计我一家之中人口若干，每岁衣食、人情杂项用度若干，将收的田内粮食若干，贸易利息若干，预先量入为出，必须常留有馀，以备喜庆并意外凶荒之用。至于房屋、车马、饮食、衣服、器物交接，俱从俭朴，不可矜胜争强，自然家道愈加丰足。往往见有余之家，或是祖父做官，宦囊丰厚留传下来的，或是祖父辛苦陆续积攒留存下来的，造个家成业就。是以富贵家子弟俱享现成之福。一经祖父过世，银钱到手，随着自己使用，那知道银钱的艰难，那知道过家的算计。分外要行事体面，饮食更要异味，衣服更要新奇，车马更要肥丽，房屋更要华美，器具更要款式。且有一奉承帮闲的门客善于逢迎，美声美色，朝酒暮肉，何求不得，即用完祖父所存银钱犹不自悟，总是过惯了富贵日子，前番又是奢华惯了，此时自难守业度日，只是变卖，弄得赤贫无倚，反遭借贷耻辱矣。

至若无钱之家，一则家里本不优裕，他偏要学富贵人家行事，攀交些富豪贵客，自己自然俭朴不得，设若钱不应手，必定东拉西拽，拉张盖李。古圣云："虚而为盈，约而为泰，难乎有恒矣。"及至支持不来，那时用度缺乏，自己又枉弄了半生虚浮，不能得实在受用，竟成了饥寒困苦之人，无所不至，这都是平日不肯俭朴之病也。

总之，一家而用费当用则用，不当用则为无益浮费。若自己一身务各本业，一切家用量入为出，既莫虚夸，又能节省，以保先业，以图发积。常言道："常将有时思无时。"切莫浮奢，须要俭朴，自然可久可大。

莫欠粮

朝廷立定条编，一亩一户，载有征收的数目，一春一秋，正是完纳的时候。古人云："普天之下，莫非王土。"试看万国九州各府州县的百姓，熙熙皞皞，欢欣鼓舞，都在光天化日之下耕田而食，凿井而饮。各人家的仰事父母，俯育妻子，一丝一粟，溯其由来，真感戴无涯矣。其有田粮，关税例在。惟正之供止有此数，输将唯恐或后，何得有不遵定例，不随卯期，拖欠许久，不早封纳，竟成化外顽民乎？况征取钱粮，原只为许多费用，如官员的俸禄，吏役的廪食，兵丁的粮饷，修筑的工料等项，究竟还是为百姓用去的。即如民间，奸良不齐，若无官长，那凶恶的人以强凌弱，不公不法的事，谁人断理乎？民何得不受欺侮？又或有盗贼窃发，若无兵丁护卫，官法治罪，地方不得宁静，平人何得安居乐业？至于兴功动役，修城筑堤，又系为民之保障，恐其有水旱盗贼之忧。且而读书的给以廪膳，奉差的厚以赏赐，爱育婴儿，养济孤老，赈恤饥民，种种费用，都是为百姓而设。人若想到此处，就该将应完的钱粮，早早封纳上去。

偏有一等刁玩的人，故意拖欠，藐不畏公，反以为会推能抗，夸饰乡愚。此等恶习，往往见有余之家，不知理法，也学这样的行径。那晓得限期太过，官府定然差拘，就是即刻可以备办封纳来役的酒饭盘缠，科房的照应使费，额外花费了银钱。且差人在家追呼，传之乡里，反觉失了体面。至没钱的人家，一时设办不来，自必拘到衙门，见了官长，定要赏打，身体既受了刑杖，一切铺堂散班杂项又要银钱，催的越紧，外费越多，到底钱粮是少不得，脸面没有顾得，钱财又没有省得，岂不大愚。凡人须要晓得算计，把家里一切私事，权且放下，先将公项照限全完，切莫欠粮，做一个奉公守法善良的百姓，既省许多杂用，又享许多安逸，是何等自尊自重。

莫　争　讼

朝廷设立官府，无论有司衙门，与上司衙门，不过替人判理曲直，辩明冤枉，原为天下息争止讼，归于无争无讼的缘故。那知人情不古，有一种心里稍负了屈，不能忍耐，即鸣之公所，这必是好讼的人。有一种理信本自不直，假饰其辞，辩之公堂，这必是健讼的人。又有一种挑起是非，惯弄刀笔，包写包告，这就是唆讼的人。常言道：“衙门朝南开，有理无钱莫进来。”所以明白的人，凡事容忍，轻易不去告状。至若悻悻自好，遇着没要紧的事件，虽是他人错了，却自己可以让得过的，偏觉气忿不平，必定要构词兴讼。状子告进去，若是不准，还是造化。若是准了，就是恼气星、破财星，进了（宫）〔当作官〕，承行的书房，执票的差人，发脚就要起钱。若遇好些的差房，还少受他些劳（忉），〔当作叨〕一遇着狠毒的人，就是多口舌的朱雀，喂不饱的虎狼，先就受他不住。及至听审时候，一切词内有名的中证乡邻需用饭食，同来看顾的亲族朋友款待茶酒，自到歇家的盘费，衙门铺堂散班的礼物，处处都要周到。或有一个人犯不齐，或遇官司不闲，经年累月，守候无期，家下有许多养生恒业，身上有许多正经大事，都不能专心料理。这时譬如骑虎背，要下不能下，只得不辞劳苦，不辞银钱，求其见官一番。但问官的判断原是难定，若一时枉断，把你审输了，反遭责罚，是不忍小辱倒受了大辱。若是审赢了，对头不服，依旧不止不休，拖累无时可了，冤仇更觉重大。这是有理的，官事尚且如此，若本无情实，或起贪图之念，侵占人家财产，或怀私恨之心，陷害良善名节，漫天起雾，平地生波，就算笔头会写，舌尖会说，一应告状的使用俱不可少。且情亏理短，还要打点请托，受滑吏的盘算，受旁人的拿捏，事尚未遂，已经使了多少银钱，费了多少周折。即或见官审断，听你欺哄，如了你的私愿，却天理丧完，良心丧尽，一时纵得用久而自明。倘遇清白官府审出真伪，那被告覆盆见日，你谎状的将诬告反坐，自寻罪受，古人说：“天作孽犹可违，自作孽不可活。”虽悔无及矣。更可恨者，是教唆人的讼师，粗知几点词意，略看几件律条，做出敢作敢为的模样，心地不明白的人，观其外面，深为信服，设些为诡为谲的机谋，识见不定的人堕其术中，尽被驱使，无事弄成有事，小事架成大事，或泄自己私忿，或图于中利益，把他人的身家一己的阴骘，都付之膜外。谁知暗中报应，近在自己，远在儿孙，历历不爽。且这样损人利己的行为，不自改悔，积怨必多，一经出首，动公访拿，包揽词讼，律有明文，

是天理既已难容，王法又所莫逃，何所恃而不恐乎？总之，凡事有理的须退让一步，无理的须猛省一番，刁唆的更宜急早回头，切莫争讼，保几多钱财，消几多辱磨，存几多阴功，真有无数的好处。

莫 斗 殴

斗殴的人，总因气性难平，毫无逊让的心思，或恃着自己的势强，或恃着己人多，便逞雄争胜，撕打为能，横逆欺凌，必要使人人都害怕自己的。那晓得自己受害受怕事情更大。常言道："拳打理不开。"又说："理字没多重，三人抬不动。"若遇不公不平的事，倘自己有不是处，即当退避。若不然，有理讲理。理若不服，或投之乡邻亲友。况且审断曲直，又有官长处分，若动不动争起气来，辱骂交加，拳打脚踢，扯也扯不住，拉也拉不开，因而旁边有帮左拳的，解左劝的，动起器皿，搬些砖石，三个五个，打做一团。若是打输了，自己的皮青眼肿，身损体伤，所为的事件究竟不了结，先受了许多亏苦，甚至弄个残疾，一生竟成了废人。若是打赢了，被打的人岂肯甘心放手，必定寻来报复，冤家每逢于窄路，仍旧是不得干休的。常言道："忍得一时之气，免得百日之忧。"就是自己人众钱广，势力极大，武艺极高，人都敌你不过，众怒也觉难犯，王法更是难逃。

更有一种好勇斗狠的人，不安本分，不习正业，学成拳棍，专以打降为事，逐队成群，或在会场，或在戏架，故意滋事闯祸，比较好汉。横行殴斗人何不看那《洗冤录》上说，人身致命所在甚多。若（骋）〔逞〕一时豪气，一拳一脚都能打死人命，何况汹汹涌涌，棍棒齐加，岂有不致伤命之理？若是被人打死，白白丢了一条性命，英雄何在？父母妻子无所倚靠，反要做苦主告状鸣官。自己死后，尸骸又遭检验蒸刮，已是惨痛之至。若是打死别人，那怕有飞天下海的能干，难得逃过法网，总是要抵命的。一经锁拿，送到官司，三推六问，打过又夹，夹过又打，解府解司，问成死罪，牢狱枷锁，先受尽无限的痛楚，欲求速死尚不可得。就是万贯家财，几年监禁，消灭殆尽，比那被你打死的人，受的折磨更加十倍利害，又带牵父母妻子，都入苦海。试问争气打降的，到这田地，可害怕不害怕？凡人当此太平世界，各自安居乐业，何必倚强欺弱，徒逞血气之勇。试看有识量的人，纵横逆欺凌，他且包涵忍耐，况未必自己十分有理，须平心逊让，切莫斗殴，庶身家可保，消许多灾祸，蓄许多福泽，是何等受用。

莫 赌 博

好赌博的人，只说是件快活的事，那晓得是件吃亏受害的事。上场赌博时，原想赢别人银钱，岂肯把自己银钱输去。不知赌博输赢怎么拿得定。试看从来赌博下场，十遭就有七八遭输。况且窝赌人家，不管谁输谁赢，一往一来，都是要抽头的。抽来抽去，场上的本钱渐渐归了窝家。若是通场打算，总没有一个赢的。到了赌钱场中，必有一起做局哄骗的人，商通叫点，打围偷牌、换骰等类，那怕有呼卢喝么的手段，受了笼络，不知不觉将本钱钩引去了。常言道：“赢钱三只眼，输钱只是赶。”谁知越赶越输，怎么让你翻得本来。若是赌花了心，日夜不休，百样的事都不思量去管，父母的奉养，妻子的饥寒，自己的本业，竟丢在度外，只顾顽得快活，那管人的好歹，就是娼优奴仆，以及不习流品的人，但有银钱可赌，即如胶似漆，竟像好兄好弟一般，深更半夜，你来我往，甚而弄出别的勾当。这时悔恨何及。

且好赌的人，既不分好歹，那里讲个礼义，惜个廉耻。或是为输赢争钱多少，或是为语言相犯动起气来，即时吵闹打骂，一经官府访拿，或是自己出首，经了公所，先要衙门使用银钱，又受差役百般凌辱。及至见官，按律治罪，小则责罚枷号，大则充军问徒，怎得即便干休。

尝见富贵人家子弟，不知艰难苦楚，终日戏游，将祖父所遗的产业荡尽，一身的衣食缺少，弄得赤贫无倚，到得此时忍不过饥，受不过寒，不得不起歹心，做贼偷窃，因而无所不至，犯下罪来，斩绞流徒，俱不可定。究其原由，总是赌博的病根，何等吃亏，何等受害，真可怕也。人当痛改此种习气，各理正业，切莫赌博，保养自己身体，保守自己财产，保固自己体面，眼前有许多受用处，日后有许多发积处，何等自在快活，何必偷一时之快活乎？

请乞终养揭帖

原任山东东昌府聊城县知县，今升南京刑部湖广清吏司主事张春，为比例陈情，恳乞圣明俯赐终养，以安愚分，以尽子职事。

职系陕西西安府同州人，由举人于万历四十一年四月初四日除授堂邑县知县，本年五月初十日到任。职早岁失恃，职父世登迎养时年已八十七岁矣。四十四年四月初十日，考三年满，蒙圣恩封父赠母。九十老人，躬被纶命，职幸出望外。四十五年五月十三日，调繁聊城县。六月初六日，到任。职父渐失明，匕箸无恙。至四十六年，职父九十二岁，饮食失调，偶感风邪，乃以景临濛汜，念切首丘，职百计无能挽留，随遣妇子妇侍。于行之日，职泪如雨，职衷如割。嗣是凝眸亲帏，神魂靡薄，以终养情由，备申乞休，竟不能得之上官，而职心滋苦矣。

于五月二十五日接邸报，升职今官，荷蒙俞旨，闻命自天，措躬无地，愧君恩之逾涯，幸子舍之非遥，弛担而西，触暑犯夜，兼程抵里，六年劳骨，遂撄新病，痰嗽怔忡，人身鬼形，此职善息之时，而亦天之所以全乌鸟也。拜问职父，犹勉以新命博一欢。听声音抱泣几绝。职父素知大义，先是谕职尽心王事，无念老人。今者乍离乍合，忽喜忽惊，昼夜眠食无不与俱，父年渐衰，子病渐深，职恋职父，职父怜职，相依至情，尚能倾刻离膝下哉。职之进退实为狼狈。

查得《大明会典》一款，嘉靖五十年奏准，亲老虽有兄弟，笃疾不能服事者，准令归养。职有一弟秋，眈酒中风，未谙定省。按《礼经》，九十者其家不从政。职父年且过之，即职弟善事，情难绝裾。伏念职慈不待养禄，幸及严每①，唯高厚之恩，致身有愿。自量蒲柳之质，竭蹶无能，固揣分以宜休，况知年而滋惧。又查得刑部河南清吏司主事杨世勋曾以亲老奏乞终养，蒙恩慈允行。职之事体委与相同。我皇上纯孝锡类，率土同沾。伏乞敕下吏部，容职终养，遗下员缺，另补才能。庶贤路无妨，孝治有光，合家偕白叟黄童，歌万寿于无疆矣。

祭白喇嘛文

明原任太仆寺少卿张春，致祭于主僧白喇嘛之灵曰：释子涅槃之说，不生不灭之理也。虽然，余以主客交好，不忍离别云尔。呜呼，痛哉！痛哉！寓必择主，先民重之，久而敬之，吾夫子称善。况遭难居处之际乎？得贤主于难得之时，爱敬施于六年之久，倏而生死分别，不得片言永诀，堪乎不堪乎，痛首不痛乎？

今自辛未之十一月十七日至沈阳，即主喇嘛僧舍。虽乡井之人乎生平风马牛不相及，何乃一闻余门外足音，便倒屣而迎，倾肝胆而慰，礼遇便过隆，不止怜余之患难也，若不知余之在患难也。尔时蹑足附耳者数数，喇嘛能早见余心，慰余以生胜于死之事，未尝有片语不忠于余者。此其识微见大之不忍别者一也。

晨昏定省，交友无之，出告反面，交友无之，过加于余。日三餐必不先食，有送鲜或甘美，必不先尝，主家于寓客原未曾有，

① 编者按："每"字有误，疑为"母"字之讹。

况六年如一日乎抑己尊人。此谦逊之不忍别者又一也。

每诫庖丁茶酒人诸伺候者，恳恳以余为说。即尊贵人，即亲厚人，或有余前语不合，或背语余不投者，此何足芥蒂，喇嘛必面驳之。余六年居何地，何时得恶声不接于耳者，谁之力也？此欲以一心一众心不忍别者，又其一也。

为余一人而思及余乡在难之数十人，不惜财，不惜力，又礼貌之。使诸在难之乡亲无主而有主，无家而有家，此主家于寓客都未曾有，不又其不忍别者乎？

恒情之交好者曰同声相应，同气相求。余身在沈阳，心在天朝，喇嘛身之所在即其心之所在。余儒门，喇嘛佛门，心不同，道不同。道不同易分畛域，宜生水火。谁能联异为同前后一辙乎？余忠告逆耳，数之又数，所以报也，又谁能谅余无他而不之疏乎？酒中言稍有失，何足介介，旋即忏悔，又谁能反己迁善如是之明决乎？不尤其不忍别者乎？

尤奇异者，六载来，只是余晨起栉沐差人候之，使者回报，先出门立候，及余前后殿谒神，倚立檐下，岁时固让余受礼而已。自元旦至初三日，喇嘛礼佛毕，余尚未起，就余榻下顶礼。及相会时，问六年来未有如是之礼，何倏而为此？喇嘛谓六年前缺礼云云，又未曾有言及传衣钵事，倏而及之，谓言之有意云云。岂先知大灭度而然耶？抑其神为之兆几之先动，即喇嘛亦莫知其然而然耶？日暮就卧，夜未艾而大归，使家众惊号嗷嗷如失林之鸟。

喇嘛前病伤寒，死而复生，向余泣曰："尔时方知人死不难，止是服事不到头，心不了耳。"前余不食欲死，喇嘛一闻之，跪倒泣如雨注，至欲以不食先余而死，又慰余以忠孝之大。噫！一死一生，乃见交情。痛哉，痛哉！不忍言也。喇嘛生平自有月旦，无事余言，正谓关切余者余哭之，譬如凿井得水，水不专在是，善饮者一滴知大海味，又何庸余饶舌哉。余恨死迟，悲喇嘛去早。喇嘛乐净土，余哭嫌俗，初一哭病倒，兹首七不能哭而不忍不哭。

噫！余无炙鸡，余无絮酒，并哭亦不能。痛哉！痛哉！

武成考序

鄙宗之与予同笔砚，而称友则无若晦叔云。予受晦叔益良深，而自谓知晦叔为最悉。晦叔天性孝友，若讷若拙。其不矜伐近于孟之反，其不妄语几于司马文正。公其不奔趋权贵，而人无贤不肖一见倾心，有类于邵康节先生。其与人无迕，而见者消其鄙吝，化其粗浮，则又似黄叔度。居平雅薄举业，故绝意荣进，而独博极群书，归宗六经。至于天文、术数、医学、字法，靡弗精研，则又酷肖管公明、王辅嗣之当日。予窃窃惴憾揣晦叔之无延历法也。盖二子以是学眇于年鉴未远也。予羁五斗，自远晦叔，乃朝夕晦叔弗去。心屡奏记晦叔，企其贲然来思，遂可陟岱宗，跻日观洋，望渤溟，入拜宣圣阙里庙，见孟子舆，于是吊尚父旧庸，以与今之贤豪长者一晤对，稍续龙门胜游而恢其习见。晦叔竟以寡母翟在，有辞于游之远，亟乘鹿而西矣。盖岁乙卯，未及龙蛇而就埋玉树，不图予亿之中而致私憾于天，谓夺予晦叔之速也。良友难逢，忽焉而成今古，予其何以为情耶？

晦叔著述颇富，稿散落而什一存，惜无有为传之者。予搜箧中，仅得其《武成篇》，考见其不沿故常，不踵讹误，旁证诸书，而一准之刘氏《三统历》，雠其月分，叶其日辰，考核精确，订正焦劳，千古之疑一剖而释，以质穷经君子，佥谓其然。爰表章而寿诸梓，以不朽晦叔。及晦叔早与公明、辅嗣同游，而名亚管、王，生气凛凛存矣。

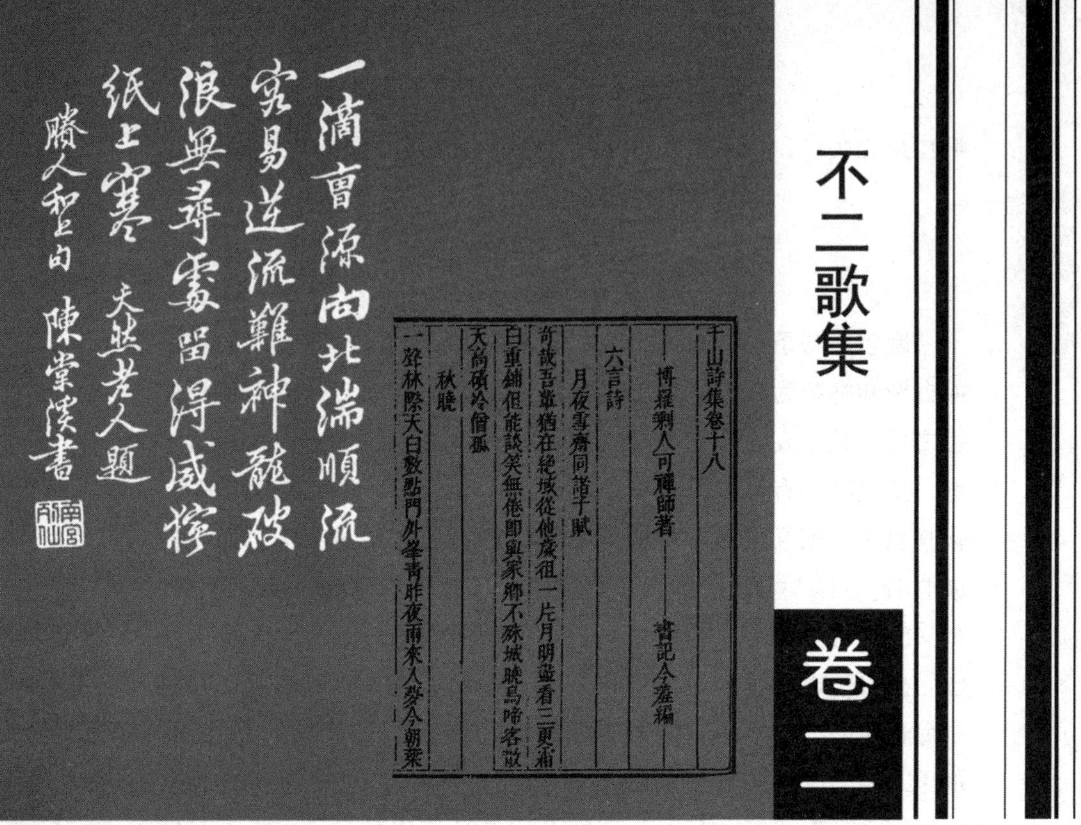

张仆少监军关永纪事

公生而丰硕端严，左臂有七黑子，如北斗形。幼有大志，诵读之暇，恒闭目静坐，从不嬉戏。丙戌以《诗经》入庠，愈下帷攻苦。家贫，以香火照书而读。又好谈兵，尝曰："人生于世，当效力边疆，如马伏波耳，终不苟然以自肥也。郭、李、韩、范岂异人哉。"不迩声色，不殖货利，不妄交游。里中宴会有声妓，闻公来皆避匿，士大夫皆敬惮之。蜀内江郑公壁以观察谪州守，一见奇之，延为子弟师，及督储延绥，以公自随。因阅历诸塞，习知边事。太宰富平孙公丕扬闻公名，延见之，语公曰："子必为伟器，以忠孝著名，但恐嫉恶太甚，见忤流俗耳。"孙素有藻鉴，公益自励德行，文章声名大著。旋补廪膳生。

万历庚子，中第二十三名举人。兢兢自守，力耕事亲，不事请谒，州守高公慕公德，欲为起第城中，以便请益。公曰：“古人严一介之取，所以养任天下之基，某岂以此动心哉。”坚辞不受。然民间有大利害事，辄挺身言之，不少阻挠。常习射，或刀剑枪矛之类，即子弟亦令习之，盖公之好武事，其天性也。从郑公延绥时，虽远游有方，而白云之念时殷。忽一日觉神情有异，夜梦一神告曰：“尔父有恙，以某药治之。”惊起白郑公，亟驰归，封公果抱疴，公稍知医，考梦方，果数剂，而封公起。自幼读书庄东大相寺，有高僧兰姓者，卓锡于斯，数语公以禅定之学。后得周、程、张、朱《语录》及性理诸书，读之有悟，曰：“吾道自正，奚俟他求。”潜心玩味，绝意进取，数年而有得。定省有暇，恒闭门危坐，若将终身。

岁次癸丑，封公勉之曰：“及吾之存也，行吾之学，以慰吾志，奚必寂然一室，而后为乐乎。”公感其语。四月，谒选，得堂邑令。初至，潦水漂民庐舍，公日夜行勘，不惮劳。既以大荒，乙卯、丙辰为甚。公先刻一书，教民节俭，多蓄干枣野蔬，有罪者以此为赎，捐俸薪佩带，内子脱簪珥，得钱三百七十缗，谷五百石，次第赈给。又开馆煮粥食之，创冬生院，养济所不及者入之，长枕大被，男女异室，收保弃儿，物故者予棺，费皆出于金矢之余，凡活民二万二千有奇。蝗蝻继起，督士民设法捕之，随其多寡酬以仓米。独堂邑蝗不为灾，直指过廷训，特疏入告，蒙赏纪录。出行，遥见二人骑驴，一人步随，命擒骑驴者，简其行李，有银段首饰之属，鞫之则泰山盗魁刘布五、秦士乡也，谋劫齐某道此赴期。许以赦罪捕盗，乃使健儿于齐之门，尽缚其党，就中钩蔓批根，凡获梁山泊大盗号仁义王陈二可数十人，散其党六千人。又立捕格，一乡有警，其里举炮，邻村接举，数十里间，俄顷闻于县。前角后犄，左右辐辏，而县出奇兵蹂之，盗不敢入境。此救荒、弭盗两事，两台取其法而布于通省以为师。

东省火甲之扰民，手足无措。公以俸薪之余买田二顷，以岁

收募壮丁充役，尽除火甲一切弊扰。至年虽祲而力行教化，立社学，延师儒，以积谷为之束脩。贫士无资，为具衣冠，聚徒考课为之都养。乡保有约，躬亲训诲，其成书可为后法。垦荒田，教树艺，省耕补助，坐对树阴，田夫环听，往往有泣下者。他如苏里长之包赔，清诡地之积弊，平反大辟、城旦、舂黄、甲瑞等千余人，山立不摇。虽宏于施济，而自奉甚约，日食一蔬，出行不携厨丁，胡饼、茶盂，遂足往返，是以三岁不逢年而民不失业，有“爱民如子，律己如冰”之颂。

福藩之国，水陆三运，启行东省，役夫十万人。两台推公董其事，而以冠县令田珍为副。公编以什伍之法，与北直役夫接换之次第，视来者之先后，舟车有号，号各有旗，应役者次立路旁，认旗而替，昼夜供事，寂无人声。魏少司马语抚按曰：“此人部署，皆兵法也。”复命荐疏，以公为首，遂蒙钦赏，由是人知公有边疆之才。

堂邑民刘录，家有妖为孽，其人具词告公，公书单纸云：“张某在此。”其妖遂绝。莅堂未期年，有当道者欲驰书代巡，为公延誉图荐。公曰：“余唯尽其在我而已，若由径得荐，此与穿窬何异。”固却之。时山东抚院李长庚，东昌府知府沈琉，与公皆以清操自盛，东人号为三清。直指唐世济众中谓公曰：“足下既明濂闽之学，辟彼释氏，何为复列道箓耶?”一时传为雅谈。东昌府知府岳和声建讲学书院，每会延公，公为讲太极图及口之於味章，莫不心折。时观察使金励每语僚属曰：“如张令尹者，可谓见道分明，行践其言者矣。”三载考绩，代巡毕懋康疏荐曰：“张某忠孝直通天地，慈廉堪泣鬼神，觉世真儒，匡时硕彦。”为令五年，应荐书三十五次。褒命至之日，甘露降于县衙柏树，人皆异之。公莅两邑，力行教化，威惠并施，民歌慈父，吏畏神君，刊有《乡保条议》、《乘城要法》、《种芜菁书》、《张氏武成篇考》诸书，以训士民。及去任，两邑士民建祠立碑，以识其德。又刊公所行政事以传远迩。

公素大孝，色养备至，封公有小恙，公屡欲弃官归，邑之士民设醮数十处，各愿减算以益封公寿。及封公旋里，公扶舆步送四十里，绅士军民从而送者殆万人。公自筮仕堂邑及观察山永，每早冠带毕，即令人喝曰："夙兴夜寐。无忝尔所生。"又仿赵清献公日之所行，夜必焚香告天，不敢告者，不敢为也。代巡首荐公，即以此事为据。母刘淑人早卒，事继母秦氏如事封公，先意承志，得亲欢心，抱恙躬侍汤药，不假婢仆，居丧哀毁骨立，杖而起亲筑坟墓，腿为之肿。居礼三年，不御酒肉，不入内室读礼。

时东事孔亟，御史焦元溥疏荐宜膺节钺。当事者欲夺情起用，公力辞。及服除，光禄卿许维新上疏曰："张某具经纬之才，有冰玉之操，用其捕盗管夫法衍之，岂使边疆至此？委以重任，必奏肤功。"即以原官召用，逾月超授永平兵备佥事，官比部。时邹南皋、冯少墟讲学首善书院，闻公大明濂洛之学，延入讲席，说《大学诚意》章，《孟子鸡鸣而起》章，闻者莫不叹服。又语众曰："我辈既食君禄，须实济国事，方为学问。若晋人清谈废事，徒坏人国尔。"高攀龙、左光斗折柬与冯从吾曰："今日有用之才，张景和第一，不但又为关西夫子增重吾道而已。"

天启间，逆阉魏忠贤罔上作奸，势过振、瑾，中外风靡，各镇俱建生祠以媚之，永平独无。中贵人杨朝、刘应坤胁以威势，欣以富贵，百方怂臾，公竟不屈，投劾欲去。都御史邓渼特疏留之。时公蓄一雕，刘应坤请于公曰："将以献魏。"公夜杀其雕，示使者曰："雕已死矣。"刘意甚恨。后崇祯登极，有"介节自持"之褒。刘应坤、陶文帅京军出镇山海，行次以龙亭奉敕居前，俾各官先具本起居而后受其谒见，如督师之仪，诸镇道承意逢迎，唯恐获罪，公独据祖制相抗，不少降意。凡诸阉病国害民之事，公谕所属不得擅为奉行。虽屡触凶锋，而毅然不惧。或劝公稍委蛇以全身者。公曰："无百年常在之身，有千载不死之心，岂以避祸而毁吾素履哉。”是以数年之间，永平官民不受阉人之害，群凶日夜切齿，而公清慎无私，惠威大著，无隙可乘。

阉军之来，沿途强居民室，奸淫抢夺，官民吞声，莫敢出气。公预设行帐于城外，供应之事咸备，传檄知会，不许入民居。其军有强夺民物者，卢龙知县孙止孝责军五板，(锋)〔当作蜂〕拥入城，孙越墙而避。时督师高第驻永，闭门不敢问。公纳孙于衙而身往抚之。诸军曰：“魏上公领我辈饮过万岁御酒，来此御贼，岂肯受知县之挞?”公曰：“此固皆知县之过，今彼安在?”答曰：“惧罪逃避，我辈寻见与他面理。”公曰：“汝等到此，粮草器用皆知县预备，为何又行抢夺？虽系京军，岂无法纪？他是黄榜进士，一县之主，且不可挞你，你小军反要挞他，倘或逼死知县，还要领兵官偿命，何况你辈。前者魏公命京军出镇，督抚科道疏言不便，今既打抢，又辱知县，各官又去上本，领兵内臣又将何抵赖?我是永平监军，只得奏闻，听皇上处分。”军皆释杖叩头曰：“我辈无知犯法，情愿与知县谢罪。”应坤侦知公言，将首恶捆打枷示，挥军出城，请公至营谢罪，求解其事。公曰：“知县无恙，尚可弥缝，但恐大内闻知，彼此不便。”其营将惧，哀求不已。公曰：“恐知县不肯甘心，某有地方之责，当为解释。”公辞回，令孙旋寓，应坤即将首恶数人枭斩，遣将谢公及知县。

逆魏用事，命御史游士任奉敕，召江南富人翁应玄，以游击将军部浙兵五千人，私兵三千人援辽。凡军装资粮俱翁自办，以故沿途扰害，捆辱官吏，抵苏镇，进止自便，辄云赴难，义兵不受督抚管辖，愈肆骄横，上下疑畏，侧目而视。督师孙少傅语众曰：“非张景和不能了此事。”檄公料理。公盛仪从而往，中途千把总来迎，公曰：“尔等既受朝廷官职，自当恪守朝廷功令。军有常法，各听指挥。”皆唯唯。抵其营，士马精悍，班声如雷，应玄来谒，色愤然，意甚骄。公以监军体具公案南向坐，寒温毕，诸军叩见。公先慰以数语，因曰：“汝等何以至此?”对曰：“应聘赴义，欲效忠于朝廷。”公曰：“汝等悉骁勇之士，知效忠于朝廷，则富贵无穷矣。其各有闾里亲戚乎？父母妻子乎？”对曰：“皆有之。”“然则牵衣饯送泣涕相别时，有叮咛乎？”对曰：“亲戚祝小人以富贵还家，父母妻子嘱小人以善保身命早图相见。”公曰：“离家已久，此言忘之乎？”皆曰：“日夜记念，何敢忘耶？”中有垂泣者。公徐曰：“昔日河南刘六、刘七，关西刘东阳党羽数万，反背朝廷，丧身亡家，汝等曾闻其事乎？”皆曰：“闻之。”公曰：“此数万人皆良善之人，为六、七、东阳等数人所惑，早不自明，既丧其身，又累眷属。前事不远，可为深戒。今汝等效忠赴义，本是好事，惟当守朝廷法律，保身以图富贵，奈何使二三奸滑造恶端以累大众？万一朝廷闻知，汝等数千离乡之人何以自全，父母妻子岂能安稳？”是时诸军环听，皆叩头而泣曰：“亦尝念此，无以自明。”公曰：“善恶自有分明，幸是我来，为汝分解，可拿军册来点名领饷。”遂逐名点验，至守备郑南阳，公熟视之，则曰：“且旁跪着。”又点某官，亦如之。凡命旁跪者官四人，军二人，其余官皆赏以花币，军皆犒以牛酒。点毕，指旁跪者谓众曰：“此六人骄抗生事，几累大众，念客兵远来，姑从轻处，余者免究。”即唤翁军校各捆打八十棍，目翁曰：“惩此数人，此分领兵者之过。”时应玄俯首旁侍，颜色如土，屡目众，众不应。又呼管饷官照边兵例给饷讫，即以牌示限次日赴关外驻防。复语各头目曰：“王法森严，各好自爱。”翁但唯唯，依期赴辽。公所惩打，皆翁腹心首恶，不错一人，不知公何自知也，至今关永传以为神。

逆魏假子梁梦环以代巡历永，旧例监司谒代巡，代巡回拜监司，皆行四拜礼。梁恃魏势，回拜监司，长揖而已。蓟、密各道皆不敢言。公即闭门求去曰：“本道不才，则当参去，岂可简礼坏朝廷体统？”梁惶恐，复拜如礼。

滦州富人陈姓者，因奸逼死婶母，贿当路居间，府县不敢决。公讯实，拟大辟。时王之臣以都御史巡抚大同，遣家人持求书解其事，公执不从，即付法。公与王有姻亲，且同会交契，自此忤王，王屡阴谋中伤之，上素知公，遂不遇害。

永平任事迹

一、本道以战兢惕励为心，不贵口说，务践躬行，克胜于方寸。临事时时照顾，期不昧此良心。得失生死，毫不挂念，谓百年无常在之身，亦无百年常做之官，二语佩为韦弦，故行政求不愧衾影，不求人知。

一、永镇当广宁破后，风鹤皆兵，人无固志，绅士皆谋远徙，势同瓦解。本官受任于危难之时，闻命即焚香告张氏祖先，谕及戚属，以身许国，志不返顾。遂以家眷抵危地，镇安众心，谕众无恐。今境内密迩危关，召募转输，殆无停日，而熙（穰）〔攘〕乐利，民不知兵。

一、谓圣人志惜寸阴，况乎中材。故旦暮升堂，必在诸属之先。晨坐，先令直堂高诵："赫赫王命，畏此简书。世受国恩，民吾赤子。天鉴在兹，无贰尔心。"日之所行，夜必焚香告天曰："帝命有赫，鉴此心事。"

一、旧时陋规，岁时柴炭鱼盐取足营路，及生辰谢荐参貂等物，一概禁止。重处杨四知、谭九德之馈送，而部下知法。

一、念兵士积玩难振，解系带及命妇霞珮，销银七十余两，造为义勇字，宣扬君恩，给散军士。皆感激思奋，而约己。素袍角带，命妇布裙荆钗。

一、往时诸将闻出口，无不胆寒。本官谓练兵欲练胆，故亲出远哨，觇视要害，严部伍号令以习阵法，辨勇怯智愚以察胆气，即田猎攻围以熟技击。数出之后，人以不与往为耻。

一、魏忠贤闻本道素名，使杨内监致意本道与之交通。本道坚执不从。杨云："便随随也罢了，大尊贵的尚且如此，何独偏执？”本道笑而不答。当时外而属员，内而骨肉，莫不劝之危之。本道曰：“吾头可断，吾家可弃，妻子可以不保，吾志必不可屈。”遂谢之。

一、抚宁卫百户康兆乃杨内监心腹，内官赵朝用以银五百两图台头营任国用千总缺，至三次移书，四次面讲，四次力逼革任用康，人皆为本道危之。本道曰：“身家可以不保，良心决不可坏。任国用好好做官，何忍为我的利害空革别用乎？”赵朝用怒对车营都司马先登曰：“永平道恃他清官，把俺们不礼，有一日教他收拾不得。”先登急向本道切切言之。本道曰：“非恃我清官，只是礼他们便不清耳。乃朝用拨制。”杨朝大怒，欲提向杀，又捏参占去家丁五百余名。得免者幸耳。

一、当事据无知军民被吓，词状题建逆魏生祠，奉有明旨，诸内镇及诸将官或移书，或面议。本道曰：“此举出于军民为公，出于官员为私。”各内镇（嗔）〔瞋〕目而视之，本道终不允而好言辞之。及诸内镇与诸将议建于建昌，本道曰：“景忠山系名山，建之名重，建昌一营路耳，何必另建？”后协守黑云龙竟不通知本道，遂兴建昌之役。杨朝日日亲督，又专委内官张仲礼兼督之，黑云龙屡抗本道，苦官军为之。本道顿足隐恨。

一、蓟边旧以采办抵抚赏银两，自辽广陷没，人心畏惧，不敢出采，遂请用内帑。今本道照旧出采，军民获利，旧额可复。

一、天启三年四月内，山海中部落汉兵二十余名交通敌人，斩关叛出。本道督率提调毕尚信追截，获马十八匹。又密令守备曹应登从敌营找获叛丁张官、周万昌等数名，解督师阁部枭斩，逃叛风息。

一、天启三年二月十三日四更时候，建昌冷口西尖山一百五十一号台，有马贼五十余名窃犯。本道预为提备，一时尽获。

一、陈元因、张惟德被劫，乘机抢杨世爵家资，反指世爵家人董天才等四人为盗诬解。本道时在建昌点兵，即于教场立刻剖明，若稍迟或隔手，便堕大盗奸计矣。

一、旧时边塞沿习虚文，唱名阅册，若谓有兵，然皆兽惊鸟散之徒，实无一兵可用，虚縻兵饷，深可太息。本道为定节制，先须步法严明，练胆气，实期对斫对杀，遂招选四方名教师张克详、廖养兰、骆子秀等分发各营路，教演枪棍、骑射、火炮、鸟枪诸器械，务在真厮杀手，日月有课。本道半月一亲验，以三等九则验视，加减其月粮，以示劝惩。教练所成，一可当百者，若路云芝等数十辈。一可当十者，若赵九海等三百人。一以当千者，若满廷柱等三十人。可使赴汤蹈火，远迩无敌。此丝毫皆出国恩天威，但本道不敢以虚文塞责。

一、军丁月粮，旧有部折分折扣除。本道苦心调停，务使军得实惠，不顾同事怨尤，血忱可鉴。

一、公费常用，除山右道分其半，所余无几。履任以来，交际谢绝，蔬食布衣，三年内捐俸助修城楼四百五十八两，犒军二百余两，犒守城百总一百四十两，助边饷八十两，抵各州县分派填宅银一百三十余两。各上台怜其苦节艰贞，皆劝为过苦。本道谓命中不带豪华，故偏喜寒俭，澹泊不堪，甘之若饴，非敢矫饰。

一、天启三年六月内，江淮营游击翁统水兵三千员名，驻防乐亭县马头营，每夜劫掠，县官无可奈何。枢相牌调本道清点，散粮催行，各兵愈加疑畏，汹汹欲为鼓噪，县令诸属人人胆寒，议论纷纷不一。本道叱其非策，以数骑挺往弹压，慷慨晓谕，各兵胆落心寒，捆挞首犯郑南阳等五名，开除滥冒八百余名，俯首帖服，而翁游击欲恃众要挟，即欲营中求挂号，犹冀冒文虚粮。本道正色叱之，翁将唯唯而退。

一、游击张万祥统西兵一千八百员名，赴山海，不宿镇店，遍投各乡村，强占人屋，肆行抢掠。本道闻知，以数骑驰往，禁缉惩治，杨业、张深等数十名骄兵相聚，意欲鼓噪。本道从容数语，众皆股栗，叩首请罪。

一、力清汰营虚冒老弱官兵五十余名，清出马骡一千四百余匹，头岁省银八万五千余两。

一、旧规营路军士空月截日不报，饷司解道作杂用。本道履任，即行禁止分文，尽还官库官银四千五百五十余两，米豆共二百余石，草三千余束。

一、东事之败全由奸细。本道莅任之初，悬赏首奸。坐营王思忠盘获奸细张来子，因获同奸稍户石碑、他不能等五名，给赏申请示劝，乃为忌功者阴阳上下其案，几陷思忠于死。本道以身命争之，竟得功罪昭明，志士感恩效死，奸党闻风远遁。

一、严行保甲，选练乡兵。昔行于堂邑，著有成效，今各属奉行如法，村落联救，务如指臂，节获大盗刘天德等七十余名，地方获息。盗安民之庆。

一、白莲教首王好贤耳目最广，数年难擒，本道剪其细作李香等，消耗不漏，幸以一鼓成擒。

一、本道防边选练，自裹糇粮，不动营路、驿递分文。

一、不受诸将馈遗，而诸将有父母者，每以俸金为寿。前钦赏银两不敢擅用，造为四酒杯，军中甄别将领，亲自饮之，共沐君恩，歃盟杀贼，义同手足。兼酬以嘉弓、雕箭，将领感泣，人思以身报国。

一、抚恤士卒，饥寒疾苦，爱护若子。至法之所在，毫不敢假借，如惩张禄等数十员名，而军士敛肃。

一、每出行，抽问饭夫、农民，察军衙役利弊，刍荛皆采，上无不宣之意，下无不达之隐。

一、但尽职守，谢绝交际。居恒训属，谓有限之精神，不可误用，且不宜分用，世路日熟则本业必旷，故贵人及同乡亲友无一函相及，至受知荐主，亦不相闻问。

一、自有辽事以来，添设衙门，各立应付，假借滥觞，驿递不堪。本道履任，即刊挂号小票，凡过往差使赴本职，亲验勘牌，一清诡弊，以苏驿递。

一、本道每年春秋巡边两防，捐本道俸薪等项，犒赏台头、燕建等营路官军卢天福等，以示优恤，共捐过银三百八十四两。

一、本道每冬防边，捐俸金置买皮衣，给贫军刘国骋等，以蔽风寒，共给五百七十员名。

一、永平城垣旧城楼止备支瞭，万一惊耗，不便御打，难堪保障。本道四面相视，除西北角逼近临青龙河，匹马难近，无容更议外，其余东面邻山，南面空阔，堪为敌患。遂督府县议设空心台，安设火器大炮，且台附城外，通入城上，往来随便，攻击循环不穷。又于城下挑浚深濠，始永成巩固。至置造钱粮俸赎人夫，资之民壮。又士民子来，计期告竣。

一、蝗蝻遍野，民不聊生。本道通行各属文武设法并力扑打，各官以扑获之多寡定贤否，军民以扑获之多寡定赏例，即徒杖人犯，准以所扑获若干递减免其罪。一时上下同心，老壮童稚无不欣往勤捉，所属州县卫所，屡据揭报，不啻数千石计，种无遗育，得有西成，人皆乐利。

一、永民当十年辽难后，百般苦累，几存皮肤，其间蒙派买豆八万石，每石银六钱，质以市价，每石一两伍陆钱不等。又兼运送关门，穷檐隐痛，咸思逃窜。本道力请上台，不顾性命，幸减价三万石，每石复增价银二钱，民困少苏，始各安固乐业。

一、七年间司农告匮，京运不接，各军粮饷缺少凡五个月，军士汹汹，饷司无措。又兼恶珰日督不急之工，满目冻饿，彻耳庚癸，几变起不测。本道尽将仓贮米谷登时挪给，有不足者，亲踵乡绅借充其数，官兵始得接济，人人感奋，倍思用命。

一、燕河路东北离城八里许，邱南人庄荒地三百余顷，且逼近重谷、乾润二冲口，向无耕御。本道设立屯田，千总王国将将忠威二营挑选知稼穑者数百人，本道捐俸置买牛种，督令开垦。现计开过二百余顷，更名兴隆庄。且于农隙演练火器，闻警赴敌，仿古寓兵于农之意。自是荒地变为膏壤，而冲口亦藉为备御。

一、太监刘应坤、陶文等所领禁军三千，道经永平，将卢龙孙知县赶挞入后衙，且劫库藏，势莫可当，上下骇愕，几不可收拾，肉食者鲜不畏避。本道闻报，立刻驰往，将为首兵丁召之马前，宣谕国法，各兵缩首丧胆，鼠窜而去，仍行文该监查出为首者，挞死数人，地方称快。

一、因并道事，往山海参谒王督师，刘大府在彼驻扎，往拜之，彼即回拜，本道辞以他事，彼致帖请酒，本道辞以往辽回日赴领。及东还，乃由一片石进关避之。

一、逆魏遣京营总兵王承恩带领援兵丁五千名，道经永镇，奸淫妇女，抢掠财物，践踏田禾，甚至酷打抚宁王知县，蜂拥入衙内子室凌辱，各县逃赴泣诉。本道当时唤该营千把总理谕法诫之，将为恶兵丁治以示儆，仍申参革职。嗣后经过官，其皆收敛，民得宁辑。

一、东路南兵营茅国英系游击将军，依杨太监如泰山，事之若父母。本监数四移书荐拔超升，本道秉公痛绝，遂查列该〔员〕贪懦实迹，申送褫革，致本监深怒捏劾，其不遭毒害者幸耳。

一、杨内监分镇道属桃林口，贪酷备至。本道职司地方，明知豺虎噬人，不得不舍命图维，先出示致书，挽回之，后面阻之。(若)〔当作惹〕彼愤恨，欲将本道诱至伊室，碎魏忠贤之影以图赖。嗟嗟！使彼之计得行，本道何以有今日也，危哉！

一、宣府人卫参将王相行贿陶太监，求书与本道看顾。本道严查虚冒捆挞千把总。本监仇恨，捏指三关税银参劾。得免者幸耳。

一、内监为政，人情披靡，势若江河。本道独力难挽，屡次乞休，无奈内监杨朝夜至本道榻前，以身家性命动之，决不令归。又各内镇畏人议（已）〔当作己〕，致书各上台，不使允放，又上疏奉旨挽留。本道即欲不伴虎眠，宁可得乎？

一、杨内监要家丁一百名，本道意不与之。该监叙坐间，避左右言曰："某人与我家丁二百名，我持扶做了巡抚。老先生若将家丁一百与我，我扶持你顺天巡抚。"且指日而誓之。本道笑而应曰："现今重担难肩，决不敢希望巡抚。"遂辞出，对众官丁矢之曰："渠亦不知人甚矣，我以家丁换巡抚，何面目军士之上？死亦何以见吾父及张氏祖先于地下乎?"决不与。

一、中军王之京，原系七家岭驿丞，为杨朝私人，因本道不便（已）〔当作己〕私欲，将之京补门下中军。浼抚院四次移书，三番面讲，本道费许多委曲推托，而终不能抗阻。遂蒙咨部，硬将之京任中军事。本道屡面谕之，差人诫之，之京不敢久任，遂托病告退。

一、宁锦之捷，本道发官丁二千八百余员名，又内丁千总康虎、路云芝领内丁至宁远，适敌攻宁城，用炮打退。又本道亲统六年练成内丁一千五百余名，出关援锦，当蒙赏。督抚并内镇杨朝两次力阻之，远迩共闻，止因不通逆珰魏忠贤，致赴援官军俱不蒙赏。及颁皇赏银币，独遗本道，人共不平。

《沈文学传》：沈文学自徵，磊落自负。崇祯三年，遵化、永平被兵，使者张某（即太仆公也），闻沈知兵事，聘于幕府，为计复遵、永，事定后，封管钥，长揖策蹇去。《寄园寄所寄》功成不受赏，沈诚高士哉。然公不以寒贱猥自往屈聘于幕府，卒致成功，非所谓能取诸人者耶？附录于此，见公历仕建树非常，其由来多本于虚受云。

总记张公并淑人翟氏子仲节孝事略

张弜

公姓张氏，讳春，字景和，号泰宇，别号见一，在难又自号明夷子，取利艰贞之义。陕西同州人。生嘉靖乙丑八月初八日子时，行一。丙戌，以《诗经》充州庠生，旋补廪膳生员。万历庚子，中二十三名举人。四十一年四月，拣选授山东东昌府堂邑县知县，以救荒异等，蒙神宗赏银二十两，纪录。三载考绩，授文林郎，封父如公官，母赠孺人。四十五年五月，调繁本府聊城县。九月，两台赍部行取，巡抚李有“视国如家，爱民如子，实心实政，真品真才”，巡按毕有“拯饥不恤发肤，固圉夙称保障，操修清绝，一尘厘剔，风生八面”等语。而公以亲老欲弃官归养，两台复以公孝情移文主爵。四十六年五月，特升南京刑部湖广清吏司主事，闻命即疏请终养，奉旨俞允。四十七年七月丁忧。

天启二年服除，六月起刑部清吏司主事。故事，庶僚除服，必赴部，方授职。时东事孔亟，廷议公可任封疆，故特召用，以光宗登极，授承德，逾月超授山东按察司佥事，备兵永平。以熹宗改元覃恩，授奉政大夫，考三载加本司副使。六年，以援锦州功加升山东布政司右参政，兼佥事如故，赏大红蟒衣一袭，银二十两。明兴，藩臬锡蟒，自公与袁崇焕始，当世荣之。旋加服俸一级。七年，以援宁远功，升山东按察司按察使，陪推巡抚者三。崇祯改元，特命调公山海关内监军，进阶通议大夫，恩锡三世，皆如公官，旨谕谆复，依公为重。而因诘责督师王之臣，竟以此中谗，赖上素知公，部科道及山永士民数万人又赴京上章为公申理，然犹降三级，调边方效用。

三年正月，我大清兵取永、滦四城矣，上思公协路可忧之言，差官召公。公闻命，即率子若孙及旧练义勇驰马赴援，凡十二日，驰二千五百里，抵京陛见，请兵饷，议机宜，凡四上疏，皆从。督兵东征，关、永军民及各将帅皆喜公来，亲冒矢石，不五日而克滦复永，捷，叙加太仆寺少卿，赏银二十两，遇巡抚缺推用。复以廉直为权枢梁廷栋所忌，三疏请病，上敕部遣按臣诣榻前看视，力辞归里。上临朝问公病者再。

四年六月，复以仆少起通镇监军。时我大清兵临围祖大寿于大凌城，上面谕枢部，复调公永平，俾巡关御史传旨。公即驰沿边料理，疏请援凌，命以本官管督阵监军事。奸抚懦帅忌公之策，公策有“辽事之失，败坏已极，须下狠着，乃可济”等语。合谋潜通。时有“张某越俎而下狠着，勿令其狠”等语。公独率部下血战三日，力尽援绝，伤重阵陷。时辛未九月二十七日也。

见我太宗文皇帝，闭目求杀，口出不逊语。黑云龙来归，上首问公，黑备言状。上以敕谕加公都察院右副都御史，查家属赏恤。公居沈阳十年，朝夕一榻，坐立必向西南，衣冠袍带百结不易，于庚辰十二月十三日戌时，不食卒。太宗文皇帝临视，于衣领中得文一篇，名曰《不二歌》，大痛惜之，赐葬莲花寺，寿七十六岁。所著又有《通昼夜图说》及《九九算盘说》。

始公之被擒也，家人闻难，不辨生死，淑人翟氏雉经以殉。氏素有烈女风，宰堂邑时，曾脱簪珥以佐赈。公被召东援，仓皇北上，氏谓家人曰：“东焰方炽，文武中观望者多，为国者少，老爷孤忠自矢，不能成功，必死王事，我将同死。”时少子伸始生六月，淑人曰：“此呱呱者徒乱人意。”遂以永诀嘱乳母，竟乘肩舆抵永平，又抵京师。迨公凶报至，淑人曰：“夫能为国家死，我岂不能为夫死。”遂不食，断指血疏，又有上部臣书，无非陈公忠贞为国之意。诸子率家人环守谏，淑人曰：“汝父素不为小人所容，今虽为国死难，吾家终不免祸，我死一可以全名节，一可以保家眷。不然家无噍类矣。”诸子益跪泣，昼夜不敢离，一夕稍懈，淑人遂投缳死矣。时果有全躯保妻子之臣夙恨公抗直，至是媒蘖其短，乞朝廷以丧师辱国之罪治之，上犹豫未决。家人诣阙陈淑人血疏，遂免议。

我太宗皇帝闻之，召白喇嘛，使语公曰：“可对张道理说他夫人为他死节，难为他一家都是好人，你可替他作法事，问他肯否？”喇嘛以告，公亦悼淑人之死，从之。因荐亡文非明帝年号，竟怫然止之。喇嘛以闻，太宗皇帝笑曰：“就依他。”于是终其事。

时明帝因黑云龙之言，益知忠义，谕曰："张春自请援凌，忠勇已自可嘉，闭目求杀，愈见坚贞。"即着遥授都察院右副都御史。其妻翟氏闻难自缢，尤见节烈，令驰驿还家葬之。

至我朝康熙三年，公少子伸，即翟淑人所弃呱呱之子也，两次叩阙，圣祖体我太宗文皇帝礼待忠臣至意，念此忠孝节义萃于一门，准伸"因拜扫之便负父骸归里"一疏，给与出关路引。礼部移文盛京礼部，准张伸移伊父骸以归。伸至盛京，部臣即转附近居民问公坟墓所在，皆言自我朝定鼎燕都，此地大改，张公墓皆不知。伸闻之，哀毁骨立几绝，狼狈至京师，在八旗中备细咨访，犹于索大臣家下访得原葬者二人，其一人物故，一人孙大尚存。索公即传问，果得其详。是人年逾八十，龙钟异常，而余喘犹存，人皆云天意不欲没公骨，兼欲成伸志。伸再诣礼部，有"复恳移父骸"一疏，天子如前旨，使孙大偕伸至盛京，同部臣与看坟人许重阳等，至莲花寺内，启得父骸，明帝御赐之瓶如故，缎虽朽矣，而黄色犹艳。伸悲喜交集，随负之以归。经大凌河，因念昔日从征将士投关东者众，今父骸归矣，亦欲诸魂偕归也，作文哭祭，为书招魂长幡以引之。

比至永平府，东人设祖帐，携扶老幼，祭奠泣拜道左者数千里，络绎不绝，挽吊诗歌笔不尽录。前公去永之后，明季至今，永人作庙祀之，四时举社，会水旱疾疫，凡有求必祷焉，无不灵应如响。虽穷乡下邑，皆有行祠。至是合郡人迎公柩，居庙中，延缁流羽士为诵经超荐者凡七日。未抵家之前一日，忽然洛河崩溢，患及翟淑人墓，直见棺，家人将为迁葬计，甫移柩，报公之柩至矣，将入同州境，青天白日无云而雷，远近莫不异之。

房星华在京闻之，病且将终，招伸至榻前，手授一律云："乌绕泉台三十秋，凝眸夜夜望东流。心存大义期同穴，志在归来始点头。雷起青天原有主，河崩正气为谁收？秦关从此添新话，省得孤云万里游。"呜呼！若公之忠，若氏之节，若伸之孝，真可表

于不朽者也。康熙四年，据阖州绅衿士民呈，奉圣旨入祠乡贤。

张公传

左懋泰

张春，字景和，号泰宇，陕之同州人也。少慷慨，负大节，起家孝廉，仕有能名。稍迁永平兵备副使。时东事孔棘，沈阳陷没，兵浸弱不能守。春下车为缮城障，储粮糗，规少定。会统军祖大寿师溃，退保大凌，势皇剧。祖褊疾呼，春率所部赴之，孤军深入，力尽被执，为数健儿舁至帐中，太宗席地坐，春箕踞瞋目詈之，左右捽春首至地曰："而憨也！"趣之匍匐。春叱曰："吾认白刃耳。是眸矐矐者，知而主耶？"太宗起令解其缚，欲降之。春曰："吾为天子持麾节，托以股肱重地，恨未得稍展，岁时选将练兵以庶几一当，今日之事惟有身殉，肯向仇雠国求活耶？"起引旁侍者胯下刀曰："速杀我！"太宗大奇之，从容语春曰："朕居恒念南朝德意，每饭不忘。特边臣开衅，构怨连年，两国杀伤无算，心亦厌苦，思解和息争以敦夙好，亦庶几乎黄池之盟。得担荷忠信如君，一雪此言，则放马顿甲于玄菟之阳，从此斥堠不惊，勋名竹帛矣。"春厉声曰："今主上富于春秋，日以东顾为怏怏，乘海内之饶，甲兵之劲，东征将士喋血衔愤，将殄此而后朝食。朝廷名分至尊，能向属国称昆弟耶？"语未竟，目眦尽裂，声震四野。太宗知不可屈，叹曰："壮哉！鬼神且惮之，朕敢违天杀春乎？子卿之事任为之。"春俯视良久曰："属国不臣。"太宗曰："似矣。"诏馆之僧舍，得如宋刘韐故事。

春意姑不死，以待时，自秋徂冬，足不履户外，每坐立必西向，月朔具衣冠西向，朝拜如礼。一日，升东阶瞻顾，色变，不拜而趋。见者讶之。乃庙祝新设御额于座，伏谒如初。太宗每召见，不奉诏，时时遣宗王贵人赴春慰劳，或称朝廷意。春呵之曰：

“老悖乎？域中有两朝廷耶?”凡见太宗，但称部领而不名，至死不改。

居数年，边事益坏决，清兵出围连、塔，下宁、锦，松山失陷，全师覆没，诸降将吏稍稍众，槛车至西戟门，争引佩刀自薙截其发，趣走伏马下。顷之，各将上意过春所，且慰且讽之。春仰天誓曰：“咄，去！诸若曹视吾颈尚在，发可断乎?”皆愧谢泣数行下，以故行间有大期会，必相戒曰：“毋令张监军知。”先是，航海最初降者得称旧人，位各侯王君长下，甚贵盛，念与春旧，常分牛羊头畜醪糒饷春。春挥勿与通，曰：“驽马岂豚犊同槽哉?”及太宗尽扩辽西地，赐大酺牛酒，召群臣，令春俱来，使数往，乃许。是时诸降者新拜爵，皆冠赤帻，衣复陶衣，银貂珠袜，赫奕罗拜呼万岁。遥望见春从辇道入，衣冠甚伟，须眉戟戟欲动，咸目送之不敢仰视。太宗南向坐，春西向坐，群臣席氍毹，觞三举，揖而退，不交一语。太宗罢酒起舞顾诸近臣曰：“得公等百不如一春矣。”

既有掠得卢龙生口，为春同里，言春夫人翟氏闻春陷知必死，嘱家人曰：“公靖节朝廷，某妇人当殉地下。”家人曰：“公未死奈何？讣至计未晚。”夫人叹曰：“汝何知，公陷即我死时。”遂自经。春闻状喜曰：“是真张春妇也。”寺僧请为夫人荐亡，太宗闻之，使人赍金为佐。春曰：“我知之矣，欲疏年牒以陈刍糈，亡且勿歆，况生者乎?”使者还报，太宗笑曰：“乃公倔强，毋溷公为也。”

值岁除，雪寒甚，太宗念春，赐锦缎四为衣装。春曰：“欲令折我腰耶?”坚不受，敕毋谢，乃纳勿服。大抵春居东十余年，齿发俱衰，志操如初，未尝少有挫折，人咸服其诚。太宗暇日预语近臣拔突公以试春。太宗入阁门，春端坐不为礼，太宗拱立问起居，春不应。拔突公叱曰：“上来，何无礼如此?”捉其衽剑欲下。春徐起曰：“佳乎刃?”趋逆之。太宗大笑，躬自抱持，挥扈者下曰："烈丈夫当如此矣。"

当是时，海阳兵为益振，自关而东所在披靡，太宗尚以请和为议，使人微侦春曰："大人想故乡耶？耄矣，留何益？愿备车马供帐送归南朝。"已而不果，遂不食，四日而卒。

太宗甚惜之，尝问右丞相范文程曰："朕见中原各将，虎视角出，遇势诎计困，倒戈归命，如摧败朽。文臣一竖儒，往往不易屈者何也？"文程对曰："文臣读圣贤书，忠孝名节，生平所学，所以危不爱身，不欲负国家养士之报也。"太宗跃起曰："为人臣子，不可不读书，朕见张春果然。"由是悉令诸王、贝勒、旗下子弟皆遣就学，因春始。春死，以礼葬于辽阳之南，为建石塔，表其墓，使后世知有张春云。春所作《不二歌》随自削其稿，故辞多散逸，不传。

张公合葬墓志铭

王四服

泰宇先生居东十年而殁，殁后二十有五年而归。其归也，实以先生少子伸叩阙再至，乃始奉旨如辽负骸抵里，时八月九日也。前数日，翟淑人墓忽以河崩将及，比移柩之次日，而先生之柩亦至。时无云而雷，方骤水侵棺，恰启漆灯以预待，适晴雷迎响，似代辽鹤以报归。呜呼！异哉。先是，董、石两淑人亦各有孤坟，今别建佳城，近在祖茔之侧。祖茔者，先生之父封翁冢也。昔先生之事封翁，赴任则奉舆以迎养，及翁思归则上表以终养，依依膝下，弗忍顷刻离也。奈殁后相去万有余里，即先生在天之灵，或亦未敢复望相近。今既奉旨归葬，且近父墓，得遂生前弗忍相离之意，此固为子者体亲之孝也，而实出于今上再造之恩。兹远日既卜，伸以父美不忍弗志，乃不知服之不文也，谬以志铭走恳以服，意以先生曾知服，则服亦必知先生也。以故，服即不文，不敢自外于先生。谨以所知之大者，约略次之。

先生姓张氏，讳春，字景和，号泰宇，见一其别号也。世为州之城南人。元季有泰有者，生民杰，民杰生斌，斌生经，以明经为山西稷山县主簿。经生宗，宗生廷臣，以孙贵，累赠通议大夫、山东按察使。廷臣生世登，以子贵，封文林郎、山东堂邑县知县，累赠奉议大夫、山东按察使。

封翁生三子，先生为中男，赋性严正，自做秀才时，便以天下为己任。万历庚子举于乡，至为孝廉。又十年而读书怀古，依然做秀才时也。癸丑谒选，得令堂邑。秉心雪亮，见事风生，劳心满三载，无非教生民之务。及调繁聊城，亦如堂邑。至今岘山之泪未干，桐乡之祀尚在也。天启壬戌，以刑部主事告终养，丁封翁忧，服阕，升永平兵备道。七年料理，又无非兵马钱粮、社稷安危、国家利害，及一切战守封疆大事。维时军民共戴，文武兼资，天下仰望，朝廷倚重。奈含沙射影之徒反多忌之，卒之中谗以归。

崇祯庚午，东事日亟，天子思先生才，特召，复拜永平道。时滦、永四城已非国家有也，先生闻命即兼程赴敌，义勇一呼，四城复旧，皆先生之功，叙绩晋大仆寺少卿。辛未，大凌告困，先生奉旨督师，奈诸将帅逗遛以陷先生于阵。

时太宗皇帝预知先生名，闻阵获之，临轩以待。及至，不拜不跪，闭目求杀而已。时旁有见倔强状者力怂恿请杀之。先生乃益奋身就死，求杀愈急，太宗愈益重之，竟弗忍杀也。出居白喇嘛寺中，誓不祝发，方巾布袍，即敝尽不易。赐之裘帽，弗受也。凡一饮一食，非出中国者亦弗饮食。每旦必书一黄纸云："大明太仆寺少卿张春不敢或忘君父，天地神明鉴之。"及闻翟淑人自缢事，作文遥祭，祭品不用东物，其年月日时仍书大明崇祯年号。至于坐、面立必西向，每逢朔望，西向四拜，越十年如一日也。一旦无疾而逝，有《不二歌》等作，藏衣领中，人争传之。其葬也，赐黄缎一幅，兼有密旨，唯许葬者二人知其处，余守墓者二十余人，俱弗令知也。爱之惜之，珍之重之。噫！先生何以得此于太宗也哉。

初，先生东征时，伸尚呱呱而泣，越今二十有五年甲辰春，乃始表请归父骸。时奉旨敕盛京礼部，将某遗骸付某子某人。至询守者，果云知葬处者两人，一则物故，一则在京。仍即归京，乃复叩阙。命下，查得果有孙大其人，系辅政大臣索公纪纲仆也。即敕驿同往，果得葬处。

呜呼！沧桑屡变，骨虽化而独香；霜露几经，缎尚存而未朽。前瞻华表，渺在天涯；今返首丘，实系帝命。噫！先生抑又何以得此于今上也哉？昔文信公忠于宋而死于元，当时赞者尚有“君义臣忠两得之”句。若夫先生，以大明忠臣，而我朝皇帝原而拘之，生而礼之，殁而葬之，既葬而又归之，如斯高义直可比于古之表闾式墓，仁至义尽，宁仅不杀之为德哉？然质以先生自誓以求杀之心，初不计此也。止知以事亲之孝，自尽其事君之忠而已。至于天生烈妇以生孝子，天生孝子以报忠臣，卒之忠孝节烈合一门之盛，以成千古仅见之奇，备之者先生一人而已。

先生别号见一，倘亦适如其自号之意云。生于嘉靖乙丑八月初八日，至崇祯庚辰十二月十三日，终于沈阳三官庙，葬辽阳喇嘛园，享寿七十六岁。元配董氏，继配石氏，俱累赠淑人，继配翟氏累封淑人。淑人朝邑望族也，贵为命妇，每椎布操作，身无鲜服，在堂邑遇荒，脱簪珥佐赈。及先生特起永平，以东事孔亟，匹马之任，淑人曰：“无事则同荣，有事则孤往，所谓从一之义安在也。”时伸方在襁袍，淑人以此呱呱者徒乱人意，竟弃之而去。比闻凶报，即啮指书血疏以白先生陷阵之由，既而从容自缢。死事闻，遥授先生都察〔院〕右副都御史，淑人奉旨还葬。呜呼！淑人者真可谓先生之良配矣。

男五人，长翕，廪膳生员，董氏出；次伦，增广生员，于顺治年上疏请先生遗骸不得以忧死，时人慰之以诗云：“父死封疆骨已寒，请尸有子不辞难。辽东此日询华表，塞北当时问可汗。碧化十年犹守墓，魂招万里未归棺。天留孤冢非无意，常使英灵镇契丹。”三令，武举，分守参将，石氏出；四信，廪膳生员；五伸，生员，翟氏出，伸即奉旨归先生骨骸者。三女，长适澄城县武解元党廷俊，次适潼关卫人凤翔府学正孙必允，俱石氏出；三适郡庠生马嗣煜，翟氏出。孙男八，长顺一，都司；次本一，生员；三敬一，生员，俱翕出；四安一，信出；五贞一，生员，信出，为伦嗣；六协一，生员，信出；七贯一，书香伦出，为令嗣；八得一，信出，为伸嗣。卜十月初九日，合葬州西南七里。其坟坐坎向离。铭曰：

擎天兮玉柱，报国兮刚肠。节终持兮毛落，碧已化兮骨香。子觅父骸兮两番叩阙，君念臣忠兮万里还乡。辽鹤归兮，屈魂之招赋迨遍乎中土；穴龙正兮，岳坟之柏干必向乎南方。同严陵之七里兮，风与濂洛而俱永；共文信于九原兮，名并日月以争光。生气千秋兮，轰轰烈烈；佳城百代兮，郁郁苍苍。

跋　一

先太仆公，当明之季，抗节东土。先祖母翟夫人闻而死节。遗伸祖，尚在襁褓，越二十五载，竟能两次叩阙，乞公骸骨于数千里外，此荐绅先生及野夫牧竖皆能言者也。当其除堂邑，调聊城，有“爱民如子，律已如冰”之颂。其去也，二邑士庶呈恳祈留，而去后又皆建祠勒碑，志之不忘。在任之时，刊有《乡保条议》、《乘城要法》、《种芜菁书》、《张氏武成篇考》诸书，以训士民。比升南京刑部湖广清吏司主事，以乞终养归。已而丁封翁祖忧，服除，因光禄卿许维新疏荐，超升永平兵备道，卒以廉直为谗所挤。崇祯庚午，东事孔亟，滦、永四城不守，天子特召，复除公永平。莅任之日，义勇一呼，不五日而四城复旧，则其幼好谈兵事有志边疆，亦未必无著作也。柩归之后，本州绅士呈请入祠乡贤祠忠烈，而又各为诗文，致祭者纷纷，则当日著述宏博，脍炙人口，可想也。迄今遗事遗风浸以微矣。

家世传书箧中，以藏《不二歌》抄本，仅存文两篇，《永平任事迹》四十余条，《庭训迩言》数则，暨左、(汪)〔正文作王〕诸传数篇。奉家君命，亟欲付梓。同邑贾健斋师又广搜后之君子诸传志祭诔文诗，足征当日实迹者，皆附于卷。而又乞朝坂李时斋先生删订补修，为之序。呜呼！先公以文武全才，虽经诸君子屡为表彰，迄今二百余年，所著若《通昼夜图说》、《九九算盘说》、《乡保条议》诸书已俱就散佚，而所存《不二歌集》仅等一线，若又不能亟付剞劂以光昭先人之令德，是张氏无子也，其罪岂有极哉。至家藏《不二歌》抄本之来历，语在健斋师序中，不复赘。十一世从孙铭谨识。

跋　二

右张太仆《不二歌集》二卷。太仆名春，字泰宇，陕西同州人。励操行，善谈兵。明万历二十八年举人，宰堂邑、聊城，寻擢山东佥事，永平、燕建二路兵备道。被劾下法司，旋释。崇祯初，起为永平兵备，收复诸城，加太仆少卿。四年，大凌河之役，监诸军驰救，兵败被执，不屈，居古庙，服古衣冠，迄不失臣节而死。其妻翟氏闻之六日，不食自缢，事迹具《明史》本传。太仆大节懔然，妻能死义，子伸复能两乞朝廷，万里归骨，忠烈孝义萃于一门，天下高之，不独文字卓有可传也。是编卷一为太仆自著《不二歌》及诸杂文，卷二为纪事、事略、本传、墓志铭之属。其余保留呈请祭诔之文，不无谀辞，且涉繁复，概行删去。计原书三卷，今改订为二卷，庶几肤浮芟削，真节益彰。又原太仆文内佚《武成考》一篇，今从《关中两朝文钞》中搜得，补录于后。呜呼！太仆忠矣，其卓绝处尤在十年拘囚，抗志不变，方诸文山，或近似乎？印入丛书，以励来者。民国二十五年十一月校。

长安　宋联奎
薄城　王　健
江宁　吴廷锡

附录一

张春传

张春，字泰宇，同州人。万历二十八年举于乡，历刑部主事，励操行，善谈兵。天启二年，辽东西尽失，廷议急边才，擢山东佥事、永平燕建二路兵备道。时大军屯山海关，永平为孔道，士马络绎，关外难民云集。春运筹有方，事就理而民不病，累转副使参政，仍故官。七年，哈剌慎部长汪烧饼者，拥众窥桃林口，春督守将擒三人，烧饼叩关愿受罚，春等责数之，誓不敢叛。

崇祯元年，改关内道，兵部尚书王在晋惑浮言，劾春嗜杀，一日枭斩十二人。春具揭辩，关内民亦为讼冤。在晋复劾其通阉克饷，遂削籍下法司治。督师袁崇焕言春廉惠，不听。御史李炳言春疾恶过甚，为人中伤，夫杀之滥否一勘即明，乞明提问。不从。明年，法司言春被劾无实，乃释之。

三年正月，永平失守，起春永平兵备参议。春言："永平统五县一州，今郡城及滦州、迁安并失，昌黎、乐亭、抚宁又关内道所辖，臣寄迹无所，当驻何城。臣以兵备名官，而实无一兵，操空拳入虎穴，安能济事。乞于赴援大将中敕一人与臣同事，臣亦招旧日义勇率之自效。臣身已许此城，不敢少规避，但必求实济封疆，此臣区区之忠，所以报圣明而尽臣职也。"因言兵事不可预泄，乞赐陛见，面陈方略。帝许之，既入对，帝数称善，进春参政。已而偕诸将收复永平诸城，论功加太仆少卿，仍莅兵备事，候巡抚缺推用。时乙榜起家者多授节钺，而春独需后命，以无援于朝也。永平当兵燹之余，闾阎困敝，春尽心抚恤，人尽怀之。

四年八月，大清兵围大凌河新城，命春监总兵吴襄、宋伟军驰救。九月二十四日，渡小凌河。越三日，次长山，距城十五里，大清兵以二万骑来逆战，两军交锋，火器竞发，声震天地。春营被冲，诸军遂败，襄先败，春复收溃众立营。时风起黑云见，春命纵火，风顺火甚炽，天忽雨反风，士卒焚死甚众。少顷雨霁，两军复鏖战，伟力不支亦走，春及参将张洪谟、杨华徵，游击薛大湖等三十三人俱被执，部卒死者无算。诸人见我太宗文皇帝皆行臣礼，春独植立不跪。至晚，遣使赐以珍馔，春曰："忠臣不事二君，礼也。我若贪生，亦安用我。"遂不食。越三日，复以酒馔赐之，春仍不食。守者恳劝，感太宗文皇帝恩，始一食。令薙发，不从。居古庙，服故衣冠，迄不失臣节而死。

初襄等败，书闻，以春守志不屈，遥迁右副都御史，恤其家春妻翟闻之，恸哭六日，不食自缢死。当春未死时，我大清有议和意，春为言之于朝，朝中哗然，诋春。诚意伯刘孔昭遂劾春降敌不忠，乞削其所授宪职，朝议虽不从，而有司系其二子死于狱。

（《阴史》卷二百九十一忠义传）

张夫子

明监军张公春，于大凌河被擒，见太宗不屈，上挽弓欲射之。先烈王谏曰：“此人既不惧死，奈何杀之以成其名！”上从之，命达文成厚养之。公独处萧寺中，聚徒课读，一时开创名臣如范、忠贞、宁文成辈，皆曾执经受业者也。居数年卒，上厚葬之，时人比之文中子教授河汾诸徒，所以启唐之基也。自古款待胜国忠臣，莫之能及，既能全彼之忠，又不伤我之德，以元世祖之戮文文山，视我文皇殊有愧也。满大臣某入都后，告明臣某曰：“汝国有一张夫子而不知用，反为我国教育英才，诚可惜也！”余尝读明臣奏疏，至有毁公为李陵、卫律者，真所谓颠倒黑白矣！